보기왕이 온다

# 보기왕이 온다

ぼぎわんが、来る

사와무라 이치 장편소설 ― 이선희 옮김

arte

차례

**일러두기**
옮긴이 주는 괄호 안에 '옮긴이'를 함께 넣어 표기하였습니다.

제1장

방
문
자

# 1

"이, 이 정도면 될까요? 저…… 정말로?"

마루에서 미끄러져 넘어질 뻔하다가 겨우 멈춰 섰다. 숨이 헐떡거려 말이 제대로 나오지 않았다. 손이 땀으로 흥건해져 스마트폰을 떨어뜨릴 뻔했지만 황급히 두 손으로 잡고, 다시 전화기 너머에 있는 여성에게 물었다.

"아, 아내와 따, 딸은……."

그녀는 또랑또랑한 목소리로 침착하게 대답했다.

"네, 가족들은 괜찮으니 걱정하지 마세요. 그보다 본인부터 진정하시는 게……."

서둘러 몸을 내밀어 복도 너머의 현관을 보았다. 하얀 벽과 천장 사이에 짙은 갈색 문이 자리하고 있었다. 불을 켜지 않아서 어두웠지만 머리가 색을 기억하고 있었다.

평소의 문이다.

두터운 금속과 합성수지, 유리판을 보면서 나는 어떻게든 그렇게 생각하려고 했다.

"거긴 보지 않는 편이 좋아요."

그녀가 갑자기 그렇게 말하는 바람에 나는 어설픈 연극을 하는 배우처럼 깜짝 놀라며 몸을 떨었다.

"그, 그런데 대체 언제……."

"이제 곧 올 거예요. 주술(呪術) 준비는 되셨나요?"

조금 전에 전화기를 통해 들은 그녀의 지시를 떠올렸다.

창문과 베란다를 잠그고 커튼도 모두 닫았다. 부엌칼도 전부 천으로 싸서 묶은 뒤, 벽장 안쪽에 숨겼다. 수건을 감은 쇠망치로 집 안의 거울을 전부 깨뜨렸다. 선반에 있는 그릇을 모두 거실 바닥에 늘어놓고 물을 채운 뒤 소금을 한 줌씩 집어넣었다.

그리고…… 그리고…….

다시 한 번 확인했다.

"현관문을 열 수 있게 해두는 게 맞죠……?"

그녀는 지금까지와 다름없이 냉정하게 대답했다.

"그래요."

"그런데…… 그것은……." 나는 우물쭈물하며 덧붙였다. "그것은 이 집으로 들어오려는 게 아닌가요……?"

"그래요. 다하라 씨, 당신을 만나고 싶어 해요. 수십 년 전부터 지금까지 계속요. 그래서 불러들이는 거예요."

"그럼…… 그렇다면……."

"걱정 마세요." 그녀는 부드럽게 내 말을 가로막았다. "거기부터는 제 일이니까요."

조용하면서도 위엄 있는 말투였다. 나는 안도의 한숨을 내쉬면서 지금까지 있었던 일들을 떠올렸다.


# 2


쇼와시대(1926~1989)가 끝나갈 무렵, 초등학교 6학년 여름방학의 어느 오후에 있었던 일이다.

당시 교토의 뉴타운에 살았던 나는 오사카의 변두리에 있는 외할머니 집에 혼자 가서 만화책을 보고 있었다. 무슨 만화였는지는 기억나지 않는다. 애초에 왜 부모님과 같이 가지 않고 혼자 갔는지, 거기부터 생각이 나지 않는다.

어쨌든 당시 일흔 살쯤 되었던 할머니가 과자를 많이 준 덕분에, 기분 좋게 만화 삼매경에 빠져 있었다. 빈말이라도 넓다고 할 수 없는, 솔직히 말하면 '가난하다'고밖에 할 수 없는 단층집 거실에 누워서.

낡은 선풍기 소리와 다다미 방바닥, 흙벽, 그리고 '진드기 퇴치제' 냄새.

할머니는 내게 과자를 준 뒤 동네 할머니 집에 간다고 하며 마실을 나가고, 집에는 당시 여든 몇 살이었던 할아버지와 단 둘이 남겨졌다.

할아버지와는 대화가 없었다. 아니, 정확히 말하면 정상적인 대화가 없었다.

할아버지는 몇 년 전에 뇌출혈로 쓰러졌는데 자리에 눕자마자 치매에 걸렸다. 치매는 눈 깜짝할 사이에 심해져서, 당시에는 몇몇 단어를 계속 중얼거리는 젖먹이 어린아이나 똑같은 상태였다.

할머니는 할아버지를 돌보는 게 힘들지 않은지, 명절에 인사하러 가면 우리 가족과 단란한 시간을 보내는 사이에도 환하게 웃으면서 할아버지의 대소변을 처리하거나 음식을 먹여주었다. 할아버지는 항상 멍한 표정을 지었지만, 가끔 입을 우물거리고 어린애 같은 눈으로 할머니를 쳐다보곤 했다.

어쨌든 그날 할아버지는 간호용 침대에 하얀 이불을 덮은 채 똑바로 누워 있었다. 침대는 좁은 거실의 절반을 차지해서, 눈 깜짝할 사이에 키가 자라고 있던 내 발끝이 침대 모서리에 닿았다. 나는 침대에 기대거나 바닥에 엎드려 정신없이 만화책을 보면서 여름날의 오후를 만끽하고 있었다.

"엄마, 엄마."

할아버지가 갈라진 목소리로 몇 번이나 불렀다.

할머니를 부르는 거다. 우리는 그렇게 생각했는데, 실제로는 어땠으려나?

"엄마, 엄마."

"지금 안 계세요."

나는 고개를 들지 않고 대답했다. 할아버지는 잠시 입을 다물었지만 몇 분이 지나기도 전에 다시 불렀다.

"엄마, 엄마."

"히라이 할머니 댁에 가셨어요."

"……엄마."

"조금 있으면 오실 거예요."

대화라고도 할 수 없는 말을 주고받으며 방바닥에 놓여 있던 과자를 집어서 입에 넣었다. 그리고 다 본 만화책을 내던지고 다른 만화책을 들었다.

그때 딩동 하고 초인종이 울렸다.

나는 고개를 들고 부엌 너머에 있는 현관 쪽으로 시선을 돌렸다. 내가 있는 곳에서 3미터쯤 떨어졌을까?

현관문은 울퉁불퉁한 유리 격자로 되어 있었는데, 그 너머에서 어렴풋이 짙은 회색의 무언가가 비쳐 보였다. 키는 크지 않다. 그것만은 확실했다.

아직 어린아이에 불과했던 나는 잠시 망설였다. 할머니는 없고, 할아버지는 어린애나 마찬가지라서, 지금 이 집에 관해 아는 사람은 아무도 없다. 그냥 없는 척을 할까?

잔뜩 긴장하며 머리를 굴리고 있는데, 목소리가 들렸다.

"실례합니다."

만화나 드라마에서만 보았던 남의 집 방문 인사를, 나는 그때 처음으로 들었다. 중년이거나 그보다 나이가 많아 보이는 여성의 목소리였다. 손님은 여성인 듯했다.

나는 마음먹고 일어섰다. 맨발로 방을 나서서 거실과 부엌을 지나 현관 앞의 좁은 공간으로 걸어갔다.

"실례합니다."

"네."

다시 목소리가 들려서 조그마한 목소리로 대답했다. 그리고 '저기…… 누구세요?'라고 우물쭈물하며 덧붙이려는 순간 손님이 이렇게 말했다.

"시즈 씨 계십니까?"

시즈는 할머니 이름이다.

"지금 외출 중이세요."

나는 문 너머로 그렇게 대답했다.

아직 변성기가 지나지 않았던 터라 이렇게 말하면 상대가 '어린 손자가 혼자 집을 보고 있나 보군' 하고 짐작해서 금방 돌아가리라고 여긴 것이다. 그래서 최대한 말수를 적게 하고, 더 어리게 들리도록 억양을 가다듬었다. 마음은 오직 만화책에 쏠려 있어서 문을 열고 손님을 상대하는 시간이 아까웠던 것이다.

하지만 유리문 너머의 손님은 아무런 반응을 보이지 않고 계속 서 있을 뿐이었다. 침묵을 견디지 못하고 할머니와 내 신발만으로도 발 디딜 틈이 없는 곳에 발을 내리려고 한 순간, 다시 목소리가 들렸다.

"히사노리 씨는 계세요?"

나는 그대로 움직임을 멈추었다. 내 의지와 상관없이 몸이 굳어버린 것이다.

히사노리는 할머니의 장남이자 어머니 오빠의 이름이다. 내게는 외삼촌에 해당한다.

하지만 외삼촌은 고등학교를 졸업한 지 얼마 되지 않아 교통사고로 세상을 떠났다. 내가 태어나기 훨씬 이전이고, 당시로부터 거슬러 올라가도 30여 년 전이다. 거실 불단의 영정 사진 안에서 스탠딩 칼라의 옷을 입고 치아를 드러내며 활짝 웃고 있는데, 밝은 기운이 사진 밖까지 전해졌다. 단발머리 소녀를 안고 있는데, 아마 어머니이리라.

외삼촌이 오래전에 돌아가셨다는 사실을 어떻게 손님이 모를 수 있을까? 설사 외삼촌이 살아 있다고 해도 무슨 볼일이 있어서 찾아온 거지?

나는 고개를 갸웃거리며 유리문을 노려보았다.

회색 그림자는 계속 서 있었다. 유리가 울퉁불퉁해서 자세히는 보이지 않았다. 다만 윤곽이 일그러지고 표면이 선명하지 않아서 뒤틀린 회색 덩어리로만 보일 뿐이었다.

돌연 등줄기가 서늘해지며 온몸에 소름이 돋았다. 순간 망상에 빠진 것이다. 문을 열면 유리문 너머로 본 것처럼 일그러진 회색 덩어리가 이리저리 흔들리면서 서 있는 게 아닐까.

물론 그건 단순한 망상에 불과하다. 아직 어리긴 하지만 그런 사실은 알고 있었다. 다만 무서운 공포가 온몸을 휘감았다. 바보 같긴…… 한쪽에서는 자신을 그렇게 냉정하게 지켜보는 시선도 있었다.

"……없어요."

가까스로 대답을 했는데, 얼마 지나지 않아 다시 목소리가 들렸다.

"긴지 씨, 긴지 씨, 긴지 씨는 계세요? 안에 계시나요?"

긴지는 할아버지 이름이다. 그런데 왜 세 번이나 불렀을까? 잘못 말한 것처럼 들리지는 않았다.

어떻게 대답해야 좋을지 몰라서 가만히 있자 손님은 천천히 몸을 흔들었다.

"치…… 치가쓰리."

내 귀에는 분명히 그렇게 들렸다. 의미를 알 수 없는 네 글자. 어느 지역의 사투리일까? 어쨌든 억양도 없이 단지 소리만 늘어놓은 것 같은 느낌이었다.

더구나 말하는 것이 몹시 힘들어 보였다. 수십 년이나 말한 적이 없는 단어를 오랜만에 소리 내어 말하는 것처럼.

스윽. 별안간 회색 덩어리가 커졌다. 문을 향해 한 걸음 다가

온 것이다. 유리 너머로 피부색이 보였다. 회색이었던 것은 옷이고 머리칼은 까맣다. 하지만 얼굴 생김새는 알 수 없었다.

"치가쓰리. 긴지 씨, 치가쓰리. 긴지 씨."

느긋한 목소리. 입이 움직이는 것이 보인다. 손님은 내가 알아들을 수 없는 말로 할아버지에게 말을 걸었다. 그제야 겨우 이 사태가 정상이 아님을 깨달았다.

이건 정상적인 방문이 아니다. 어떤 용건이 있든 남의 집을 방문할 때의 정당한 절차가 이루어지지 않았다. 어린아이의 좁은 소견으로도 그 정도는 알 수 있었다. 그리고 그것이 무엇을 의미하는지 논리적으로 추측할 수 있었다.

이 손님은 정상적인 사람이 아니다. 즉, 문을 열어서는 안 된다. 할아버지가 있다고 대답해서도 안 된다.

손님은 어느새 문에 딱 달라붙을 만큼 가까이 다가와서, 두 손을 유리문에 찰싹 붙였다. 작은 키에 비해 손은 크고 손가락은 길었다.

엄청난 공포로 인해 눈을 들어 올릴 수 없었고, 당연히 손님의 얼굴을 볼 수 없었다.

"긴지 씨, 긴지 씨, 긴지 씨, 히사노리 씨, 의 치가."

손님 목소리가 조금 전보다 훨씬 커졌다. 유리문이 떨리는 것이 보였다.

"돌아가!"

느닷없이 안쪽에서 고함치는 소리가 들려서 나는 "으앗!" 하고 소리를 지르며 엉덩방아를 찧었다.

황급히 고개를 돌렸지만 눈에 보이는 것은 침대와 누워 있는 할아버지의 왼손뿐이었다. 왼손은 핏줄이 불거질 만큼 꽉 쥐고 있었다.

할아버지가 고함을 친 걸까? 손님을 쫓아내려고 한 걸까.

설마…….

다시 현관으로 시선을 돌렸고, 이번에는 소리를 내지 않고 비명을 질렀다. 유리문 너머에 있던 회색 그림자는 사라지고, 한여름의 햇살과 화분의 화초가 희미하게 보일 뿐이었다.

그런 상태로 얼마나 멍하니 있었을까? 거실에서 부르는 소리에 정신이 들었다.

"히데키."

이번에는 확실하게 할아버지의 목소리였다. 그것도 최근 몇 년 동안 계속 들었던 몽롱한 중얼거림이 아니라 또렷한 목소리다. 할아버지가 내 이름을 부른 건 몇 년 만일까?

세 걸음 만에 거실로 뛰어들었고, 그러자 할아버지는 침대에 누운 채 또렷한 눈길로 나를 보았다. 그것만으로 온몸에 긴장이 감돌았다.

할아버지는 내 마음을 아는지 모르는지, 냉정한 목소리로 나지막하게 물었다.

"지금 문을 열진 않았지?"

나는 고개를 흔들며 대답했다.

"안 열었어요."

할아버지는 깊은 주름이 더 깊어질 만큼 얼굴을 찡그리더니, 입술을 꼭 다물고 나서 작게 고개를 끄덕였다.

"문을 열면 안 돼. ……사실은 대답도 해선 안 돼. 물론 나도 고함을 쳤지만 말이야."

나는 당연한 의문을 입에 담았다.

"……안 열었어요. ……저게 뭐예요……?"

목소리가 떨려서 창피했지만, 할아버지는 잠시 입을 다물고 나서 진지한 얼굴로 대답했다.

"지금은 안 돼."

그 말을 듣고 불만스러운 표정을 지었으리라. 할아버지는 왼손을 들어서 현관을 가리키며 크게 한숨을 쉬었다.

"내 말이 들리면 돌아오니까…… 그냥 갔다는 게 믿을 수 없을 정도구나."

그 후에 할아버지와 어떤 이야기를 나누었는지, 이상하게도 지금은 기억이 나지 않는다. 다만 할머니가 집으로 돌아왔을 때는 이미 평소의 상태로 돌아가서 "엄마, 엄마"란 말만 되풀이했다. 할머니는 "그래요, 알았어요"라고 다정하게 말하며 옷을 갈아입히려고 하다가 갑자기 손길을 멈추었다.

"세상에! 이게 무슨 일이람? 온몸이 땀으로 흠뻑 젖었네. 그렇게 더웠나?"

할머니는 서둘러 수건을 가지러 갔다.

# 3

중학교 3학년이 된 지 얼마 지나지 않아서 할아버지는 갑작스레 세상을 떠났다. 할머니가 빨래하는 사이에 다시 뇌출혈을 일으켰는데, 발견했을 때는 이미 때가 늦었다고 한다.

할아버지는 젊은 시절에 친척을 모두 여의고, 만년에는 사람들도 거의 만나지 않았다. 그래서인지 장례식은 단출하기 짝이 없었다. 이웃 사람과 할머니의 친척을 합쳐서 열 명 남짓에, 아버지의 회사 직원이 두 명 참석했을 뿐이었다. 성대한 장례식이 좋다는 생각은 지금도 없지만, 가끔 죽음을 생각할 때마다 항상 할아버지의 쓸쓸한 장례식이 떠오르곤 한다.

하지만 그보다 자주 떠오르는 건 발인하기 전날 밤의 일이다.

그 장례식장에서 가장 작은 방. 장식이 거의 없는 소박한 관. 비교적 최근에 찍은 사진에서 얼굴만 잘라내 일본 옷을 입혀 합성한 영정 사진.

그날 밤 상복 차림의 할머니와 어머니는 차를 마시면서 할아버지와의 추억을 나누었다. 아버지는 거의 이야기에 끼어들지 않은 채 최소한의 맞장구만 쳤고, 반대로 어머니는 놀라우리만큼 말이 많았다.

나는 감색 교복 상의를 입고, 말없이 맛없는 차를 마시고 있었다.

"히데키, 간코라는 말 기억하니?"

할머니가 뜬금없이 그렇게 물어서, 나는 머릿속의 기억을 더듬었다.

간코…… 그렇다. 초등학교에 들어가기 전, 밤이 되어도 잠을 자지 않거나 어머니 말을 듣지 않으면 할머니가 야단치곤 했는데, 그때마다 등장했던 말이다.

"예전에 할머니께서 '간코가 올 거야'라고 그러셨잖아요."

"아휴, 우리 히데키는 머리도 좋지. 기억하고 있었네."

"나도 어렸을 때 그런 말 많이 들었어요."

어머니가 활짝 웃으면서 말했다.

조금 전까지는 눈이 새빨갰는데. 그전에는 할머니와 같이 깔깔 웃기도 했다. 여자들의 감정은 이런 자리에서도 이렇게 빨리 변하는 걸까? 서른을 훌쩍 넘긴 지금도 이해가 되지 않는다.

"간코가 뭐예요?"

나는 솔직하게 물었다.

어린 시절에는 막연히 '요괴의 일종'이라고 생각했다. 하지만 그것만으로도 허겁지겁 이불 밑으로 뛰어들 만큼 충분히 무서웠다.

"글쎄, 뭘까? ……요괴가 아닐까?"

할머니의 태연한 말을 듣고 나는 맥이 빠졌다. 할머니도 어린 시절에 칭얼댈 때마다 증조할머니에게 똑같은 말을 들었다고 한다. 요컨대 '어린아이가 무서워하는 것'으로서, 부모로부터 자식에게로 전해지는 것이다. 형태가 없이 말만 전해져서 구체적으로 무엇인지는 아무도 모른다. 하긴 '간코'만 그런 게 아니라 '요괴'가 무엇인지 설명할 수 있는 사람도 많지 않으리라.

"……내가 살았던 미에 현 M시 주변에서는 다들 간코라고 말했지."

할머니의 말에 어머니가 맞장구를 쳤다.

"네, 그런데 아버지 고향에선 뭐라고 했어요? 아버지 고향이 K시였던가요?"

어머니가 할아버지를 '아버지'라고 부른다는 것을 이날 처음 알았다.

할머니가 나지막하게 웃으면서 말했다.

"그건 몰라. 그런 말 안 했어. 물어본 적도 없고."

"그랬군요."

이야기를 듣고 있어서 나도 적당히 맞장구를 쳤다.

할머니는 주름진 손으로 손수건을 움켜쥐고 있었는데, 갑자기 손길을 멈추고 새하얀 눈썹을 찡그렸다.

"하지만 네 아버지가 옛날에 딱 한 번, 거기에는 더 무서운 게 있었지라고 했단다."

"있었다니, 무엇이 있었다는 거예요? 간코도 없다고 하셨잖아요?"

어머니가 대놓고 물었다.

"히데…… 내 정신 좀 보게, 히데키가 아니지. 요즘 들어 자꾸 이름이 헷갈리는구나. 스미에, 네가 어릴 적 이야기야." 할머니는 겸연쩍은 미소를 지으면서 말을 이었다. "네가 아직 어려서 툭하면 울던 때였지. 간코가 온다고 말해서 재우고 한숨 돌리면, 그 사람이 술을 마시며 집 안이 떠나가라 웃음을 터뜨렸어. 내가 힘들게 아이를 재웠으니까 조용히 하라고 말하면 고래고래 소리를 지르며 술병을 집어던졌단다. 그때마다 속상해서 남몰래 눈물을 흘리곤 했지."

지금이라면 가정 폭력이고, 당시에도 폭력 남편이라면서 손가락질을 할 만한 짓이다. 하지만 할머니는 아무것도 아닌 일처럼 태연하게 말했다.

"그렇게 울고 있으면 그 사람은 나를 보고 '간코 정도로 얌전해지다니, 바보 아니야? 우리 고향엔 그것보다 훨씬 더 무서운 게 있지'라고 하더구나."

"흐음, 그래요?"

어머니는 그 이야기에 관심을 잃어버린 모양이었지만 나는 오히려 귀를 쫑긋 세웠다.

"그게 오면 절대로 대답하거나 들여보내선 안 된다고. 현관으로 오면 문을 닫고 내버려두면 되는데 뒷문으로 오면 위험하다고, 뒷문을 열면 끝이라고. 잡혀서 산으로 끌려간다고. 정말로 끌려간 사람도 굉장히 많다고 말이야."

"아이 참, 그게 뭐예요?"

어머니가 쓴웃음을 지었다.

그런 이야기라면 특별할 것이 없다. 옛날이야기나 요괴 대백

과에서 읽은 적도 있다. 하지만 할머니의 이야기를 듣고 나는 몸속 깊은 곳이 부르르 떨리는 느낌이었다.

어머니의 말은 질문이 아니라 어이없다는 뜻이었지만, 할머니는 질문으로 받아들인 모양이었다. 한동안 손수건을 바라보다가 손가락으로 관자놀이를 누르면서 대답했다.

"⋯⋯이름이 보기왕이라고 했어."

다음 순간, 교복 안에 받쳐 입은 셔츠 밑에서 팔의 털이 파도치듯 곤두서는 게 느껴졌다.

그날이다. 그날 오후에 할머니 집에 찾아온 회색 그림자.

그건 할아버지 고향에 전해 내려오는 보기왕이었을까?

그때 느꼈던 공포와 할머니 말에서 짐작하건대, 할아버지는 그날 온 손님을 보기왕이라고 여겼을 가능성이 높다. 하지만 그런 게 실제로 존재할 리는 만무하다. 그렇다면 그 손님은 누구였을까. 게다가 그 기묘한 단어⋯⋯.

"말도 안 돼요."

어머니는 어이없다는 표정으로 딱 잘라 말했다. 아버지도 아무래도 상관없다는 듯이 가볍게 맞장구를 쳤다.

"그런 기이한 전설은 어디에나 있잖아요."

"그렇지." 할머니는 미소를 지으며 대답하고는 영정 사진을 바라보면서 말을 이었다. "술을 많이 마신 탓이겠지만 아무튼 그런 말을 자주 했어. 평소엔 거의 말을 하지 않는 사람이었는데 말이야. 친구들과는 가끔 전화를 했지만⋯⋯."

할머니의 늘어진 눈꺼풀에 반쯤 감추어진 눈이 촉촉해졌다.

전화라는 말에서 어머니는 할아버지와의 추억이 떠올랐는지 미소를 지으며 입을 열었다. 할아버지가 통화하면서 누군가를 야단쳤다는 기묘한 이야기였다. 도중에 몇 번이나 말문이 막히며 눈물을 흘리기도 했지만 마지막에는 소리 내어 웃었다.

그 이야기를 흘려들으면서 나는 등을 타고 흐르는 식은땀에 몇 번이나 몸을 떨었다. 그날은 아버지의 차를 타고 집에 갔을까? 아니면 할머니 집에서 잤을까? 그 장례식장은 숙박이 금지였기 때문에 어느 한쪽이었을 테지만 기억이 나지 않는다.

다음에 기억나는 것은 장례식 다음 날 아침이었다. 나는 온몸이 땀에 젖은 채 눈을 떴다. 회색 덩어리에 쫓기는 꿈을 꾸다가 벌떡 일어난 것이다. 다만 회색 덩어리를 본 것은 아니었다. 회색 덩어리처럼 생긴 것에 쫓기면서 할머니의 집 근처와 학교, 딱 한 번 가본 적이 있었던 고베의 항구가 뒤섞인 곳을, 뒤얽히는 발로 뛰고 또 뛰면서 계속 도망친 것이다.

# 4

밋밋한 노(가면을 쓰고 연기와 춤을 선보이는 일본의 전통 가무극 - 옮긴이) 가면에 화려한 옷을 입고 언월도를 치켜든 자에게 사흘 연속 쫓기는 꿈을 꾸었다……

고등학교 동창생이 그렇게 말했다. 소름 끼치는 이야기다. 하지만 그는 그걸 계기로 노에 관심을 가지고, 지금은 교토에서 노 가면 공방을 운영하고 있다.

나는 그날 사건을 잊지는 않았지만 그것이 정열로 바뀌는 일도 없었다. 그리하여 별다른 희망도 없이 내 실력이라면 확실히 합격할 수 있고 집에서 다닐 수 있는 대학에 진학했다. 동아리 친구들과 많은 시간을 함께하고, 이런저런 아르바이트를 하면서 시간을 보냈다. 공부는 거의 하지 않았지만 연애는 남들만큼 했다.

친구들에게 휩쓸려 도쿄의 회사에 지원해 면접을 보았다. 몇 군데에서 합격 통지를 받았는데, 마이너 제과업체인 '도노다제과'의 영업부를 선택했다.

도쿄 각지의 슈퍼마켓과 소매점을 돌아다니며 회사 상품의 판매와 평가를 정확한 수치로 파악하고, 신제품을 홍보하는 일이다. 처음에는 상사와 같이 다녔는데 익숙해지자 혼자 다니고, 더 익숙해지자 부하 직원을 데리고 다녔다. 점차 사투리가 없어지면서 표준어로 말하게 되었다.

근무 평가는 좋지도 나쁘지도 않았다. 나이가 들수록 담당하는 일의 규모가 커지고 취급하는 금액도 커졌다. 부릴 수 있는 인원도 많아지고 떠맡는 책임도 늘어났다. 그러면서 보람과 성취감이 커졌지만 그에 정비례해 스트레스도 많아졌다. 식사와

술의 양이 늘면서 입사한 지 10년 만에 체중은 15킬로그램이나 늘었다.

대학 동기가 잇따라 결혼하는 가운데 나름대로 독신 생활을 즐겼지만 마음 한쪽에서는 묵직한 책임감이 떠나지 않았다. 외아들이라는 것, 언젠가 부모님을 모셔야 한다는 것, 그러려면 반려자가 있어야 한다는 것…….

가나를 처음 만난 것은 서른두 살의 초봄이었다. 당시 그녀는 스물아홉 살로, 거래처인 '생활마트'란 슈퍼마켓 이타바시 점에서 파트타임장으로 일하고 있었다. 업무 이야기를 하는 사이에 마음이 맞아서 사적으로도 만나게 되었다.

기본적으로는 토요일과 일요일에 쉬고, 아무리 바쁘다 해도 일요일은 쉴 수 있는 나와 달리 그녀는 토요일과 일요일에도 일하는 경우가 많았다. 만나지 못하는 날에는 조바심이 나기도 했지만 착하고 까탈스럽지 않은 그녀 덕분에 교제한 지 2년째 겨울에 약혼하고 이듬해에 결혼하기로 약속했다.

그녀를 데리고 연말에 고향으로 내려가자 집에 할머니가 있었다. 예전에 할아버지와 살았던 집을 몇 달 전에 처분하고 부모님과 같이 산다고 했다.

부모님은 마음씨 고운 가나를 마음에 들어 했다. 저녁식사 자리에서 결혼 이야기를 전하자 함빡 웃음을 지으며 좋아했다. 성질이 급한 어머니는 벌써 손주 이야기를 꺼내서, 술에 취한 아버지가 웃으면서 타박을 주기도 했다. 가나는 수줍은 얼굴로 미소를 지을 뿐이었다.

할머니는 식탁 한쪽에서 대화에 끼어들지 않고 쓸쓸한 미소를 지었다. 머리숱은 깜짝 놀랄 만큼 줄어들어 두피가 훤히 보였다. 원래 작았던 몸은 예전보다 더 작아진 것처럼 보였다.

1월 1일 아침, 가까운 신사에 기도하러 갈 때도 할머니는 집에 있겠다고 했다. 부모님과 가나는 어느새 허물없는 모습으로, 추운 날씨에도 사람들로 북적거리는 신사에서 담소를 나누며 걸었다. 그 모습을 보면서 나는 늙고 약해진 할머니가 떠올라 마음에 걸렸다.

집으로 돌아가자 아버지는 거실의 으레 앉는 자리에 앉아서 설날의 특별 프로그램을 보기 시작했다. 어머니는 할머니를 제외한 인원수의 커피를 타더니, 식탁에서 가나와 마주 앉아 이야기를 시작했다. 가나는 쿠키를 들고 TV를 힐끔힐끔 쳐다보면서 어머니와 최근의 개그맨에 대해서 말하고 있었다. 가끔 즐거운 웃음소리가 들렸다.

커피를 한 모금 마시고 나서 할머니 방으로 갔다. 예전에 창고로 사용했던 3평짜리 방에는 카펫이 깔려 있었다.

커튼을 닫아놓은 어두컴컴한 방에서 할머니는 불단을 향해 몸을 웅크리고 있었는데, 마주 잡은 손에는 검은색 염주가 들려 있었다. 입에서는 가냘픈 목소리로 염불 같은 것이 흘러나왔다. 문에 등을 지고 있어서 얼굴은 보이지 않았다.

할머니의 비스듬한 앞쪽으로 천천히 걸어가서 방바닥에 앉았다.

　할머니는 잠시 손을 마주 잡고 중얼거리며 절을 하더니, 이
윽고 고개를 들고 나를 보았다. 하지만 특별한 반응을 보이지
않고 다시 불단을 향하더니, 가냘프면서도 기나긴 한숨을 내뿜
었다.

　방에까지 갔으면서도 나는 아무 말 없이 그저 할머니의 모습
을 지켜보았다. 할머니는 다시 작은 한숨을 내쉬더니, 늘어진
눈꺼풀 안쪽에서 나를 바라보았다.

　"가나를 소중히 대해주렴."

　"네, 그러고 있어요."

　고개를 끄덕이며 답했지만, 할머니는 눈을 내리깔고 다시 힘
주어 말했다.

　"다정하게 대해줘야 해. 계속 보살펴주지 않으면 안 돼."

　나는 웃으면서 대답했다.

　"할머니, 그러려고 결혼하는 거예요. 결혼을 장난으로 하는
사람이 어디 있어요? 이제 나이도 먹을 만큼 먹었고요……."

　"그런 뜻이 아니야."

　할머니는 슬픈 얼굴로 고개를 흔들었다. 괴로운 표정이다. 내
입가에서 웃음이 사라졌다.

　"여자는 참고 또 참는 법이란다. 괴로운 일도, 슬픈 일도, 가
슴 아픈 일도. 그래야 한다고 생각하기 때문이지. 아무리 심한
일을 당해도 말이야."

나름대로 진지하게 들었지만 마음 한쪽에서는 케케묵은 사고방식이라고 여겼을지도 모르겠다. 요즘 세상에는 그렇게 참고 견디는 걸 미덕으로 여기는 여성은 없다고. 그리고 그런 마음이 얼굴에 나타났으리라. 할머니가 별안간 내 손을 잡았다.

얼굴은 쪼글쪼글하고 작은 손은 메말랐으며 뼈만 앙상했다. 할머니가 이렇게 작고 초라했던가.

적당한 말을 찾고 있는데 할머니가 먼저 말했다.

"가나가 그런 사람인지 아닌지는 몰라. 요즘 여자들은 괜찮을지도 모르지. 하지만 소중히 대해야 하는 건 똑같단다."

할머니 말이 맞다.

"평생 소중히 대하고 대화도 많이 할게요."

"그래야 한다."

할머니는 세 번째 한숨을 토해내고 고개를 숙였다. 몹시 피로한 모습이었다.

나이를 먹으면 비관적으로 생각하게 되는 걸까? 아니면…… 나는 한순간 할머니의 죽음을 떠올렸다가 즉시 생각을 뿌리치고 주름진 손을 가볍게 잡았다.

"약속할게요, 할머니. 가나를 소중히 여길게요. 평생 화목하게 살게요."

그런 말을 입에 담자 쑥스러웠지만 그와 동시에 심장이 꽉 조여들었다. 결혼은 나와 가나만의 문제가 아니다. 가족과 주변 사람의 기대와 사랑을 등에 짊어지는 것이다.

할머니의 눈에서 눈물이 희미한 빛을 뿌렸다. 그대로 떨어질 것 같아 쳐다보았지만 순식간에 얼굴의 깊은 주름에 파묻혀서 사라졌다.

기쁨의 눈물이다. 내가 결혼해서 기쁜 것이리라. 그렇게 생각하자 입가에 미소가 감돌았다. 고맙다고 말하려는 찰나, 할머니가 먼저 입을 열었다.

"이 세상에 참아도 되는 일은 없단다."

무슨 뜻인지 몰라서 가만히 있자 할머니가 입술을 떨면서 다시 입을 열었다.

"계속 참기만 하면 마음속에 나쁜 게 쌓이는 법이지. 오랜 세월이 지나면 그 대가가 온단다. 계속 참는 게 좋은 일은 아니야. 나는 참았어, 그러니까 용서해줄 거야. 그렇게 간단한 이야기가 아니란다. 세상은…… 이 세상은."

무슨 말을 하는지 이해할 수 없었다. 너무 참지 말라는 걸까? 그 말이 틀린 건 아니지만 이렇게까지 절박하게 해야 할 말일까? 눈물을 흘리면서까지 손자에게 해야 할 말일까?

어두컴컴한 방에서 소리도 없이 흐느껴 우는 할머니를 말없이 바라보았다. 어떻게 해야 할지 몰랐고 조금은 짜증도 났다. 이유도 모른 채 답답한 분위기에 짓눌리는 상황이 견디기 힘들었다.

"신경 써주셔서 고마워요. 가나한테도 그렇게 말할게요."

억지로 밝게 말하고, 매정하게 느껴지지 않도록 조심하면서 할머니의 손을 놓았다. 할머니는 촉촉이 젖은 새빨간 눈으로 자리에서 일어선 나를 올려다보았다.

할머니의 눈길을 피하며 벽시계를 보았는데, 이미 정오가 지난 상태였다.

"오세치(정월이나 명절 등에 쓰는 특별 요리 - 옮긴이) 드실 거죠? 제가 사왔어요."

그렇게 묻자 할머니는 고개를 흔들며 속삭이듯 말했다.

"배가 안 고프구나."

"그래도 조금 드시면 기운이 날 거예요. 가나와도 얘기하세요. 네? 거실로 가요."

그래도 할머니는 일어나지 않고 나를 물끄러미 바라보았다.

"왜 그러세요?"

"너 말이야……." 할머니는 축 늘어진 눈꺼풀을 들어올리더니 젖은 눈동자를 크게 뜨고 나서 덧붙였다. "……히데키지? 지금 같이 밥 먹자고 하는 거지?"

순간 목덜미에 소름이 돋았다.

그런 다음에 어떻게 했는지 잘 기억나지 않는다. 할머니를 혼자 두었을 리 없으니까 아마 태연한 척하며 둘이 거실로 나왔으리라.

6월. 도쿄에서 결혼식을 올렸을 때 부모님과 친척들을 초대했는데, 이때도 할머니는 혼자 교토에 남았다. 결혼식이 시작되기 전에 어머니에게 넌지시 할머니에 관해 물었더니 "다리와 허리가 더 약해지셨는데 그것 말고는 건강하셔"라는 대답이 돌아왔다.

치매가 오지 않았느냐고 물으려다가 그만두었다. 어머니가 이상하다고 느끼지 않는다면 괜찮으리라. 스스로에게 그렇게 말하고 나는 결혼식에 신경 쓰기로 했다.

실제로 할머니는 치매가 아니었다. 의식이나 기억은 너무나 또렷했으니까. 지금은 그런 사실을 알고 있다.

이듬해 가을에 할머니가 세상을 떠났다. 폐렴이었다. 향년 아흔두 살. 사인과 나이만 보면 호상이라고 할 수 있다.

다만 돌아가시기 얼마 전에 병상에서 딱 한 번 울며 소리치신 적이 있었다고 한다. 그 말을 할 때마다 어머니는 항상 눈물을 흘렸다.

"죽음이 코앞으로 다가와도 항상 냉정했는데, 막상 그때가 되니까 죽음이 두려우셨던 모양이야."

하지만 나는 알고 있다. 할머니는 죽음을 두려워했던 게 아니다.

할머니는 그때 이불을 밀치고 어머니의 손을 뿌리치며 작은 손발을 정신없이 휘둘렀다고 한다.

"부탁드립니다…… 제발 돌아가주세요…….

"산에는, 산에만은 데려가지 마세요…….

"긴지 씨야……? 긴지 씨 따위는…….

두 손을 마주 잡고 절을 하면서 거듭 말했다고 한다.

사람을 산으로 데려가는 존재. 할아버지와 관계가 있는 존재인가?

이 말을 듣고 마음속에 솟구친 의혹은 한 가지였다. 할머니가 두려워했던 것은 보기왕이 아닐까?

할머니가 세상을 떠나고 한 달 뒤에 아내가 딸을 낳았다.


# 5

아내를, 그리고 딸을 생각할 때마다 내 머릿속에서는 '아이를 갖자'고 확실히 의식하게 된 한 가지 사건이 떠오른다.

결혼식을 한 직후. 신혼여행으로 이세신궁(伊勢神宮)에 기도하러 간 김에 할머니와 할아버지의 고향인 미에 현에 들렀다.

우선 할머니의 친정이 있는 M시에 갔다. 할아버지의 장례식에서 만난 기억밖에 없는 친척 어르신들을 찾아뵙고 결혼했다고 말했다.

어르신들은 나름대로 기뻐해주었지만 사투리가 하도 심해서 무슨 말을 하는지 정확히 알아들을 수 없었다. 그래도 나와 아내를 축복해주서서 감사했다. 평소에 만난 적도 없는 먼 친척인데다 서로 왕래도 없었는데, 축의금까지 주어서 기쁘게 받았다.

그 길로 나와 아내는 K시로 향했다.

예전에 어머니한테서 들었는데 할아버지의 본가는 이미 없어졌다고 한다. 하지만 인터넷으로 조사했더니, 최근에 온천이 생겨서 나름대로 유명해졌다는 걸 알고 아내와 둘이 한 번 가보기로 했다.

세 량밖에 없는 기차를 타고 지역 이름과 똑같은 K역에서 내렸다. 저녁놀이 드리우기 시작하는 개찰구를 나오자 역 앞인데도 슈퍼마켓이나 편의점이 없고, 개인 상점도 보이지 않았다.

있는 것은 싸구려 함석지붕의 자전거 주차장(자전거가 몇 대 놓여 있었다)과 군데군데 갈라진 콘크리트 주차장뿐이었다.

이런 역을 이용하는 사람이 있을까? 아니면 내가 너무 도쿄에 익숙해진 걸까?

나는 역 앞에 펼쳐진 한산한 풍경을 멍하니 바라보았다.

지금도 이런 상태라면 할아버지가 살았던 시절에는 더 아무것도 없지 않았을까? 나무들은 지금보다 훨씬 더 무성하지 않았을까? 아스팔트 포장도 없지 않았을까? 밤이 되면 눈앞도 보이지 않을 만큼 캄캄하지 않았을까?

그렇다면 이곳에 사는 사람들이 요괴, 즉 보기왕을 진심으로 두려워하는 것도 이해가 되었다. 그런데 왜 할머니까지…….

"아!"

아내의 입에서 흘러나온 나지막한 소리를 듣고 정신을 차렸다. 아내가 가느다란 손가락으로 허공을 가리켰다. 손가락 끝이 가리키는 곳을 따라가보자, 10여 미터 앞쪽의 녹슨 조립식

가옥에 큼지막한 간판이 걸려 있었다.

간판은 그곳에 어울리지 않을 만큼 새것이었는데, 큰 글씨로
이렇게 쓰여 있었다.


철이 함유된 온천, 원천수 사용

고다카라 온천

→ 200미터 앞에서 우회전


글씨 옆의 일러스트에는 남녀노소가 한 명씩 미소를 지으며
바위로 둘러싸인 온천물에 몸을 담그고 있었다. 어떤 사람은
바위에 걸터앉아 무릎까지 담그고, 어떤 사람은 어깨까지 담그
고 있다.

사람들의 머리 위에는 새하얀 수건이 놓여 있고, 그 위에는
구불구불한 세로선이 세 개 그려져 있었다. 새하얀 수증기가
나머지 여백을 메우고 있는, 전형적인 '온천' 일러스트였다.

"저거 아니야?"

아내의 말을 듣고 무심결에 맞장구를 쳤다.

"그래, 저기 같군."

하지만 내 머리를 온통 차지한 것은 온천이 아니라 아이 보
물이란 뜻의 '고다카라(子宝)'라는 말이었다.

아이 보물, 아이…….

물론 그때까지 아이에 대해 한 번도 생각해보지 않은 것은

아니다. 아내와 이야기한 적도 있었다. 하지만 그것은 모두 꿈이나 상상의 영역을 벗어나지 않는 시시한 이야기였다.

"한 번 가볼까?"

아내가 손수건으로 얼굴의 땀을 닦으면서 말했다.

돌아다니느라 흘린 땀을 씻고 싶은 걸까? 아니면 신혼여행 일정을 소화하기 위해서일까? 그것도 아니면 더 깊은 의도가 있을까?

아내의 진심을 알 수 없어서 일단 "그러지 뭐"라고 대답한 뒤, 간판의 화살표가 가리키는 방향으로 걸음을 내디뎠다.

회색 기와지붕과 갈색 나무기둥. 고다카라 온천은 생긴 지 얼마 되지 않았는지 모든 게 반짝반짝해서, 우리는 "깨끗할 것 같아", "오기를 잘했어"라고 말하면서 문을 지나갔다.

신발을 넣는 로커에는 예상외로 빈 곳이 많지 않았다. "의외로 사람이 많나 보군" 하고 말하면서 자판기에서 목욕세트 버튼을 눌렀다.

로비 의자에는 먼저 온 손님이 몇 명 앉아 있었다. 우리와 비슷한 연배로 보이는 여성과 중년 여성. 그리고 이런 시설 특유의 축축한 공기가 로비를 가득 메우고 있었다.

역시라고 해야 할까, 간판 일러스트와 달리 욕탕은 남녀가 별도였다.

온천의 효능과 유래가 쓰여 있는 커다란 나무판 앞에서, 나는 아내를 불러 세웠다.

"응?"

아내가 나를 똑바로 바라보았다. 나는 역에서 여기까지 오는 동안에 생각한 것을 머리로, 아니 가슴으로 정리했다.

중요한 것은 아내인 가나의 마음을 헤아리고 대처하는 게 아니다. 남편인 내가 어떻게 생각하고 어떤 결단을 내리느냐는 것이다.

나는 아내의 이마에 얼굴을 가까이 대고 말했다.

"있잖아, 아이를 갖고 싶어."

입욕 세트를 껴안은 아내는 멍하니 입을 벌린 채 그대로 굳어졌다. 그리고 즉시 얇은 입술 끝이 올라갔다.

"갑자기 그게 무슨 말이야? ……아."

아내가 가지런한 치아를 보이며 눈을 반짝반짝 빛냈다.

"여기 이름 때문이야?"

"그래. 그래서 무심코 그런 생각이 들었다고 할까?"

아내는 후후 하고 가볍게 웃더니 갑자기 얼굴을 찡그리며 고개를 숙였다.

"어? 왜 그래……?"

"아니야, 미안해."

아내는 한손을 눈에 대고 얼굴을 들었다.

"기뻐서 그래. 아이에 대해 신중하게 생각해줘서."

그렇게 말하고 아내는 코를 훌쩍였다.

아내를 안으려 하다가 황급히 그만두고, 오른손을 어정쩡하게 어깨에 둘렀다.

"자기는 어때?"

"나도…… 아이를 갖고 싶어."

아내는 눈물을 글썽이며 그렇게 대답했다.

탈의실에도, 욕탕에도 손님이 별로 없어서, 쇠 냄새가 나는 갈색 온천물에 몸을 담그면서 나는 왕이 된 기분을 만끽했다.

로비에서 커피우유를 마시며 아내를 기다리는 동안, 앞으로의 인생을 생각했다. 아이가 있는 인생을, 아이를 키우는 내 모습을.

아내가 아이를 가졌다고 말한 것은 그로부터 6개월 후의 일이었다.

고다카라 온천에서는 아이를 갖고 싶다고 말했지만, 임신에 대한 불안과 망설임은 당연히 있었을 것이다. 온천에서 집으로 돌아오는 길에도 아내는 미래에 대해 고민하는 것 같았다.

그리고 막상 아이를 갖게 되자 이런저런 부정적인 생각이 들었던 모양이다. 호르몬 수치가 변하면서 몸과 마음의 균형이 달라졌기 때문일지도 모르겠다.

침대 위에서 불안한 듯 쥐어짜는 목소리로 아이를 가졌다고 말하고 나서, 아내는 나를 올려다보았다. 나는 아내의 눈을 똑바로 쳐다보며 선언하듯 말했다.

"축하해. 우리 둘이 잘 키우자."

아이가 태어나면 결코 아내에게만 육아를 떠맡기지는 않겠다. 아버지인 나도 육아에 함께하겠다. 부부가 힘을 합쳐 열심히 아이를 키우자. 나는 계속해서 그렇게 말했다.

아내는 흘러넘치는 눈물을 닦으면서 함박미소를 지었다.

입덧이 시작되면서 아내는 '생활마트'의 파트타임 일을 그만두고 집에서 쉬게 되었다. 아내는 계속 일하고 싶어 했지만 내가 나서서 그만두게 했다.

그때까지는 아내의 의견을 존중했지만 아이에 관해서는 고집을 부렸다. 그것은 나 스스로도 의외였다.

일은 바빴지만 되도록 일찍 집에 들어갔다. 입덧이 심해서 집안일을 못할 때는 최대한 아내의 부담을 덜어주도록 노력했다.

아이 이름을 어떻게 지을지 함께 고민하고, 신생아 제품의 카탈로그를 같이 보았다.

'치사'라는 발음은 아내가, 알 지(知) 자에 비단 사(紗) 자는 내가 정했다. 옥신각신하지 않고 원만하게 정한 편이다. 아이의 이름을 정한 것은 할머니의 부음을 듣기 일주일 전이었다.

할머니의 장례식에서 돌아오고 나서는 매일 아내와 같이 출산 준비에 매달렸다. 큰마음을 먹고 집도 사고, 가전제품도 모두 새로 구입했다.

신혼집은 가미이구사에 위치한 4층짜리 작은 빌라의 3층으로, 방 셋에 거실과 부엌이 딸려 있다. 나와 아내와 딸의 집이자 우리 가족의 집이다. 오랫동안 대출금을 갚아야 하는 게 약간 불안했지만 그보다 기쁨이 훨씬 컸다.

산달이 코앞으로 다가오고, 입원 수속을 마쳤을 무렵이었다.

그날 오후. 외근을 마치고 일단 회사로 돌아간 뒤, 4층 영업부에서 조금 후에 있을 회의에 대해 상사와 얘기를 나누고 있었다. 그때 나보다 한 살 어린 다카나시가 다가와서 나를 불렀다.

"다하라 씨."

"왜, 무슨 일이야?"

다카나시가 난감한 표정을 지으며 답했다.

"손님이 오셨어요. 다하라 씨를 만나고 싶다고 하던데요?"

나는 고개를 갸웃거렸다.

"손님? 오늘 약속은 없는데? 누구래?"

"뭐라고 했더라?" 그는 생각하는 표정을 짓고는 바로 말했다. "그래요! 치사 씨 일로 다하라 씨에게 볼일이 있다고 했어요."

"치사?"

나도 모르게 그렇게 되물었다.

딸의 일이라고? 그렇다면 아내의 친척이나 지인일까? 아니면 곧 입원할 병원 관계자일까?

혹시 아내에게 무슨 일이 생긴 게 아닐까?

나는 대충 인사하고 허겁지겁 1층으로 향했다. 회사가 작아서 로비라고 할 만한 공간은 없고, 작은 건물의 활짝 열려 있는 문 앞에 엘리베이터와 계단, 로마 신전의 기둥을 본뜬 대리석 전화대가 있을 뿐이다. 손님들은 보통 그 전화를 이용해 방문했음을 알리는데, 오늘은 우연히 다카나시가 지나가다가 손님을 맞이한 것이리라.

엘리베이터에서 내리자 전화대 앞에도, 문 주변에도 아무도 없었다.

어떻게 된 걸까.

만일을 위해 밖으로 나가 주변을 살펴보았지만, 가을바람이 부는 길에도 그럴 만한 사람은 보이지 않았다.

다시 건물 안으로 들어가자 계단에서 다카나시가 쿵쾅쿵쾅 뛰어 내려왔다.

"어? 손님은요?"

겨우 몇 층을 내려왔을 뿐인데, 다카나시는 몹시 숨을 헐떡였다. 나는 고개를 가로저으며 말했다.

"아무도 없어. 누구였어?"

"그게 말이에요……."

그는 헐떡이면서 윗옷을 벗었다. 더위를 많이 타서 땀을 많이 흘리는 타입이다.

"여자였는데……."

"그러니까 누구였냐니까?"

나는 조바심이 드러나지 않도록 물었다.

"젊은 여자였고……. 어라? 어?"

그는 시선을 떨구고 미간에 주름을 잡았다. 그리고 윗옷을 팔에 걸친 채 그대로 굳어지더니, 이윽고 멍한 얼굴로 나를 쳐다보았다.

"……죄송해요. 전혀 기억이 안 나요."

나는 가볍게 웃었다.

"나 참, 어이가 없군. 이름은 들었을 거잖아."

"아뇨, 그게……."

그는 입구를 쳐다보았다. 몇 분 전의 상황을 필사적으로 떠올리려고 하는 듯했다.

"이상하다……. 분명히 저기에 있어서 제가 말을 걸었고, 그리고……."

"치사 일 때문이라고 했어?"

"네. 그런데 치사 씨가 누구예요? 사모님인가요?"

"치사는……."

그제야 겨우 깨달았다. 아직 그 누구에게도 딸의 이름을 말하지 않았다. 아내도 다른 사람에게 말했을 리 없다. 무사히 태어난 후에 사람들에게 정식으로 말하자, 그렇게 약속했기 때문이었다.

물론 내가 모르는 곳에서 아내가 실수로 말했을 수도 있다. 병원 관계자라면 그럴 가능성은 더 높을 것이다. 하지만…….

고개를 갸웃거리는 다카나시한테서 눈길을 돌리고, 안주머니에서 휴대폰을 꺼냈다.

등록되어 있는 아내의 전화번호를 누른 뒤 휴대폰을 귀에 대고, 난감한 얼굴로 다시 윗옷을 입으려는 다카나시를 별생각 없이 바라보았다.

그는 소매에 왼팔을 넣으면서 오른팔로 윗옷을 잡아당겼다. 오른팔의 팔꿈치가 올라갔다.

"이봐……."

무의식중에 그를 불렀다. 다카나시는 왜 그러냐는 표정으로 나를 보았다.

"……그 팔, 어떻게 된 거야?"

띠리리링 하는 신호음을 들으면서 왼손으로 그의 오른팔을 가리켰다.

두 팔의 바깥쪽이라고 할까? 지방이 붙기 쉬운 부분에 질척한 붉은 얼룩이 보였다. 붉은 얼룩은 하얀 셔츠를 적시며 점점 더 퍼져나갔다.

피다.

"네? 왜 그러세…… 으윽!"

그는 셔츠를 잡아당기고 나서야 겨우 피가 배어 있음을 알아차렸다.

"어디서 다쳤어?"

"아뇨, 이게 뭐죠? 어떻게 된 건가요?"

평소에 느긋하고 당당했던 그가 몹시 당황하면서, 왼손으로 새빨갛게 물든 오른팔을 만졌다. 다음 순간.

"으…… 으아악!"

그는 비명을 내지르면서 하얀 바닥에 몸을 웅크렸다.

나는 휴대폰을 귀에 댄 채 어정쩡한 자세로 그를 도와주려고 했다.

"다카나시, 괜찮아?"

"으…… 으아악…… 으으……."

엄청난 고통으로 말도 할 수 없는지, 그는 바닥에 무릎을 꿇었다. 얼굴에 비지땀이 송골송골 맺혔다.

"여보세요."

하필 이 타이밍에 아내가 전화를 받았다. 하지만 지금은 통화할 때가 아니다.

"미안하지만 끊을게."

"응? 무슨……."

아내의 말을 무시하고 전화를 끊어버린 뒤, 몸을 숙이고 그의 등에 손을 댔다.

그는 왼손으로 오른쪽 팔꿈치를 잡은 채 몸을 웅크리고 있었다. 셔츠의 오른팔은 이미 새빨갛게 물들어 있었다.

툭. 셔츠에서 새어나온 피가 하얀 바닥에 떨어졌다.

"움직이지 마. 바로 구급차를 부를게."

고통으로 신음하는 그를 놔두고 119번을 누르면서 계단을 뛰어 올라갔다.

잠시 후, 나는 소란스럽게 떠드는 다른 사원들과 구급차의 뒷모습을 멍하니 바라보았다. 뒤늦게 회의에 참석했지만 전혀 집중할 수 없었다.

# 6

다카나시는 아무 일도 없었던 것처럼 이튿날 출근했으나 그 다음 날부터 회사에 나오지 않았다. 병원에 입원했다고 한다. 그의 동기 중에 병문안을 간 사람이 몇 명 있어서 이야기를 들었는데, 무슨 상황인지 종잡을 수 없었다. 단편적인 이야기를 종합하면 오른팔의 상처 자체는 그렇게 심각하지 않은데, 상처가 곪는 바람에 몸 상태가 안 좋아져 당분간 퇴원할 수 없다는 것이다.

일도 바쁘고 아내의 출산이 코앞으로 다가오기도 해서, 그가 입원한 지 보름 후에 병문안을 갔다. 토요일 오후였다.

"어떻게 된 거야?"

오래된 종합병원의 병실. 링거를 꽂고 침대 위에 누워 있는 그를 보자마자 그런 말이 입을 뚫고 나왔다. 체격이 좋고 건강했던 그는 놀라울 만큼 야위고, 얼굴도 피부도 거무칙칙해졌다. 오른팔에는 붕대가 몇 겹이나 감겨 있었다.

"무슨 세균이 들어갔다는 것 같아요……."

그는 움푹 들어간 뺨을 왼손으로 만지면서 말했다. 그렇게 말하는 것만으로도 힘들어 보였다.

대낮임에도 두터운 커튼으로 햇빛을 가린 어두컴컴한 병실에서, 그의 눈이 번들번들 빛났다. 그런 그에게 회사 이야기를 하거나 잡담을 할 마음은 들지 않아서, 나는 최소한의 위로만

하고 자리에서 일어났다.

병실에서 나온 순간, 멀리서 다급한 목소리가 들렸다.

"죄송하지만 잠시만요!"

목소리가 들린 쪽을 돌아보자 머리가 벗어지고 약간 통통한 초로의 남성이 쿵쾅쿵쾅 뛰어왔다.

남자가 물었다. "도노다제과 분이신가요?"

"네에."

"다카나시의 아비되는 사람입니다. 이렇게 병문안까지 와주시고 감사합니다."

남자는 거친 숨을 몰아쉬면서 그렇게 말하더니 깊숙이 고개를 숙였다.

형식적인 인사를 나누고 근처에 있던 팥죽색 소파에 나란히 앉았다. 내게 물어볼 말이 있다고 했기 때문이었다. 그의 심각한 표정에는 거부할 수 없는 절박함이 깃들어 있었다.

아키타에서 야간버스를 타고 오늘 아침에 도착했다면서 아들은 오전에 만났고, 담당 의사한테서도 따로 이야기를 들었다고 한다.

그는 그렇게 운을 떼우더니, 갈색 바지의 무릎 위에 손을 얹고 몸을 앞으로 숙이며 물었다.

"회사에서 자기도 모르는 사이에 다쳤다고 하던데, 그럴 수가 있나요?"

이마와 머리에 땀이 배어나왔다. '서글서글해' 보이는 커다란 눈이 꿰뚫어볼 듯이 나를 쳐다보았다. 이해할 수 없는 이유로 아들이 입원하게 되어, 걱정스러워서 견딜 수 없는 모양이었다. 아들이나 의사만이 아니라 사정을 아는 주변 사람들에게 이야기를 들어서 조금이라도 안심하고 싶은 것이리라.

내 눈으로 본 상황을 대강 말해주었다. 로비에서 만났는데, 갑자기 팔에서 피를 흘리며 고통스러워해서 구급차를 불렀다, 그 직전에 사무실에서 만났을 때에는 특별히 다친 모습은 없었다고.

말을 마치자 그는 이마를 찡그리며 재차 물었다.

"실례지만 정말로 그것뿐인가요?"

"그게 무슨 말씀이시죠?"

그렇게 되묻자 그는 시선을 떨군 뒤에 다시 나를 향했다.

"예를 들면 말이죠, 예를 들면…… 그 회사에서는 공공연한 비밀이 있는 것 아닌가요? 사원들이 다 같이 들개나 들고양이 같은 짐승에게 먹이를 줘서 기르는 것 말입니다. 그게 이번 일로 드러날 것 같아서, 다들 아무것도 모른다고 쉬쉬하는 게 아니냐는 겁니다. 아들도 입을 맞추고요."

"아닙니다."

나는 즉시 부정했다.

무슨 말인지는 알지만 실제로 회사에서 개나 고양이를 기르지는 않는다. 적어도 내가 아는 범위에서는. 따라서 그것을 감추기 위해 입을 맞춘 일도 없다.

내가 이해할 수 없었던 것은 질문의 의도였다. 그는 왜 지금 이런 질문을 하는 걸까.

의아함이 얼굴에 나타났으리라. 그는 손수건으로 이마의 땀을 닦고 목소리를 낮추며 말했다.

"담당 의사가 그러는데, 그건 물린 상처라고 하더군요."

"네?"

"아들의 팔은 무엇인가에 물렸다고 합니다. 상처를 보면 그렇게밖에 생각할 수 없다더군요. 아들은 그런 일은 없다, 자기도 모르는 사이에 피가 나왔다고 주장하는데, 도대체 뭐가 어떻게 된 건지……."

마지막 말은 거의 알아들을 수 없었다. 그는 매달리는 눈길로 나를 쳐다본 채 입을 다물었다.

"하지만 아드님은 실제로……."

머릿속으로 그때의 광경을 떠올리며 말하는데 한 가지 모순을 깨달았다.

"……셔츠는 아무렇지도 않았습니다. 피에 젖기는 했지만 찢어지거나 구멍이 난 것처럼 보이지도 않았고요. 무엇인가에 물렸다면……."

"그건 아들한테서도 들었습니다." 그는 내 말을 가로막고 크게 한숨을 내쉬었다. "성함이……."

"다하라 히데키입니다."

"다하라 씨, 난 지금 화를 내거나 따지려는 게 아닙니다. 빨리 납득하고 안심하고 싶은 것도 아니고요. 다만……."

목소리가 갈라졌다. 그는 몇 번 헛기침을 하고 나서 다시 말을 이었다.

"짐승 같은 것에 물렸다면 맨 먼저 생각해야 할 건 광견병이죠. 옛날에 그걸로 친구를 잃었거든요. 산에서 들개한테 물리는 바람에 순식간에…… 겨우 열다섯 살이었습니다."

광견병 증상이 나타나면 치사율은 100퍼센트에 가깝다고 들은 적이 있다. 고열이 이어지고 온몸에 경련이 일어나며 먹을 수도 마실 수도 없는 채 고통 속에서 발버둥 치다가 죽음에 이른다고.

친구의 마지막 순간을 떠올렸는지, 그는 침통한 표정을 지으며 말했다.

"그래서 여기에 오기 전에 선생님한테도 물었죠. 혹시 아들이 광견병이 아니냐, 백신을 맞기 전에 증상이 나타난 게 아니냐고요. 그래서 그런 식으로……."

다시 목소리가 작아지다가 사라졌다. 그는 고개를 떨구고 코를 훌쩍였다. 병원복 차림의 환자가 지나가자 소독약 냄새가 진하게 떠다니다가 점차 희미해졌다.

그가 하고 싶은 말은 쉽게 추측할 수 있었다. 그래서 아들의 몸이 저렇게 기이하게 변한 게 아닌가 하고.

"의사는 뭐라고……."

들개에 물렸다는 전제가 이미 사실에 맞지 않고, 광견병의 증상과 다카나시의 모습이 다른 것처럼 여겨졌지만 그렇게 물을 수밖에 없었다.

그는 작게 고개를 흔들었다.

"광견병과는 다르다고 하더군요. 검사를 했는데 확실히 광견병은 아니다, 애초에 물린 자국이 개도 고양이도 쥐도 박쥐도 아니다, 그것 말고도 광견병을 옮기는 짐승은 많지만 대도시에 그런 게 있다고는 생각할 수 없다고 말이죠."

"그러면 대체 뭐란 건가요?"

"잘 모르겠다고 하더군요."

그는 일그러진 미소를 지으며 나를 똑바로 쳐다보았다. 면도 자국이 희미하게 남은 코밑에 땀방울이 맺혀 있었다. 축 늘어진 눈 밑에서 빛나는 것은 땀일까? 눈물일까?

"보여달라고 사정해서 보게 됐습니다."

그의 혼잣말 같은 소리를 듣고 반사적으로 물었다.

"뭘 말인가요?"

"사진요. 아들 팔에 있는 상처 사진……." 그는 손등으로 입가를 닦으며 말을 이었다. "내 눈으로 확인하고 싶었어요. 그래서 상처를 보여주지 않겠다면 적어도 사진이라도 보여달라고 고집을 부렸답니다. 그런데 사진을 봤더니 더 이해할 수 없게 됐습니다. 그런……."

"그런?"

또다시 목소리가 끊어질 것 같아서 얼굴을 가까이 댔다. 내

코끝에서 주름진 얼굴이 파르르 떨리는 것이 느껴졌다.

그는 내게서 눈을 돌리고 짜내듯이 말했다.

"그렇게 너덜너덜하고 갈기갈기 찢긴……. 그건 개도, 고양이도 아니고…… 도대체 뭔지……."

거기까지 말하고 그는 완전히 입을 다물었다. 땀 한 방울이 턱에서 바닥으로 떨어졌다.

"실례하겠습니다. 갑자기 현기증이 나서요……."

그는 그 말을 남기고 도망치듯 복도로 사라졌다.

버림을 받은 꼴이 되었지만 뒤를 따라갈 마음은 들지 않았다. 나는 복도 막다른 곳에 있는 자동판매기에서 캔 커피를 뽑아, 그 자리에서 전부 마신 뒤에 귀가했다.

딸이 태어난 것은 그로부터 일주일 뒤, 가을치고는 꽤 추운 날의 오후였다.

아내는 가냘픈 편이지만 출산은 그렇게 힘들지 않았는지, 회사에서 헐레벌떡 뛰어간 내게 진이 빠졌으면서도 감격에 겨운 미소를 지을 만큼의 여유를 보여주었다.

딸은 주름이 쪼글쪼글한 원숭이로밖에 보이지 않았다. 그래도 내게는 어느 누구보다 사랑스럽게 보였다. 마음속에서 자비심이랄까, 기쁨과 감사의 마음이 솟구치는 게 느껴졌다.

그 이후 아내와 둘이 딸을 돌보고 일도 열심히 하면서 바쁘지만 충족된 날들을 보냈다.

연말. 회사 전체가 부산스러운 가운데 다카나시의 사표가 우편으로 도착했다.

　　건강상의 이유로 퇴직하고자 합니다


　어떻게 된 연유인지 그의 동기에게 물어도 "정말로 몸이 안
좋은 것 같습니다"라는 말밖에 들을 수 없어서, 나는 다시 그가
입원한 병원을 찾았다. 접수처의 간호사는 내선 전화로 병실과
통화하더니 미안한 표정으로 어린애를 달래듯이 말했다.
　"지금 기분이 좋지 않아서 아무도 안 만나겠대요. 죄송해요.
오늘은 그냥 돌아가시는 게 좋겠어요."
　병원 문을 나와서 문득 발길을 멈추고 병동을 올려다보았다.
두터운 하얀 구름 밑에 오래된 종합병원의 병동이 엄숙하게 자
리 잡고 있었다.
　그때 몇 호실인지 생각이 났다. 머릿속으로 병실의 위치를
생각해 그가 있을 만한 병실의 창문을 바라본 순간, 스윽 커튼
이 닫혔다.
　커튼이 닫히기 직전에 나는 보았다.
　거의 검은색에 가까운, 마른 나뭇가지 같은 가느다란 팔과
부수수한 머리칼을. 부자연스러울 만큼 크고 새빨갛게 충혈된
두 개의 눈을.
　나는 도망치듯 병원을 뒤로했다.

# 7

다카나시의 건강과 퇴사가 마음에 걸리지 않은 것은 아니다. 하지만 딸을 돌보고 아내를 도와주는 등 일과 육아를 병행하느라 정신이 없는 가운데, 그에 대한 걱정은 점차 머릿속에서 사라졌다.

지금에 와선 참 태평했다고 생각한다. 조심성도 없었고 대책도 없었다고.

그렇다고 그를 까맣게 잊어버린 건 아니었다. 정확하게 말하면 다카나시보다 그 사건의 기묘함과 부조리함에 대한 불안과 두려움이 마음 어딘가에 항상 자리하고 있었다.

그리고 무의식적으로 그것과 연결해서 생각했으리라. 영업하러 돌아다니다 영험이 있을 만한 절이나 신사를 발견하면 부적을 사서 집에 장식하게 되었다.

현관, 부엌, 화장실, TV 위, 침실……

지역 축제나 우란분재, 연말에 신사에 갈 때도 영험이 있을 만한 것, 우리 가족을 지켜줄 만한 것은 망설이지 않고 사들였다.

"그렇게 많이 사서 뭐 하려고 그래?"

어이없는 얼굴로 웃는 아내에게 이렇게 대답했다.

"가족을 지키는 게 아버지의 역할이니까."

내 마음속에 깃든 불안에 대해서는 말해주지 않았다. 아내도 꼬치꼬치 캐묻지 않았다.

그런 물건을 구입함으로써 불안을 조금 없앨 수는 있었지만, 가장 나를 치유하고 긍정적으로 만들어준 것은 역시 딸의 환한 웃음과 성장하는 모습이었다.

그리고 예상치 못했던 일이지만 나에게 큰 용기를 주고 불안을 해소해준 것은 육아에 적극적인 다른 아버지들과의 만남이었다.

인터넷과 SNS를 통해 그들과 의견을 주고받으며 서로를 격려했다. 육아를 나 몰라라 하는 수많은 아버지들에게 따끔한 일침을 날린 적도 한두 번이 아니었다.

소중한 육아 동료들

오늘은 동네의 육아 동료들과 로열 호텔에서 모임이 있었습니다.

평소에는 누군가의 집에 가는 일이 많지만, 가끔은 이렇게 사치를 부리는 것도 나쁘지 않군요.

참, 얼마 전에 우리 모임에 새로운 멤버가 가입했습니다! T부부는 아직 20대로 남편분은 모 대형 광고회사에 다니고, ㅋㅋ 아내분은 현역 모델이라고 합니다.

두 분은 지난달에 아이를 낳았습니다. 예쁜 따님이 이제 막 이 세상을 찾아온 겁니다.

예전에 딸아이가 입었던 옷을 선물했더니 아주 기뻐하시더군요.

남편분은 아직 아이를 안는 게 익숙지 않아서 살짝 걱정되지만, 아빠도 아이와 같이 성장하는 법이니까요.

오오! 이제 비결을 아셨나요? 그래요, 훌륭해요, 새내기 아빠!

최근 들어 이웃과의 교류가 줄어들었다고 한탄하는 분이 있을지도 모르지만, 이런 시대이기 때문에 사람과 사람의 인연이 더 소중한 게 아닐까요?

물론 그들과 친해졌다고 해서 육아에 소홀한 것은 아니었다. 바빠서 잠잘 시간도 없고 녹초가 되어 집에 돌아와도, 항상 딸을 사랑하고 열심히 돌봤으며 아내에게 따뜻하게 말했다.

나는 가정에 충실했다. 아내도 내가 육아를 도와준다고 고마워했다.

딸이 두 살이 되기 얼마 전, 가을에 접어든 무렵이었다. 저녁 약속이 취소되어 집에 일찍 들어갈 수 있겠다고, 아내에게 전화를 걸어 그렇게 말했다.

일찍 들어간다고 하자 아내는 기뻐하면서도 난감해하는 모습이 역력했다. 이유를 물으니 이웃과 저녁을 같이 먹기로 했다는 것이다. 고즈에 씨 부부였다. 그들 부부에게는 치사와 비슷한 또래의 딸이 한 명 있다.

육아에는 이웃의 도움과 연대를 빼놓을 수 없다. 그것은 나도 잘 알고 있다. 하지만…….

"……이미 저녁도 준비하셨을 테고 치사도……. 가끔은 친구나 주변 사람을 만나는 것도……."

아내의 말투가 왠지 남에게 말하듯 데면데면하고 단어를 신중하게 고르는 듯했다.

나는 확신했다. 아내는 이웃과의 관계에 지쳐 있다. 그래도 계속 고즈에 씨 부부를 배려하면서, 내가 그런 사실을 알아차리지 못하도록 애쓰고 있는 것이다.

착한 아내. 훌륭한 아내.

그런 아내가 곤경에 빠졌다면 도와주는 게 남편의 역할이다. 나는 아내를 위로하면서, 오늘 밤은 우리 가족끼리 단란하게 보내자고 설득했다. 고즈에 씨의 남편인 쓰다 씨에게 전화를 걸어, 저녁식사를 취소하겠다고 정중하게 말했다.

전철을 갈아타고 저녁 7시에 집에 도착했다. 계단을 뛰어올라가 종종걸음을 쳐서 현관문을 열었다.

캄캄했다. 현관도 복도도, 그 너머에 있는 거실도. 멀리서 희미하게 빛나는 것은 부엌의 불빛일까? 아내와 딸은 어디에 있을까?

"여보."

손으로 더듬어 전등 스위치를 찾았다. 달칵 하는 소리와 함께 부드러운 빛이 현관과 복도를 비추었다.

다음 순간, 눈앞에 펼쳐진 광경을 보고 나도 모르게 한 걸음 뒤로 물러섰다.

마루에 온통 흩어져 있는 반짝거리는 천조각과 가느다란 끈 목. 그리고 종잇조각. 갈기갈기 찢기고 잘리고 뜯기고 흩뿌려진 그것들은…….

내가 그동안 사서 집에 장식했던 부적과 호부(護符)의 잔해였다.

"가나! 치사!"

나는 거칠게 신발을 벗어던지고 거실로 뛰어들었다. 부적과 호부를 밟을 것 같아서 한순간 망설였지만, 산산이 흩뿌려져 있어서 어쩔 수 없이 밟고 지나갈 수밖에 없었다.

거실 불을 켜자 그곳에도 수많은 천조각과 종잇조각이 흩어져 있었다.

눈을 돌려 부엌으로 뛰어가자 아내가 고개를 들었다. 아내는 딸을 껴안은 채 웅크린 채 앉아 있었다. 화장하지 않은 얼굴은 초췌하고, 형광등 불빛 탓인지 눈 밑의 다크서클이 유달리 초라해 보였다.

"여보!"

큰 소리로 부르자 아내는 입술을 파르르 떨었다. 순식간에 눈에 눈물이 고이더니 뺨을 타고 흘러내렸다.

"어떻게 된 거야? 이, 이건…….."

아내의 발밑에 떨어져 있던 부적 잔해를 주워 올렸다. 난폭하게 찢기고 구깃구깃해져 있었다.

"나…… 나는…….."

아내의 목소리는 뒤집어지고, 눈에서는 눈물이 흘러내려 딸의 머리를 적셨다. 새근새근 숨 쉬는 소리가 들렸다. 딸은 잠들어 있었다.

아내의 어깨를 잡고 되도록 작은 목소리로 물었다.

"무슨 일이 있었던 거야?"

"이, 이건······."

아내는 계속 몸을 떨었다. 분명히 겁을 먹고 있다. 나도 모르게 입에서 말이 흘러나왔다.

"뭔가가······ 왔었지?"

"뭐······?"

아내의 얼굴에서는 낭패한 모습이 역력했다. 눈은 허공을 방황하고 입은 반쯤 벌린 채 하얀 얼굴은 더욱 새하얘졌다.

"여보, 진정해. 일단 치사를······."

따르르릉. 그때 느닷없이 전화벨이 울렸다. 집 전화다. 나와 아내는 동시에 소스라치게 놀라며 몸을 떨었다.

따르르릉.

따르르릉.

지금은 느긋하게 있을 때가 아니다. 나는 그렇게 판단하고 아내의 어깨를 다정하게 감싸고 딸을 안았다. 딸은 뺨을 새빨갛게 물들인 채 곤히 잠들어 있었다. 콧물이 말라서 윗입술에 달라붙어 있었다. 울었던 모양이다.

딸을 안고 아내를 일으켜 세운 뒤, 거실로 나와서 천천히 침실로 향했다. 딸을 깨우지 않도록, 그리고 부적이나 호부를 밟지 않도록 조심해서 걸었다. 전화벨이 멈추고 기계음이 자동응답 전화의 안내를 알린 뒤, '삐 하는 발신음'이 울렸다.

전화에서 나오는 희미한 잡음을 등에 지고 침실 앞에 서자 아내가 문을 열었다.

"여보세요."

전화기 너머에서 침착한 여자의 목소리가 들렸다.

"긴지 씨 계세요?"

온몸이 그대로 굳었다. 발이 얼어붙은 것처럼 움직이지 않았다. 잡음이 섞여서 알아듣기 힘들긴 했지만 잘못 들었을 리 없었다. 초등학생 때, 할머니 집의 현관에서 들었던 그 목소리, 그 말투.

아내가 의아한 얼굴로 나를 올려다보았다.

"시즈 씨는 계세요?"

이번에는 돌아가신 할머니의 이름을 불렀다.

"이거…… 장난전화지……?"

아내가 가냘픈 목소리로 말하고 나서 전화기를 쳐다보았다. 어떻게 대답해야 하나 생각했지만 말이 나오지 않았다. 목소리가 끊어지고 잡음이 이어졌다.

나는 태연함을 가장하고 침실에 발을 집어넣었다.

"히데키 씨."

다음 순간, 독수리가 날카로운 발톱으로 심장을 움켜쥔 듯한 느낌이 들었다.

"헉! ……뭐지, 이거?"

아내가 내 팔을 잡았다.

"가나 씨."

히익. 아내가 숨을 들이마시고 내 팔을 잡은 손에 힘을 주었다. 나는 아내에게 딸을 건네면서 "부탁해"라고 말했다. 스스로도 한심할 만큼 목소리가 떨렸다.

아내는 당황하면서도 딸을 안았다. 나는 고개를 한 번 끄덕이고 나서 전화기 옆으로 성큼성큼 걸어갔다. 부적이 짓밟히는 게 발바닥에서 전해졌지만 지금은 그걸 신경 쓸 때가 아니었다.

난폭하게 전화기를 들어 올려 뒤쪽의 전화선을 뽑아버리자 계속 흐르던 잡음이 끊어졌다.

온몸에서 힘이 빠지고 입에서 커다란 한숨이 새어나왔다. 천천히 전화기를 내려놓고 코드를 든 채 망연히 서 있자 아내의 목소리가 들렸다.

"대체 어떻게 된 거야……?"

고개를 들자 아내가 딸을 안고 나를 물끄러미 바라보았다.

"장난전화야. 회사에도 가끔 걸려와. 내게 원한을 가진 사람이 있는 것 같아."

말도 안 되는 거짓말을 하고 아내와 딸을 침실로 데려갔다.

잠이 올 리 없었다. 뜬눈으로 밤을 꼬박 새우고, 다음 날 아침에 평소와 똑같은 시간에 출근했다.

# 8

그날 할머니 집을 찾아온 손님이 25년이 넘게 흐른 뒤에 나를 찾아오려고 하고 있다. 할아버지 고향인 미에 현 K시에 전해지는 보기왕이라는 이름의 괴물이……

다들 망상이라고 생각할 것이다. 아니면 어린애 같은 공상이라고. 다른 사람에게서 들었다면 나도 그렇게 말하면서 웃어넘겼으리라.

하지만 다카나시는 실제로 뭔가에 물려서 오랫동안 입원한 끝에 회사를 그만두었다.

실제로 집 안의 부적은 모두 찢어지고, 집에 괴이한 전화가 걸려왔다. 아내와 딸은 끔찍한 일을 겪었고 아내는 넋이 나간 표정을 지었다.

진실이 어떻든 한 집안의 가장으로서, 아버지로서 그냥 있을 수는 없다. 그 일이 우연인지, 누군가가 장난을 친 건지 알게 되면 어떻게 대응해야 할지도 알 수 있으리라.

그런데 어떻게 해야 좋을까? 어떻게 하면 우연인지 장난인지 알 수 있을까?

현관에 CCTV를 설치하는 한편, 미에 현에 내려오는 전설을 조사해보았다.

하지만 인터넷에서 검색해도, 도서관에서 책을 찾아보아도 내가 알고 싶은 정보는 손에 들어오지 않았다. 액막이 부적을 사거나 퇴마사에게 부탁할까도 생각했지만, 마음 한쪽에서 그에 대한 불신을 씻을 수 없었다. 그런 것에 매달릴 만큼 심각한 피해를 입은 것도 아니라고 생각했다.

그리고 나는 어느새 불안을 가진 채 바쁘다는 핑계로 일상에 매몰되는 쪽을 선택했다.

그 사건 이후, 아내는 눈에 띄게 불안해하는 것 같았다. 몸살이 나서 누워 있거나 퇴근하고 집에 가면 딸을 안고 우는 일이 몇 번 있었다. 그렇다고 솔직하게 말할 수는 없었다. 그래봐야 쓸데없이 당황하고 두려워하게 만들 뿐이니까.

나중에 그날 어떻게 된 거냐고 물어도 아내는 "기억이 잘 안 난다"라고 말하며 고개를 가로저었다. 너무 무섭고 두려워서 무의식적으로 기억을 봉인한 걸까? 어쩌면 몸살 정도로 끝나서 다행일지도 모르겠다.

그렇다고 아내를 이대로 내버려두어서는 안 된다. 자칫하면 딸에게 소홀해질 수 있으니까. 때로는 다정하게, 때로는 엄격하게 말하며 나는 아내와 함께 딸을 돌보았다.

딸도 역시 부적 사건을 기억 속에 봉인했는지, 은근슬쩍 물어도 눈을 동그랗게 뜰 뿐이었다.

아무것도 알아내지 못하고 누구에게도 털어놓지 못한 채 혼자 몸부림치며 회사에 다니고 가족을 돌보았다.

하지만 운명은 이미 정해져 있었던 것이리라. 설날을 맞이해 아내와 딸을 데리고 본가에 내려갔을 때, 어머니가 말했다.

"다이고에게서 연하장이 왔더구나. 얼마 만인지 모르겠네. 어느 대학의 교수라고 하던데, 지금도 열심히 사는 모양이야."

어머니가 내민 연하장에는 용맹스럽게 달리는 말 그림이 그려져 있고, '근하신년'이라는 커다란 글자와 함께 작고 꼼꼼한 손글씨로 새해 인사가 쓰여 있었다.

올 한해도 복 많이 받고, 좋은 일만 가득하길 바란다.
올해부터 도쿄의 대학에서 준교수로 일하게 됐다.
너도 도쿄에서 일한다고 하던데, 올해는 꼭 도쿄에서 만나 한잔하자.

연하장을 뒤집자 내 이름이 한가운데에 있고, 그리운 이름이 왼쪽 구석에 적혀 있었다.

가라쿠사 다이고

중학교 때 친구다. 중학교에 입학하기 직전에 내가 사는 아파트로 이사 왔는데, 무슨 인연인지 3년간 계속 같은 반이었다. 입학식에서부터 죽이 잘 맞아서 자주 어울려 다녔다. 나는 배드민턴부이고 그는 축구부였으나 등하교할 때는 항상 함께였다.

고등학교는 각자 다른 학교에 진학했지만 계속 친하게 지내서 쉬는 날에는 종종 어울리곤 했다. 대학에 들어가서는 자주 만나지 못했지만, 가끔 마주치면 공원에서 밤늦게까지 캔 맥주를 들고 이런저런 이야기를 나누었다.

그런 관계가 끊어진 것은 대학을 졸업하고 나서였다. 가라쿠사는 사립대 대학원에 진학하고 나는 취직을 위해 상경했다.

반가워서 저절로 미소가 떠오른 순간, 머릿속에 한줄기 빛이 비친 듯했다. 가라쿠사의 대학 전공이 민속학이었던 것 같은데. 분명히 일본, 그것도 간사이 지방의 민속학을 연구했다. 그라면 보기왕에 대해 알지도 모르겠다.

나는 바로 연하장에 쓰여 있던 그의 주소로 메일을 보냈다.


"보…… 뭐라고?"

1월 하순. 신주쿠의 '도돈고'라는 작은 술집에서 가라쿠사를 만나 술잔을 기울였다.

10여 년 만에 만났지만 약간 풍채가 좋아진 것을 제외하면 내가 알았던 시절과 거의 변함이 없었다. 좋게 말하면 옛날처럼 잘생겼고, 나쁘게 말하면 느끼하게 생겼다. 축구를 하면서 땀을 흘리던 중학교 시절과 달리 피부는 하얗고, 당시에는 없었던 파르스름한 면도 자국이 뺨 아래쪽에서 희미하게 보였다. 오차노미즈에 있는 S대학 민속학과 준교수라고 한다.

시끌벅적한 대중 술집에서 목소리를 높여 그동안 어떻게 살았는지 말하는 것만으로 한 시간 반이나 보냈다. 겨우 지금 무엇을 하는지 알았을 무렵, 그에게 간단하게 물어보았다.

"예전에 우리 할아버지에게 들었는데, 미에 현 K시에 보기왕이라는 요괴나 귀신이 전해 내려온다고 하더군. 최근에 이상하게 그 말이 마음에 걸려서 말이야."

고향 친구를 만나서 오랜만에 사투리로 말했다.

"그래? 그런 게 있었던가? 보기왕이란 단어도 처음 들어."

그는 태어나서 초등학교를 졸업할 때까지 사이타마에 살았기 때문에, 나를 알았을 무렵부터 표준어를 썼다. 그것은 이번에 다시 만났을 때도 변함이 없었다. 침착하고 조용한 말투도.

그는 하이볼을 한손에 들고 고개를 갸웃거렸다.

"잠깐만, 어쩌면 있을지도 몰라. 예전의 어떤 문헌에서 언뜻 본 것 같기도 하고."

"뭘 그렇게 빙빙 돌려서 말해?"

술집의 소란스러움과 살짝 취한 김에 어깨를 쿡쿡 찌르자 그는 모호한 표정을 지었다.

"확실하지 않아서 나중에 조사해봐야 할 것 같아. 미안해. 그건 그렇고……." 그는 돌연 진지한 표정으로 조용히 말했다. "지금 그 이야기에 관심이 있어. 네가 아는 범위 안에서 말해주지 않겠어?"

술기운으로 인해 눈은 약간 충혈되었지만 생생하고 투명하게 빛났다. 호기심과 탐구심의 빛이다. 옛날에 동네의 모르는 뒷골목을 나란히 걸었을 때도 이렇게 반짝반짝 빛났다.

오랜만에 재회한 옛 친구가 너무도 믿음직스러웠다.

하지만 지금까지 일어난 불가사의한 사건에 관해 이 자리에서 말해줄 생각은 없었다. 민속학이 그런 기묘한 사건을 다루는 학문이 아니라는 건 알고 있었고, 무엇보다 10여 년 만에 만난 친구가 이상해졌다고 생각할까 봐 마음이 내키지 않았다.

단지 할아버지가 돌아가셨을 때 할머니가 들려준 이야기를 최대한 솔직하게 말했다. 그는 나보다 술을 많이 마셨음에도 도중에 끼어들지 않고 내 이야기를 진지하게 들어주었다.

"미에 현…… 산으로 끌려간다……."

말을 마치자 그는 손을 턱에 괸 채 메뉴판이 붙은 벽을 바라보았다. 그리고 내 말을 단편적으로 따라하다가 이윽고 진지한 얼굴로 말했다.

"조사해보지. 뭔가 알아내면 연락할게."

화제는 자연히 가족이나 일로 넘어갔다. 한바탕 떠들썩하게 떠든 다음, 우리는 JR 신주쿠 역의 동쪽 출입구에서 헤어졌다.

작별 인사를 할 때 그가 뜬금없이 말했다.

"넌 좋겠다. 집에서 기다리는 가족이 있어서."

그는 아직 싱글이었다. 사귀는 여자도 없다고 했다.

자랑할 수도 없고 가만히 있기도 이상해서 "그렇지 뭐"라고 어정쩡하게 얼버무렸다.

그에게서 연락이 온 것은 그로부터 한 달 후의 일이었다.

서로 일정을 조율한 끝에 토요일 오후 2시, 그가 사는 스가모의 아파트로 향했다.

## 9

"대학이 오차노미즈니까 추오 선 근처에 살면 좋을 텐데."

그렇게 말하자 가라쿠사는 불 위에 주전자를 올려놓으면서 쓴웃음을 지었다.

"착각해서 그랬어. 오차노미즈는 스가모 근처에 있어서 야마노테 선을 타야 한다고 생각했거든."

나도 처음 상경했을 때는 JR 신주쿠 역과 세이부 신주쿠 역이 이어져 있다고, 아무런 근거도 없이 그렇게 믿었다. 그런 탓에 회사에 지각한 적도 있어서, 그의 심정은 충분히 이해할 수 있었다.

아파트 2층 맨 안쪽에 있는 방 두 개짜리 집. 혼자 살기에는 지나치게 넓다는 생각이 들었다. 벽은 전부 오래된 책장과 방대한 책이 차지하고 있었다. 방향으로 봐도, 가까운 건물과의 거리로 봐도 햇빛이 잘 들 것 같은데, 집 안은 어딘지 모르게 어두컴컴하고 장엄한 느낌이 들었다. 그러면서 음울하지 않은 것은 책과 책장 말고는 물건이 거의 없고, 살림살이도 단출한 탓이리라.

그가 권하는 대로 부엌 한가운데의 고풍스러운 탁자 앞에 앉았다. 방석은 부드럽고 푹신해서 당시 허리가 아팠던 나로서는 매우 고마웠다.

커피가 든 하얀 머그잔 두 개를 탁자에 내려놓자 그는 가까운 책장에서 책을 몇 권 꺼내서 내 앞자리에 앉았다.

"요전에는 귀한 얘기를 해줘서 고마워. 아주 흥미로웠어."

그는 서두도 없이 다짜고짜 그렇게 말했다.

"그 이야기가 그렇게 재미있었어?"

"그래. 덕분에 보기왕이라는 말이 실린 문헌도 찾아냈고."

"진짜야? 무슨 책인데?"

"진정해, 순서대로 이야기해줄 테니까. 일단 이것 좀 봐."

그는 윤곽이 뚜렷한 얼굴에 미소를 담으면서 옛날 방식으로 묶인 책을 펼쳤다. 그리고 책갈피가 끼워져 있는 페이지를 펼쳐서 보여주었다.

이런 걸 초서라고 하나, 행서라고 하나? 내게는 붓이 지나간 흔적으로밖에 보이지 않아서, 뭐라고 쓰여 있는지 알 수 없었다.

……그렇게 물었더니 할아범이 말하기를 坊偽魔 또는 撫偽女가 산에 살면서 가끔 마을로 내려와 사람의 이름을 부르는데 대답을 하면 안으로 들어와서 데려간다 사람의 모습과 비슷하게 생겼는데 대나무나 골짜기의 열매를 먹고 겨울에는 마을로 내려와서 응애응애 울고 다닌다 옛날부터 산에 살았던 오괴라고 말했다 그리고 아가 자고 있을 때……

"이건 『기이잡설』이라는 문헌이야." 가라쿠사가 설명을 시작했다. "에도시대(1603~1867) 말기에 기이 지방에 살던 고스기 뎃슈라는 유학자가 쓴 수상록이지. 자신이 직접 보거나 들은 일화가 쓰여 있는데, 꽃이 피었다는 둥 눈이 왔다는 둥 그런 이야기만 있어서 기본적으론 그다지 재미가 없어. 민속학적으로도 중요치 않고. 다만 당시에 전해 내려온 이야기가 살짝 적혀 있지. 그래서 나도 읽은 적이 있는데, 요전에 네가 얘기했을 때 어쩐지 마음에 걸리더라고. 그러니까······."

"가, 가라쿠사, 잠깐만." 나는 손을 들어 점점 설명이 빨라지는 그를 제지했다. "너무 급해. 좀 천천히 설명해주지 않겠어?"

그는 한순간 멍한 표정을 짓더니 "아아!"라고 작은 목소리로 말했다.

"미안해. 이런 이야기를 할 때는 나도 모르게 막 날아가거든. 강의할 때도 매번 학생들에게 지적을 받는데 또 그랬네."

머리를 긁적이며 미안해하는 그를 보고 웃음을 터뜨렸다.

중학교 시절부터 그는 우리 집에 와서 한마디도 하지 않고 만화책을 수십 권이나 보는 등, 한 가지에 열중하면 주변을 보지 못하는 경향이 있었다. 이 나이가 되어도 그런 습관은 변하지 않은 모양이다.

커피를 마시고 준교수가 어떤 일을 하는지, 요즘 어떤 강의를 하는지 잠시 이야기를 나누고 나서 다시 『기이잡설』 이야기로 돌아갔다.

"여기에 쓰여 있는 건 당시 기이 지방의 산골 마을에 전해 내려온 요괴 이야기야. 사람을 납치해서 산으로 데려간다고 되어 있지. 요괴 이름은 이거야."

그는 손으로 붓글씨를 가리켰다. '坊僞魔 또는 撫僞女'라고 쓰여 있었다.

"이걸 뭐라고 읽어?"

"확실한 건 잘 모르지만 아마도 '보기마' 또는 '부기메'로 읽히는 것 같아."

"응?"

내가 고개를 들자 그는 작게 고개를 끄덕였다.

"에도시대에는 그렇게 불렸지만 시간이 지나 발음이 바뀌면서, 즉 발음이 점점 편해지면서 너희 할아버지가 태어난 1900년대 초기에는 '보기왕'이라고 불리게 되었을 거야."

"그, 그런가? 좀 억지스러운 느낌이 들기도 하지만."

이야기에 몰입하는 척하면서 나는 내심 실망을 금치 못했다. 지금의 내게 도움이 된다는 생각이 들지 않아서였다. 너무 뻔뻔하고 이기적이라는 건 알고 있었지만 부엌에서 딸을 껴안은 채 공포에 떨던 아내의 모습을 떠올리자 조금 전의 대화가 쓸모없게 여겨졌다.

그가 혼잣말처럼 중얼거렸다.

"뭐 '간고지'가 '가고제'라든지 '간코'로 변했으니까 충분히 그럴 수 있지."

무슨 뜻인지 이해는 못 했지만 몸이 순간적으로 반응했다.

"간코? 그 말은 들은 적이 있어."

"그건 제법 유명하니까. '가고제'는 아스카시대(593~622)에, 나라 지방의 간고지(元興寺)에 나타났다는 요괴랄까 귀신 이름이야.『일본영이기(日本靈異記)』에 그런 기록이 있는데, 출몰한 지역의 발음이 변하면서 그대로 귀신의 이름이 되었지. 전국 각지에 똑같은 이름의 요괴가 있는데, 뿌리는 전부 간고지일 거야. '간코'도 그중 하나고."

"나라……."

어린 시절, 할머니가 나를 겁먹게 할 때 사용했던 '간코'란 말의 기원을 뜻밖에 이곳에서 알게 되었다. 미에와 나라는 이웃 지역이다. 나름대로 신빙성이 있다.

그와 동시에 조금 전에 느꼈던 실망이 약간 가벼워졌다.

"어쨌든 대학교수는 정말 대단하군. 별로 중요하지 않은 책도 일단 읽어야 하고, 이번처럼 이것저것을 하나로 연결해서 연구해야 하잖아."

무식한 말이라는 걸 알면서도 지금의 심정을 솔직하게 표현했다. 어린 시절의 추억과 관계있는 단어가 등장함으로써 학문의 재미를 살짝 맛본 듯했다.

"그렇지도 않아." 그는 쓴웃음을 지으며 말했다. "기본적으로는 소박하고 단순한 작업이야. 이번에도 우연히 알았을 뿐이고. 다만……."

그는 잠시 말을 끊더니『기이잡설』옆에 있던 책을 집어 들었다.

"『기이잡설』에 있는 이곳을 기억했던 건 이 책을 읽었기 때문이지."

이번에는 매우 평범해 보이는, 어디에나 있을 법한 책을 보여주었다.

마치 '옛날 일본에 관한 책이오!'라고 주장하는 듯한 고문서 같은 글자와 누리끼리한 종이가 눈에 들어왔다. 제목은 『선교사들의 발자취』였다.

"15년 전 책이야. 저자는 세오 교이치라고, 원래 도자이신문 문화부 기자였던 사람이지. 센고쿠시대(1467~1568)와 에도시대의 역사에 관해 종종 기사를 쓰곤 했어. 이미 세상을 떠났지만 예전에는 TV에 얼굴을 내밀기도 했고. 이름 못 들어봤어?"

"얼굴을 보면 알지도 모르지만 기억이 안 나. 교수의 눈으로 보기엔 어떤 사람이었어?"

"일반 사람들이 혹할 만한 대담한 가설을 내놓고 큰소리치는 사람이었다고 할까?"

그는 전문가임을 내세워 TV에 자주 나오는 사람들에 대해 넌지시 비판하면서 재빨리 페이지를 넘겼다. 접힌 자국이 있어서 금세 원하는 페이지를 펼칠 수 있었다.

당연하지만 이번에는 활자였다. 글자도 크다. 하지만 지금 전부 읽을 시간은 없다. 나는 글자를 읽는 척하면서 다시 물었다.

"그 사람이 뭐라고 했는데?"

그는 이마를 찡그리면서 손으로 턱을 만지작거렸다.

"일본에 온 신부, 즉 예수회 선교사가 프란시스코 자비에르만이 아니라는 건 알지? 포교 활동 면에서는 나중에 온 신부들이 훨씬 큰 성공을 거두었지. 나중에 『일본사』를 쓴 루이스 프로이스도 그렇고, 발리냐노도 그렇고, 그리고 로드리……. 이런!"

내가 제지하려는 걸 몸짓으로 알아차리고 그는 커피를 한 모금 마셨다.

"미안해."

그는 순순히 사과하고는 펼쳐진 『선교사들의 발자취』에 손을 올리며 쑥스러운 미소를 지었다.

"난 역시 쓸데없는 말이 많다니까. 어쨌든 역사에 이름을 남긴 선교사는 몇 명 있지만, 그렇다고 그 사람들만 일본에 온 건 아니야. 선교사들이 일본에 올 때는 당연히 수많은 사람들이 같이 왔지. 사절단으로 말이야."

"뭐, 일반적으로 생각하면 그렇겠지."

"그래. 거기다 뱃사람들을 더하면 규모는 더 커지지. 이 책에 따르면 승선 인원이 100명쯤 됐던 배도 있다고 하더군. 개중에는 당연히 예수회와 관계없는 사람도 있었을 거야. 가톨릭이 아니라 다른 종파의 사람도 있었을 테고, 포교에 관심 없는 사람도 있었을 테고."

"포교에 관심이 없어……?"

드디어 이야기가 핵심으로 들어가려고 하고 있다. 나는 무의식중에 몸을 앞으로 내밀고 귀를 쫑긋 세웠다.

그는 자신의 강의가 어렵다고 생각하는 모양이지만, 이야기를 이끌어가는 방법을 보면 학생들의 평가는 상당히 좋을 듯했다.

"선교사들은 중국 명나라를 거쳐 바다를 건너 나가사키에 도착했지. 규슈나 야마구치에서 포교에 힘쓴 사람도 있고, 멀리 교토나 오와리 부근까지 간 사람도 있어. 노부나가를 만났다는 프로이스는 후자에 속하지."

화제의 방향이 달라졌지만 이번에는 거슬리지 않았다.

"이 책에는 16세기 말에 교토나 오와리로 간 신부들과 도중에 헤어져서 이세나 이가에 정착한 사람들도 적잖이 있을 거라고 쓰여 있어. 이세나 이가는 지금의 미에 현이야."

그는 여기까지 말하고 내 반응을 살피듯 잠시 입을 다물었다. 하지만 나는 도저히 이해할 수 없었다. 왜 이런 이야기를 하는 걸까? 여기에서 뭐가 중요한 걸까? 아즈치모모야마시대(1568~1603)에 유럽인이 미에 현까지 왔었다는 건 알겠는데, 그래서 뭐가 어떻게 됐다는 건가?

의아함이 얼굴에 나타났는지, 그는 갑자기 화제를 바꾸었다.

"혹시 「핼러윈」이라는 영화를 본 적 있어? 옛날 호러 영화인데, 최근에 리메이크도 됐어."

"아니, 못 봤어."

나는 일단 그렇게 대답했다.

"그럼 「몬스터즈 프리스쿨」은?"

"그건 봤어. 꽤 인기 있었잖아? 근데 괜찮은 영화였다는 것 정도밖에는 기억이 안 나. 그게 무슨……."

"거기에 나오는 몬스터들이 원어로 뭔지 알아?"

"아니, 자막이 아니라 TV에서 더빙으로 봤거든."

"그랬구나……." 그는 살짝 어깨를 떨구었다가 즉시 자세를 바로 했다. "그 녀석들을 '부기만'이라고 했어. '핼러윈' 영화에 나오는 마스크 살인귀도, 핼러윈 당일에 찾아오는 부기만에 비유했지. 부기만을 이해하기 쉽게 말하면 요괴의 총칭이라고 할 수 있겠지. 핼러윈 축제에서는 다들 가장(假裝)을 하지?"

"그래. 그런 다음에 이웃집을 돌아다니며 현관 앞에서 '트릭 오어 트리트(Tric or Treat)!'라고 외치잖아?"

"그럼 상대는 '해피 핼러윈(Happy Halloween)'이라고 하면서 과자를 주지. 그때 왜 가장을 하느냐 하면 부기만이 특정한 모양이나 성질을 가지고 있지 않기 때문이야. 그야말로 '요괴' 정도의 뉘앙스라고나 할까?"

"그렇구나."

할아버지의 장례식 때 할머니가 들려준 이야기를 떠올리고 고개를 끄덕였다.

"부기만이란 단어 자체는 영어지만, 그와 비슷한 의미와 발음의 단어는 오래전부터 유럽 전역에 존재하고 있었지." 그는 잠시 숨을 내쉬고 나서 말을 이었다. "세오 씨는 이 책에서 이렇게 쓰고 있어. '당시 이세나 이가의 농촌 또는 이가의 닌자들에게 유럽 문화나 기술이 전해졌을 가능성이 있다, 방언에 그런 흔적이 남아 있고 닌자들이 사용하는 일부 인술(忍術)은 유럽의 기술이다'라고 말이야. 이건 어디까지나 그의 생각에 불과해. 사례도 자의적이고, 무엇보다 문헌 자료가 거의 없지. 출전도 없는 게 많고 말이야. 그래서 학술적으론 아무런 가치가 없어. 그런데 그가 주장하는 근거 중에 이런 게 있더라고. '미에 현 K시에 전해 내려오는 요괴인 보기왕은 부기만과 통하는데 아마 사절단의 몇몇 사람으로부터 부기만 전승이 이어진 것 같다, 선교사들은 기독교를 가져왔지만 아득한 서쪽 세계에서 대륙을 가로지르고 바다를 건너 요괴도 가져온 것이다……'라고 말이야."

아득한 서쪽 세계에서.

바다를 건너.

나가사키에 도착한 배를 떠올렸다. 상투를 튼 옛날 일본인들이 지켜보는 가운데 신부 일행이 갑판에서 육지로 내려온다. 어수선하고 어두운 배의 바닥에서 무엇인가가 기어 나온다. 형태가 없이 흐물흐물한 회색의 무엇인가. 서쪽 세계에서 부기만이라고 불렸던 존재가.

사람들이 사절단을 맞이하는 가운데, 그것은 천천히 육지로 내려와 마을 사람들 속으로 사라진다…….

"그런데 세오 씨의 글은 너무 문학적이야. 분위기와 느낌만 있을 뿐 정확하지 않아. 근거도 거의 없고."

그 말을 듣고 정신을 차리자 그는 난감한 표정으로 세오의 책을 보고 있었다.

"뭐 백 번 양보해서 이게 사실이라고 해도 가장 중요한 보기왕의 출전이 적혀 있지 않아서, 이 이름을 어디서 알았는지 모르겠어. 적어도 맨 뒤에 책 이름이든 논문 제목이라도 썼으면 좋았을 텐데. 이미 세상을 떠났으니 본인에게 물어볼 수도 없고."

한마디로 '증명할 수 없다'고 말하고 싶은 것이리라. 하지만 객관성과는 아무런 상관없이 내 머릿속에서는 '바다를 건너온 요괴'라는 이미지가 떠나지 않았다.

"저, 정말로 요괴가 바다를 건너올까……?"

나의 중얼거림을 듣고 그는 황당한 미소를 지었다.

"요괴는 무슨. 기술이나 물자라면 몰라도, 요괴 같은 게 배를 타고 올 리 없잖아. 그냥 그런 말이 전해지고 있단 뜻이야. 원래 전승이나 신앙은 그런 거거든."

"말이라고?"

그는 책을 손에 든 채 고개를 갸웃거렸다.

"뭐라고 할까……. 가령 유럽에서 온 사람 중에 이세나 이가 지방에서 신비하고도 무서운 일을 당했다고 가정해봐. 그러면 사람들에게 이렇게 말하지 않을까? '부기만이 나왔다!'라고. 그 말을 들은 현지 사람들은 이렇게 받아들였을 거야. '그래, 산에서 일어나는 이상한 일은 부기만이라는 놈의 소행이야, 남쪽 오랑캐들이 그걸 용케 알았군' 하고 말이야."

"아아! 그러고 보니 캥거루 이름의 유래 같군. 아니, 그건 반대인가?"

그렇게 말하자 그는 고개를 크게 끄덕였다.

"아무튼 속설이랄까 거짓말 같지만 말이야. 하지만 내 설명을 듣고 어느 정도는 이해할 수 있을 거야. 그리고 자신의 지식이나 경험과 연결시켜서 나름대로 생각할 수 있다는 건 적어도 머리로 생각해서 이해하려고 한다는 증거지. 그렇게 하는 사람은 우리 학생 중에도 얼마 없어."

대학교수의 칭찬을 듣고 순진하게도 우쭐거리는 마음이 들었다. 그리고 지금까지 들은 이야기를 머릿속에서 정리해보았다.

아즈치모모야마시대, 유럽에서 전해진 부기만이라는 말을 에도시대에는 '보기마'나 '부기메'라고 하고, 그것이 변해서 할아버지가 살았던 시절에는 보기왕이라고 불리게 되었다. 물론 그 이전에도 산에는 요괴가 있었으리라. 그런데 그렇게 불리게 된 이유는 사절단이 가져온 유럽 문화 때문인 듯하다. 이제 문화적, 민속학적 배경은 알았다. 그렇다면······.

나는 이미 접혀서 탁자 한쪽에 놓여 있던 『기이잡설』을 가리키며 물었다.

"그런데 말이야, 보기마라든지 부기메가 오면 에도시대 사람들은 어떻게 대처했어?"

"이름을 불러도 대답하지 말라는 것뿐이야. 흔히 있는 패턴이지."

나는 실망하면서도 잇따라 떠오른 의문을 입에 담았다.

"'계집 녀'란 한자가 쓰인 것 같던데, 요괴가 여자야?"

"글쎄, 여자라고 해석한 사람도 있었던 게 아닐까? '계집 녀'
자를 안 쓴 경우도 있었거든."

"퇴치하지 않았어?"

"퇴치했다는 말은 없어. 그나저나……." 그는 나를 똑바로 쳐
다보면서 덧붙였다. "혹시 마음에 걸리는 게 있어?"

나는 재빨리 태연함을 가장하고 대답했다.

"아니야, 혹시 책에 그런 것도 쓰여 있나 해서……."

"이런 종류의 이야기에 그런 기록은 거의 남아 있지 않아. 누
군가의 원령(怨靈)이라든지 오래되어 버려진 물건이라면 다르
지만. 액막이를 해서 원만히 수습했다든지, 불에 태웠더니 나
오지 않게 되었다든지 그런 종류거든."

그는 냉정하게, 그러면서도 즐겁게 말했다.

몸을 앞으로 내밀면서까지 물어보는 나의 적극적인 자세를
단순한 흥미라고 여긴 듯했다.

"그래? 원령과 요괴는 좀 다를 것 같은데."

이야기의 방향이 빗나간 것에 초조함을 느낀다는 사실을 눈
치채지 못하도록 나는 적당히 대꾸했다.

그때부터 이야기는 민속학의 테두리를 벗어나 오컬트 방송
프로그램의 자세나 귀신을 봤다는 탤런트를 비판하는 일까지,
여기저기로 널을 뛰었다. 동창생의 근황이나 다른 대학교수의

개인적인 이야기까지 나왔다.

그러는 동안 아내에게 메신저로 몇 번 연락이 와서, 그때마다 답장을 보냈다.

어디에 놔두었는지 그의 휴대폰 진동 소리도 몇 번 들렸지만, 그는 이야기에 빠졌는지 확인하려고 하지 않았다.

커피를 마신 탓인지 아까부터 화장실에 가고 싶었다. 화장실에 다녀오자 그가 휴대폰을 만지작거리고 있었다. 오래되기는 했지만 아직 멀쩡해 보이는 검은색 구형 휴대폰이었다.

"몇 번 울린 것 같던데, 여자야?"

"말도 안 돼!" 그는 고개를 들며 웃었다. "스팸 메일이야. 메일 주소를 몇 번 바꾸어도 어떻게 알았는지 계속 온다니까. 대학 교무과에 등록해놓아서 이제 와 바꿀 수도 없고……. 아아, 또 이와다가 대용량 동영상을 보냈군."

"누군데?"

"우리 학교 대학원생이야. 진지하고 성실하지만 쓸데없이 고해상도로 스캔해서 첨부하니까 메일이 열리는 속도가 굉장히 느려."

그는 다시 휴대폰으로 시선을 돌렸다. 대학생이나 대학원생을 돌보는 것도 준교수의 업무 중 하나이리라. 힘들겠다고 생각하면서 나는 창밖으로 시선을 돌렸다.

바깥은 어느새 어두컴컴해지고 있었다. 손목시계를 보자 벌써 5시가 넘었다.

"이야기하느라 시간 가는 줄 몰랐네. 여러모로 알아봐줘서 고마워."

가볍게 기지개를 켜고 옆의 아파트를 바라보면서 말했다. 대답이 없다. 뒤를 돌아보자 그가 휴대폰 화면을 뚫어지게 보고 있었다.

"뭐 해?"

그렇게 물어봐도 얼굴을 들지 않고 휴대폰 화면에 시선을 고정한 채 되물었다.

"네 집사람, 이름이 뭐였지?"

나는 당황하면서도 대답했다.

"가나야."

그러자 바로 다음 질문이 돌아왔다.

"아이 이름은 치사야?"

그걸 어떻게 알았지? 그는 여전히 나를 보지 않은 채 양반다리를 하고 방석에 앉아 휴대폰만 뚫어지게 쳐다보았다.

"왜 그래?"

잠시 후, 그가 일어나서 나를 빤히 쳐다보았다. 그러더니 휴대폰을 내 가슴팍으로 내밀었다.

"이게 무슨 뜻인지 알아?"

"무슨 말이야?"

"스팸 메일에 쓰여 있었어. 다하라, 네 가족 이름이……."

"뭐?"

나는 검은색 휴대폰을 받아들고 화면을 보았다.

메일 제목은 없었다. 보낸 사람도 공란이었다. 그런 일이 있을 수 있을까?

본문에는 나와 내 가족의 이름이 쓰여 있었다.

그리고 또 하나, 아주 짧은 문장이…….


다하라 히데키

다하라 가나

다하라 치사


어디 있지?


그가 부르는 소리를 듣고서야 내가 멍하니 입을 벌린 채 굳어 있었다는 사실을 깨달았다. 무심코 힘을 주는 바람에 휴대폰을 움켜쥔 손이 새하얘져 있었다.

그는 이마에 주름을 잡고 진지한 얼굴로 나를 보았다.

"미, 미안해……. 나도 모르게 당황해서 그만……."

"무슨 일이 있었던 거야?"

괜히 쓸데없는 말을 해서 그를 걱정하게 만들었다. 나는 적당히 둘러대려다가 멈칫했다.

여기서 말을 안 하면 언제 할 수 있을까?

그에게 말을 안 하면 누구에게 할 수 있을까?

"가라쿠사, 있잖아……." 나는 크게 숨을 내쉬고 나서 덧붙였다. "네 전공이 아니라는 건 아는데, 내가 지금 곤경에 처해 있어. 무슨 말인지 이해가 안 될 수도 있겠지만, 내 이야기를 들어주겠어……?"

그는 작게, 그러면서도 힘차게 고개를 끄덕였다.

완전히 어두워진 방에서 나와 그는 오랫동안 그대로 우두커니 있었다.


# 10


노자키는 말쑥한 차림에 섬세하게 생긴 남자였다. 나이는 서른둘이라고 하는데, 복장과 단정하게 빗어넘긴 검은 머리칼, 그리고 깨끗한 피부 탓인지 훨씬 어리게 보였다. 반면에 빈틈없어 보이는 눈빛과 표정은 훨씬 나이가 많아 보이기도 했다.

"인터뷰를 한 적이 있거든. 오컬트 작가라고, 타이틀은 좀 수상쩍지만 성실한 데다 학문적인 지식도 보통이 아니야. 더구나 네게 힘이 될 만한 지인이 있는 것 같아. 만나서 한번 얘기를 나눠보는 게 어때?"

그날 내가 보기왕에 대해 기나긴 이야기를 마치자 가라쿠사는 그렇게 말하며 명함을 한 장 내밀었다. 검은 바탕에 하얀 글씨로, 단순한 글자가 늘어서 있었다.

취재 · 집필
오컬트 작가
노자키 곤
KON NOZAKI
090XXXXOOOO
konnozaki@xxxxxxxxx

3월 초순의 일요일 오후 2시, 노자키가 지정한 대로 아사가야 역 근처에 있는 작은 커피숍으로 향했다. 안으로 들어가자 부드러운 오렌지색의 조명이 주변을 감싸고 있었다.

고풍스러운 테이블 맞은편에서 그는 내 이야기를 끝까지 듣더니, 아직 추운 날씨임에도 아이스커피를 한 모금 마시고 나서 진지한 얼굴로 대답했다.

"마음은 충분히 이해합니다. 많이 힘드셨겠군요."

오컬트적인 단어를 늘어놓거나 흥미 위주로 이런저런 질문을 하지 않을까 걱정했는데, 너무도 다정하게 말해서 깜짝 놀랐다. 순간 온몸에서 긴장이 빠져나갔다.

대답 같지 않은 대답을 웅얼거리자 그는 빙긋이 웃으면서 시원하게 말했다.

"요컨대 다하라 씨께서 하고 싶은 말씀은 그 괴물을 어떻게 해달라는 것으로 받아들여도 될까요?"

그것이 내 솔직한 심정이었다. 그런데 그가 단도직입적으로 말하자 그것 때문에 지금까지 고민했던 나 자신이 바보처럼 여겨졌다. 나는 어떻게 대답해야 좋을지 몰라서 잠시 입을 다물었다. 더구나 요괴라든지 오컬트란 단어를 믿는 멍청한 사람이라고 생각하는 것 같아서 가슴 한쪽이 개운치 않았다.

"그게 아니라 원인이라도 알면……."

"그 후에 댁의 CCTV에는 수상한 사람이 찍혔습니까?"

그가 예리하게 물었다.

한 번도 메모를 하지 않았는데, 내 이야기를 세세한 부분까지 전부 기억하고 있었다.

"아닙니다."

"그렇다면 괴물일 수도 있습니다. 이 세상에는 실제로 괴물이 있으니까요."

그는 잠시도 망설이지 않고 단호하게 말했다.

그의 말은 명료했지만 괴물의 존재는 쉽게 받아들일 수 없었다. 어쨌든 보통 사람은 아닌 것 같았다. 그를 어떻게 생각해야 할지 감이 오지 않았다.

"이 세상에 그런 게 있을 리가……."

"다하라 씨." 그가 옅은 미소를 지으며 말했다. "원령이나 요괴 같은 비과학적 이야기를 믿지 않으시면, 평범하게 대처하면 됩니다. 집 주변의 보안을 강화하고 주변을 조사하며 정신을 안정시키는 거죠. 그쪽의 전문가나 의사, 테라피스트에게 의논하면 될 겁니다. 그렇지 않다면 비과학적인 대책을 강구하는 게 좋습니다. 가장 좋지 않은 건 이것도 저것도 아니라 어정쩡하게 대처하는 겁니다. 비전문가인 학자에게 듣는다든지…….”

비아냥거리는 게 아니라는 사실을 알면서도 순간적으로 발끈해서 그를 노려보았다. 그는 미소를 무너뜨리지 않고 다시 아이스커피를 한 모금 마셨다.

“하지만 그건 다하라 씨의 가치관과 사회적 지위의 문제이지, 가족의 문제가 아닙니다. 지금 가장 중요한 건 가족의 불안이나 앞으로 일어날지도 모르는 위협을 제거하는 것이 아닌가요?”

“그건 알고 있습니다.”

“과연 그럴까요?”

그는 주머니에서 담배를 꺼내 입에 물고 불을 붙였다. 그가 어떤 사람인지는 모르지만 너무도 무례한 태도였다.

처음에 느낀 성실해 보이는 태도는 착각이었을까? 그렇게 생각하면서 노려보자 그는 담배를 깊숙이 빨고 보라색 연기를 내뿜었다.

“뭐, TV에서 본 지식밖에 없는 주제에 오라(Aura)며 수호령이며 전부 믿는다는 자들보다는 훨씬 낫습니다. 반대로 과학을 맹신하는 자들보다도 훨씬 낫죠. 처세술로서는 가장 타당하다고 할 수 있을 겁니다. 다만…….” 그는 진지한 표정으로 나를 빤히 쳐다보면서 덧붙였다. “……그렇게 모호한 태도는 별로 좋아하지 않습니다, 마코토는."

"마코토요?"

갑자기 모르는 사람의 이름이 등장해서 앵무새처럼 따라 말하는 수밖에 없었다.

그는 스마트폰을 꺼내면서 다시 미소를 지었다.

"주술이나 퇴마 같은 걸 하는 지인이에요. 가라쿠사 씨에게도 말한 적이 있는데, 지금 그런 사람을 원하는 거죠? 오컬트 작가에게 볼일이 있는 게 아니라는 건 메일을 받았을 때 알았습니다."

그렇게 말하고 나서 스마트폰을 조작하기 시작했다.

한 푼도 되지 않고, 단지 사람만 연결해주는 일을 맡아서 기분이 좋지 않을지도 모르겠다. 프리랜서는 그런 면에 예민하다는 말을 떠올리고 왠지 미안한 기분이 들었다. 그렇다고 무례한 언행에 대한 조바심이 완전히 가라앉은 것은 아니었다.

그는 잠시 말없이 담배를 입에 문 채 스마트폰을 만지작거렸다. 그동안 나도 입을 다물었다.

이윽고 키가 줄어든 담배를 작은 재떨이에 비벼 *끄고* 그가 물었다.

"이후에 일정이 있으신가요?"

"특별히 없습니다."

"이야기는 빠른 편이 좋겠죠? 지금 마코토의 집으로 가보지 않겠습니까? 걸어서 15분쯤 걸리거든요. 나오라고 하려고 했는데, 지금 막 일어난 것 같더라고요."

그는 쓴웃음을 지었다.

"좋습니다."

이대로 그와 계속 얼굴을 마주하는 건 즐겁지 않았지만, 나는 그러겠다고 하고 계산서에 손을 내밀었다. 하지만 그가 나보다 더 빨랐다.

"이 정도는 내가 내죠."

그는 히죽히죽 웃으면서 출입구 앞의 계산대로 걸어갔다.

밖으로 나오자 차가운 바람이 불었다. 나는 코트 깃을 세우고 그의 뒤를 따라갔다.

"갈기갈기 찢어진 부적 사진은 가지고 계신가요?"

그가 뒤를 돌아보고 묻기에 없다고 대답했다.

"직원의 상처 사진은요?"

"왜 그런 걸 물으시죠?"

퉁명스럽게 대답하자 그는 태연한 얼굴로 하얀 입김을 내뱉었다.

"사진이 있으면 잡지사에 이야기하기 좋거든요. 예산을 타내면 돈 같은 거에 신경 쓰지 않고 일을 진행할 수 있으니까요."

돈 같은 거에 신경 쓰지 않고…….

그 말을 통해 이 분야에 관한 그의 흥미와 관심이 얼마나 진지한지 알 수 있었다.

## 11

와세다 길 근처까지 오자 노자키는 주택가 한복판에 있는 낡은 상가 건물로 들어가더니 어두운 계단을 올라가기 시작했다. 마코토라는 지인의 사무실로 가는 걸까?

"아니, 집입니다. 다른 곳은 모르지만 마코토가 사는 곳은 평범한 집이죠. 15평쯤 되는 공간에 욕실과 화장실이 있고 집세는 5만 엔. 이 주변의 시세로 보면 싼 정도가 아니라 말도 안 되는 금액이죠. 이 건물주의 다른 건물에 달라붙은 악령을 쫓아내준 보답으로 싸게 해줬다고 하더라고요."

무거운 발소리가 울려 퍼지는 가운데 그는 그렇게 말하고 쿡쿡 웃었다.

4층에 도착하자 벨도 누르지 않고 눈앞의 문을 활짝 열었다. 그리고 신발을 벗더니 깜짝 놀라는 나를 향해 "괜찮으니까 들어오시죠"라고 말한 뒤, 성큼성큼 안으로 들어갔다.

그를 따라 들어가도 되는 걸까.

나는 "실례하겠습니다"라고 작은 소리로 말한 뒤, 길고 어두컴컴한 복도를 걸어갔다.

거실로 들어가자마자 창백한 불이 켜졌다. 노자키가 형광등 끈에서 손을 놓으며 큰 소리로 말했다.

"마코토, 손님이야!"

안으로 들어가자 넓은 거실의 절반 가까이를 차지하는 커다란 침대에 컬러풀한 옷과 천 조각, 티슈 상자 등이 잡다하게 흩어져 있었다. 침대의 한가운데에 두터운 담요가 불룩하게 부풀어 있었다. 안에 사람이 있는 듯했다.

담요가 꾸물꾸물 움직이더니 천천히 작은 손발이 나왔다. 여자의 손발이다. 매니큐어와 페디큐어는 검은색으로 통일되어 있었다. 오른손 약지에 있는 커다란 은색 반지가 눈에 띄었다.

눈앞의 담요가 거칠게 젖혀졌다. 담요 안에서 나타난 사람은 밝은 핑크색 짧은 단발에, 눈 주위를 새까맣게 칠한 젊은 여성이었다. 파란색 저지에 빨간색 윗옷을 입고 있었다.

여성은 불쾌한 얼굴로 노자키를 올려다보더니, 이어서 내게로 시선을 옮겼다. 눈 주변이 새까만 것은 아이라인이 번졌기 때문인 듯하다. 립스틱도 절반이 지워져 있었다.

이 여성이 마코토라는 사람인가. 솔직히 말해 액막이를 해줄 수 있는 사람으론 보이지 않았다. 액막이를 해줄 수 있는 사람이 어떻게 생겼는지는 모르지만.

그녀의 외모와 내 선입견에 당황하면서 일단 인사를 하려고 입을 움직인 순간, 노자키가 간단하게 설명했다.

"아까 메신저로 말했던 다하라 씨야. 괴물의 표적이 되어서 난감한가 봐."

"다, 다하라입니다."

가볍게 고개를 숙이자 그녀는 "으음" 하고 신음 소리를 내더니, 핑크색 머리를 쥐어뜯으며 얼굴을 찡그렸다.

"히가 마코토예요. 저기…… 잠깐 세수 좀 하고 올게요."

그녀는 콧소리로 말하고 나서 고개를 숙였다. 그리고 고개를 숙인 채 비틀비틀 복도로 걸어갔다. 나보다 머리 하나는 작다. 내 옆을 지나칠 때 희미하게 술 냄새가 났다.

"숙취 때문에 저래요. 친구와 오늘 아침까지 마셨다고 하더라고요." 노자키가 어이없어 하며 말했다.

저런 사람을 믿어도 되는 건가 싶어 가슴속에서 불안이 번져나갔다.

노자키가 의자에 앉으라고 해서 코트를 든 채 앉았을 때, 복도 너머에서 물소리가 들렸다.

마코토가 산뜻한 얼굴과 꽉 끼는 청바지, 감색 스웨터 차림으로 돌아왔을 무렵, 노자키는 부엌에서 녹차 페트병과 컵을 준비해 침대 옆의 작은 테이블에 놓았다. 그녀는 아무 말도 하지 않고 차를 컵에 따라 벌컥벌컥 들이켰다.

속마음을 잘 아는 사이인 듯했다. 어쩌면 사귀는 사이일지도 모르겠다.

마코토가 침대에 양반다리를 하고 앉자 노자키가 옆에 걸터앉아 내가 지금까지 한 이야기를 전해주었다. 간결하면서도 경위나 상황은 이해하기 쉬워서, 나는 가끔 그가 하는 질문에 고유명사나 위치 관계만 보충하면 되었다.

마코토는 맞장구도 치지 않고 도중에 질문도 하지 않은 채, 입을 다물고 노자키의 설명을 들었다. 도중에 몇 번 고개를 흔들자 핑크색 머리칼이 이리저리 흔들렸다.

노자키의 이야기가 끝나자 그녀는 땅이 꺼져라 한숨을 쉬며 나를 보았다.

화장을 지우자 피부가 하얬지만, 뺨과 눈의 모양이 어딘지 모르게 남국의 소녀를 연상케 했다. 정리한 눈썹 주변이 푸르스름했다. 아마 깎지 않았다면 짙은 눈썹이 날카롭게 솟구쳤으리라. 이목구비가 또렷한 얼굴이 기이하리만큼 화려한 머리 색깔과 잘 어울렸다.

"마코토, 지금까지 이야기에서 뭐 알아낸 거 있어?"

노자키가 재촉하자 그녀는 입술을 삐죽 내밀고 퉁명스럽게 말했다.

"응, 뭐 조금."

"정말인가요?" 나도 모르게 물었다.

설명은 노자키가 했고 나는 약간 보충만 했을 뿐이다. 그것만으로 무엇을 알아냈다는 걸까? 나와 내 가족을 노리는, 정체를 알 수 없는 존재에 대해 얼마나 안다는 걸까?

그녀는 내 눈을 똑바로 쳐다보면서 대답했다.

"대책이라고 할까요, 이렇게 하면 되지 않을까 하는 건 대강 알았어요."

부루퉁한 표정은 변함이 없었다.

"애당초 그건 대체 뭔가요?"

그녀는 고개를 가로저었다.

"그건 몰라요. 그게 뭔지 이치적으로 설명하는 건 불가능해요. 난 머리도 나쁘고 조사도 하지 않았으니까요."

"하, 하지만."

"내가 할 수 있는 말은 '감기에 걸리고 싶지 않으면 몸을 따뜻하게 하세요'라는 식의 말이에요. 왜 감기에 걸리는지, 감기가 무엇인지, 근본적인 건 몰라요."

"그러면……."

그때 노자키가 끼어들었다.

"다하라 씨." 그는 나를 쳐다보며 한쪽 입술 끝을 올리고 웃었다. "지금 중요한 건 가족의 불안이나 위험을 없애는 게 아닌가요?"

그건 그렇다. 내가 원하는 건 설명을 듣고 납득하는 게 아니라 가족을 지키는 것이다. 이해할 수 있든 없든, 납득이 되든 되지 않든 그런 건 아무 상관이 없다.

하긴 부적이나 호부도 어떤 이치로 효험이 있는지 생각해본 적이 없지 않은가? 무엇 때문에 효험이 있는지 설명할 수 있는 사람도 없으리라. 그럼에도 나는 가는 곳곳마다 닥치는 대로 부적들을 사모아서 집에 장식하지 않았던가!

노자키가 커피숍에서 말했던 '비과학적인 대책을 강구한다'는 말이 무슨 뜻인지 조금은 알 것 같은 생각이 들었다.

"아무것도 모르는 상태라면 너무나 막막할 테니까 내가 아는 범위에서 말하자면……." 마코토는 고개를 갸웃거리며 입을 다물더니 잠시 후 덧붙였다. "그 뭔가 하는 녀석은 흔히 말하는 '귀신이 씌다'는 것과는 달라요."

"보기왕 말인가요?"

"네. 기본적으로 어딘가…… 멀리 있어요."

"멀리?"

"네, 멀리." 그녀는 내 말을 따라하면서 고개를 끄덕였다. "이름을 부르는 건 그래서인 것 같아요. 매번 멀리서 찾아오기 때문에 자신이 찾는 사람이 맞는지 안 맞는지 자신이 없어서요."

이해할 수 없는 이야기는 아니다. 나름대로 앞뒤가 맞는다.

그녀가 말한 막막한 느낌이 조금 희미해지는 것 같았다.

"그렇군요. 그런데 앞으로 어떻게 하면……."

그러자 그녀는 곤란한 표정으로 말했다.

"집에 가셔서 부인과 아이에게 다정하게 대해주세요."

"네?"

어이가 없어서 무의식중에 그런 말이 튀어나왔다. 어느새 의자에서 일어나 있었다.

지금 나를 바보 취급하는 건가? 아니면 봉으로 생각하는 건가? 어쩌면 둘 다일 수도.

마음속에서 분노가 솟구쳤다. 얼굴에 경련이 이는 것을 스스로도 알 수 있었다.

그녀는 얼굴을 찡그리고는 나를 물끄러미 쳐다보았다. 그것이 한층 분노를 불러 일으켰다.

"무슨 말씀이죠? 그렇게 말하면 내가 '네 알겠습니다, 그렇게 하지요'라고 말하리라고 생각했나요?"

떨리는 목소리로 말하자 그녀는 태연하게 대답했다.

"그러면 아마 오지 않을 거예요."

"그건…… 마더 테레사의 격언이잖아! 약간 바꾸기는 했지만 누구라도 알고 있는 격언이야! 내가 그런 말에 속아 넘어갈 줄 알았어?"

분노에 가까운 목소리가 튀어나왔다. 그녀는 눈을 동그랗게 뜨고 되물었다.

"그분이 그런 말을 했어요?"

"지, 지금 장난……."

"마코토는 진지합니다."

노자키가 나를 바라보며 말하는데 눈길은 더할 수 없이 차가웠다.

"듣기 좋은 말을 해서 그 자리에서만 치유받은 느낌이 들게 해준다든지, 고맙다는 말을 듣고 싶다든지, 그런 계산은 하지 않아요. 학력도, 지식도 없고, 처세술도 없죠."

"잠깐만."

그녀가 끼어들었지만 노자키는 무시하고 나를 똑바로 쳐다보았다.

"그런 사람이 부인과 아이에게 다정하게 대해주라고 하네요. 그럼 부인과 아이에게 다정하게 대해주면 되잖아요? 그렇게 어려운 일은 아니잖습니까?"

나는 화가 머리끝까지 치밀어 노자키를 노려보면서 코트를 들었다.

"사례금을 줄 생각도 있었는데, 이렇게 말도 안 되는 이야기를 하다니! 끝까지 들을 필요가 없겠군. 그만 가겠어."

노자키는 어깨를 들썩이며 한숨을 쉬었다.

"돈을 받을 생각은 처음부터 없었습니다." 마코토는 등줄기를 쭉 펴고 기묘한 말을 덧붙였다. "언니만큼 해주지 않으면 돈 같은 건 받을 수 없으니까요."

어쨌든 더는 이야기를 들을 생각이 없었다. 그녀의 '언니'인지 뭔지는 내 알 바 아니다.

나는 말없이 복도를 지나서 문을 연 뒤, 계단을 뛰어내려 역으로 향했다.

차가운 바람이 뜨거워진 머리를 기분 좋게 어루만졌지만, 그들에 대한 분노가 가라앉지는 않았다.


## 12

나는 다시 일상으로 돌아왔다. 회사에 다니면서 육아를 하는 생활로 돌아온 것이다. 새해에 접어들어서도 아내의 기분은 여전히 좋지 않은 듯했는데 그래도 딸을 잘 보살폈다. 딸만이 아니라 아내에게까지 신경을 써야 해서 힘들긴 했지만 그래도 두 사람에 대한 사랑이 사라지는 일은 없었다.

마코토의 말에 따라 가족에게 다정하게 대해준 것은 아니다. 그것은 어디까지나 내 생각이고 내 의지였다. 물론 모든 면에서 문제가 없었던 것은 아니다. 육아 블로그에 이런 글을 올린 적도 있었다.

급할 때일수록 아빠는 냉정해져야 한다

딸이 테이블 모서리에 머리를 부딪혔다.
머리에서 피가 나고, 딸은 목이 터져라 울음을 터뜨렸다.
아내는 패닉 상태에 빠졌지만 이런 때일수록 냉정해져야 한다.
나는 침착하게 아내에게 딸의 처치를 지시한 뒤, 구급차를 불러서 사태를 수습했다.
응급실 앞에서 어찌할 바를 모르고 발만 동동 구르는 아내를 다독거리는 일도 남편의 중요한 역할이다.
아직 미숙하긴 하지만 딸의 일, 가족의 일이 되면 가슴이 뜨거워지면서 그와 동시에 머리는 냉정해진다.
나는 스스로도 깜짝 놀랄 만큼 냉정하게 움직였다.
아이를 키울 때는 이런저런 압박에 시달린다. 이번처럼

사고가 일어날 때도 있다.

하지만 그만큼 긍지와 성취감을 느낄 수 있으므로, 앞으로도 계속 좋은 아빠가 되려고 노력할 것이다.


또한 가는 곳곳마다 부적을 사들여 집에 장식하게 되었다. 기분 문제일지도 모르겠지만 집 안이 약간 밝아진 듯한 생각이 들었다.

그렇다고 매일이 즐거웠던 것은 아니다. 오히려 그 반대였다.

그 사건이 일어난 이후, 아내는 정신적으로 지쳤는지 웃음은 커녕 표정조차 없어졌다. 그 때문인지 딸은 깨어 있을 때는 얌전했지만, 자다가 갑자기 깨서 울음을 터뜨리는 일이 종종 있었다.

나 혼자는 너무나 막막해서 어머니에게 와달라고 한 적도 있었는데, 그렇다고 일이 있을 때마다 의지할 수는 없다.

5월의 황금연휴가 어느덧 막바지에 이르렀다.

우리 가족은 먼 곳으로 여행을 가지 않고, 집 안과 동네 공원에서 놀기로 했다. 나는 일과 육아에 지쳤고, 아내와 딸도 멀리 가고 싶어 하지 않았다. 남은 연휴도 이렇게 지낼 것이다. 그래도 상관없다.

평소보다 사람이 별로 없는 오후의 공원에서 딸을 정글짐에 올려놓았다. 구름이 두터워서 어둠침침했으며 쌀쌀한 공기가 피부를 스쳤다.

딸이 정글짐에 머리를 부딪히더니 울상을 지었다. 황급히 달 랬지만 계속 칭얼거리다 점점 소리를 지르며 울음보를 터뜨렸 다. 머리를 쓰다듬거나 껴안고 달래도 좀처럼 울음을 그치지 않았다.

"괜찮아. 금방 안 아플 거야. 그렇지?"

그렇게 말하며 억지웃음을 매달고 있을 때, 별안간 주변이 시끄러워졌다. 시야 끝에서 어린아이 몇 명이 공원 입구의 반 대 방향으로 달려가는 게 보였다.

입구로 시선을 돌린 순간, 숨을 들이마셨다. 딸을 안은 손에 절로 힘이 들어가서 서둘러 힘을 뺐다.

수많은 비둘기들이 떼를 지어 공원의 땅을 뒤덮고 있었다. 적어도 서른 마리가 넘는다. 비둘기들은 각자 제멋대로 움직이 면서도 전체로는 공원 안으로, 즉 우리가 있는 곳으로 다가오 고 있었다. 그 모습은 움직이는 회색 융단처럼 보였다.

비둘기 떼 중심에 사람이 있었다. 노숙자가 먹이라도 주는 걸까? 이만저만한 민폐가 아니라고 생각한 순간, 두 번째로 숨 을 들이마셨다.

가냘픈 체구에 회색 파카, 검은색 면바지. 손발도 가늘고 키 도 작다. 회색 비둘기와 단조로운 색깔의 옷으로 인해 짧은 핑 크색 머리가 한층 눈에 띄었다.

마코토였다. 그녀가 비둘기를 거느리고 우리 쪽으로 다가왔 다. 노자키가 그 옆에서 조심스럽게 걷고 있었다.

비둘기들의 울음소리가 점점 더 시끄러워졌다. 아이를 데려온 가족이나 노인들이 멀리서 지켜보는 가운데, 마코토와 노자키가 우리의 몇 미터 앞에서 멈춰 섰다.

딸이 어느새 울음을 그치고, 내 품에서 주변의 땅을 뒤덮은 비둘기를 신기한 듯 쳐다보았다.

"안녕하세요." 마코토가 미소를 지으면서 인사했다.

그녀의 집에서 봤을 때와 달리 맨얼굴이 아니었다. 마스카라와 아이섀도로 눈을 크게 강조하고, 눈썹도 꼼꼼하게 그려져 있었다.

"……여긴 어떻게?"

여러모로 생각한 끝에 일단 그렇게 물었다. 노자키에게도 주소를 가르쳐준 기억은 없었다.

"가미이구사에 사신다는 건 가라쿠사 교수님께 들었습니다. 다른 건으로 연락한 김에요."

노자키는 그렇게 말하며 발에 달라붙는 비둘기들을 노려보았다. 마코토가 옆에서 덧붙였다.

"그다음은 그냥요."

무슨 일이죠, 라고 묻는 게 먼저이리라. 내게 볼일이 있는 건 틀림없으니까. 그런데 그보다…….

"이 비둘기들은 다 뭐죠?"

눈앞의 황당한 상황에 얼굴이 굳어지는 것을 참고 그렇게 물었다. 주변의 시선이 마음에 걸려서 볼일이 있다면 빨리 끝내고 싶었지만 그래도 물을 수밖에 없었다.

마코토는 거북한 듯 어깨를 들썩이며 말했다.

"종종 이렇게 돼요. 그래서 낮에는 돌아다니고 싶지 않았는데, 그래도 와봐야 할 것 같아서요."

"왜죠?"

"잘 알지도 못하는데 오만하게 말하고 끝나는 것 같아서 마음에 걸렸거든요."

그녀의 시선이 내 가슴팍에 꽂혔다. 딸을 보고 있는 것이다. 딸은 손가락을 입에 문 채 눈앞에 있는 핑크색 머리의 여자를 물끄러미 바라보았다.

나는 딸을 다시 껴안고 말했다.

"그렇다면 구체적으로 무슨 일을 해주죠? 액막이라든지……."

"아뇨."

내 질문에 대답한 사람은 노자키였다. 그는 똑바로 서서 나와 딸을 바라보았다. 발에 달라붙는 비둘기들은 포기한 듯했다.

"마코토가 말했죠? 집에 돌아가서서 어떻게 해야 할지에 대해서요."

그날 일을 떠올리고 마음속에 조바심의 불이 켜진 순간, 마코토가 입을 열었다.

"그래서 나도 다정하게 대해보려고요."

"네?"

"다하라 씨의 부인과 아이에게요."

무슨 말인지 도통 이해할 수 없었다. 비둘기들의 시끄러운 울음소리가 귀로 파고들었다. 비둘기들은 어느새 나와 딸을 에워싼 뒤, 구구구구 꾸룩꾸룩 하고 제각기 울면서 우리 주변을 돌아다녔다.

"액막이가 필요한 건 그다음입니다. 그럴 필요가 있는지 없는지도 조사할 겸 마코토가 다하라 씨를 만나고 싶어 하더군요. 그래서 왔습니다. 미리 말씀드리지 않은 건 사과하겠습니다."

노자키가 진지한 모습으로 고개를 숙였다. 마코토도 뒤를 이어 고개를 살짝 숙였다.

이제야 겨우 상황이 이해되었다. 물론 아직 이해되지 않는 점도 있고, 갑작스러운 이야기에 당황하기도 했다.

더구나 딱 한 번 만난, 신원도 모르는 무례한 여자와 남자에게 친한 척할 생각도 없었다. 그런데…….

"……핑크."

딸이 작은 손을 내밀어 어설픈 손길로 마코토를 가리켰다. 마코토는 한순간 눈을 동그랗게 뜨더니, 금세 자기 머리칼을 가리키며 활짝 웃었다.

"그래, 핑크 언니야."

딸이 까르르 웃었다. 그런 딸의 모습을 보고 가슴을 쓸어내리는 자신을 한 박자 늦게 깨달았다.

마코토가 두 손으로 양쪽 머리칼을 치켜들고 "핑크 토끼"라고 말한 뒤, 눈을 가운데로 모으고 앞니를 내밀자 딸은 다시 까르르 웃으며 손뼉을 쳤다.

그 모습을 보자 덩달아 입가에 미소가 배어나왔다.

"거듭 죄송하지만 댁에 가봐도 될까요?"

노자키가 다시 귀찮은 듯이 발로 비둘기들을 뿌리치며 말했다. 갑작스러운 이야기에 당황한 표정을 짓자 다시 정중히 고개를 숙였다.

"물론 조사를 겸해서입니다. 놀러 온 건 아니니까요. 부탁드립니다."

한 박자 늦게 마코토도 환한 미소를 지으며 "부탁드려요"라고 덧붙였다.

두 사람은 나와 우리 가족이 처한 상황을 진지하게 받아들이고 있다. 며칠 전에 느꼈던 분노가 흐물흐물 녹아내리고 이내 꼬리를 감추는 듯했다.

나는 그들과 함께 집으로 향했다.


## 13


일주일에 한 번, 토요일과 일요일 중 하루는 오후부터 저녁 때까지 마코토와 노자키가 집으로 놀러 오게 되었다. 우리 집에 오는 목적은 어디까지나 조사라고 노자키는 끈질기게 말했지만 객관적으로 볼 때 그들, 특히 마코토는 노는 것으로밖에 보이지 않았다.

불만은 없었다. 그렇기는커녕 어느새 그들을 환영하게 되었다. 딸과 아내가 좋아하는 것 같았기 때문이었다.

잘 웃고 신나게 떠드는 딸의 모습을 보는 것도 기뻤지만, 그 이상으로 아내가 웃으면서 마코토와 이야기하는 것을 보고 안도의 한숨을 내쉬었다.

이런 게 테라피 효과일까? 전문 용어는 잘 모르지만 가족 이외에 말할 상대가 생긴 것이 아내에게 기운을 안겨준 것만은 틀림없다.

마코토는 아이를 좋아하는지 두 살배기의 알아들을 수 없는 말에도, 딸이 제멋대로 정한 장난감 놀이의 규칙에도 웃으면서 대하는 등 진심으로 즐거워하는 것 같았다.

노자키는 가끔 집 주변이나 실내 모습을 살펴보고 나와 아내의 이야기를 들으면서 노트북에 따닥따닥 입력했다. 아이에게는 별로 관심이 없는지, 가끔은 아이를 싫어하는 분위기를 풍기기도 했지만, 마코토의 끈질긴 요구에 두 손을 들고 딸과 셋이 노는 일도 있었다.

노자키 없이 마코토 혼자 오는 일도 있었다. 노자키는 취재를 갔다고 한다. 작가에게는 주말이란 개념이 없단 말이 사실인 듯했지만 어쩌면 마코토 때문에 어쩔 수 없이 오는 것일 뿐 사실은 우리 집에 오기 싫은 게 아닐까 생각한 적도 있었다.

그런데…….

"이건 제가 아니라 노자키가 만들었어요."

밀폐용기를 열고 제법 그럴 듯한 브라우니를 보여주며 마코토가 말했을 때는 너무나 의외라서 말이 나오지 않았다. 옆을 쳐다보니 아내의 표정도 나와 똑같았다. 브라우니는 달지도 않고 아주 맛있었다.

다음 주에 마코토와 같이 온 노자키에게 고맙다고 말하자 그는 입술 끝으로 웃으면서 지금까지 조사한 결과를 말하기 시작했다.

노자키는 가라쿠사에게도 도움을 받아서 보기왕에 관해 조사하고 있었다. 놀랍게도 『선교사들의 발자취』의 저자인 세오 교이치의 유족도 만났다고 했다. 나는 그의 활약에 감탄함과 동시에 감사의 마음을 가질 수밖에 없었다.

하지만 보기왕에 관해 알아낸 사실은 그렇게 많지 않았다. 그것도 학문적이며 역사적인 자료를 발견한 정도이고, 구체적인 대책은 여전히 오리무중이었다.

"상대의 정체가 뭔지 모르는 이상, 지금으로선 '오지 못하게' 하는 게 가장 좋은 대책이겠죠. 실제로 최근에는 오지 않는 것 같고요."

7월 초순. 검은색 폴로셔츠를 입은 노자키는 그렇게 말한 뒤, 내 뒤쪽으로 시선을 향했다. 벽의 코르크보드를 보는 것이다. 코르크보드에는 내가 다시 모아놓은 부적 열 개가 나란히 꽂혀 있었다.

더위가 본격적으로 시작된 일요일 오후, 나와 아내는 식탁을 둘러싸고 노자키와 마주 앉아 있었다.

딸과 마코토는 거실 TV와 소파 사이에서 블록을 쌓으면서 놀고 있었다. 쌓아올린 모습을 보니 성(城)인 듯했다.

아내가 노자키에게 물었다. "이런 일이 흔히 있나요?"

마코토와 노자키가 온 뒤에는 계속 숨길 수 없어서, 보기왕에 관해 대강 이야기해놓았다. 아내는 처음에 믿을 수 없다는 표정을 지었다. 하지만 눈앞에서 일어난 부적 사건이나 전화 사건도 있어서, 100퍼센트 믿는 건 아니지만 정체를 알 수 없는 뭔가가 있다는 것만은 믿는 눈치였다.

"글쎄요……." 노자키가 모호하게 대답했다.

그러다 나와 아내의 당황한 표정을 보더니 냉소적인 미소를 지었다.

"대부분의 경우에 기묘한 사건이라는 건 아주 사소한 일입니다. 보통은 '참 이상한 일도 다 있군' 하는 말로 끝내고, 마음에 걸려서 조사하는 사람은 거의 없죠. 증언만이 무수히 날아다니고 진상은 모르는 채 말입니다. 단순한 우연인지 초자연 현상인지, 나중에 검증하는 건 거의 불가능에 가깝습니다." 노자키는 숨을 한 번 내쉬고 나서 덧붙였다. "그런 의미에서는 '흔히 있다'고 말할 수 있습니다. 다만 이런 식으로 어느 정도 일관적이고 더구나 전설과 관련이 있는 경우는 '흔하지 않죠'. 질문에 대답이 되었나요?"

아내는 고개를 끄덕이고 입을 다물었다. 나는 아내의 어깨에 살며시 손을 올려놓았다.

그때 갑자기 뭔가가 무너지는 소리가 들렸다. 거실에서 블록이 무너지고, 그 한가운데에서 마코토가 두 손을 바닥에 대고 딱딱하게 굳어 있었다.

영어가 쓰인 하얀색 티셔츠와 감색 버뮤다 바지를 입은 그녀의 작고 가냘픈 몸이 바들바들 떨렸다. 얼굴은 새하얬다. 뒤늦게 딸이 울음을 터뜨렸다.

"무슨 일이야?"

노자키가 벌떡 일어서더니 단숨에 마코토에게 뛰어갔다. 아내가 종종걸음을 쳐서 딸을 안아올리며 달랬다. 나는 일어서기는 했지만 아무것도 하지 못한 채 사람들의 얼굴을 둘러볼 뿐이었다.

"마코토."

노자키가 마코토의 어깨를 잡았다.

그녀는 지금 알아차린 것처럼 노자키를 보더니, 이어서 천천히 뒤를 돌아 현관 쪽을 보았다. 그리고 나지막하게 말했다.

"말도 안 돼……."

무슨 일일까?

딸의 울음소리와 아내의 달래는 소리가 온 집 안에 울려 퍼지는 가운데, 나는 마코토에게서 눈을 뗄 수 없었다.

"무슨 일인지 말해."

노자키의 목소리가 들리지 않는지, 마코토는 멍하니 현관 쪽을 바라보았다. 커다란 눈이 더욱 커졌다.

"어떡하지…… 어떡하지……."

"왜 이래? 내가 이해할 수 있게 말해줘!"

노자키가 그녀의 어깨를 몇 번이나 흔들었다. 그녀는 흠칫 놀라며 노자키에게 얼굴을 가까이 대더니, 쥐어짜는 목소리로 말했다.

"아…… 저런 게…… 저런 게 오면 나는…… 나는……."

립스틱을 바른 입술은 푸른색을 띤 보랏빛으로 변하고 온몸은 경직되었다. 겁을 먹고 공포에 떠는 것이 분명했다.

"감지한 거야? 그…… 괴물을?" 노자키가 물었다.

마코토에게 물었다기보다 나와 아내에게, 그녀가 이렇게 된 이유를 설명하는 것처럼 들렸다.

노자키의 눈을 보고 마코토가 보일 듯 말 듯 머리를 끄덕였다. '그것'을 느낀 것이다.

그녀는 알아냈다. 영감인지 육감인지는 모르겠지만 자신의 능력으로 '그것'의 존재를 확실히 인식했다.

그런데 왜 지금 이 순간에……?

의문은 하나의 가설에 도착했다. 그것도 거의 확신에 가까운 가설이다.

와 있는 것이다. 멀리 떨어져 있던 '그것'이. 서쪽 너머에서 온 부기만, 즉 보기왕이.

이해하기 쉽게 말하자면 마코토의 안테나가 수신하는 범위 안까지.

아내와 딸 쪽으로 가려고 한 순간, 찌직 하고 메마른 소리가 들렸다. 소리가 난 쪽을 본 순간, 내 입에서 작은 소리가 새어 나왔다.

코르크보드의 부적 중 가장 오른쪽에 있는 부적이 한가운데 에서 옆으로 찢어졌다. 아니, 지금 막 찢어지려고 하고 있었다.

우리가 지켜보는 가운데 부적 주머니가 흔들리더니 천이 찌 지직 찢어지고, 하얀색과 붉은색 실이 사방으로 흩날렸다. 찢 어진 틈이 순식간에 크게 벌어지고 안에 있는 부적이 보였다. 그것도 지금 막 찢어지려고 하고 있었다.

찌지직 하고 한층 큰 소리가 나면서 부적과 함께 부적 주머 니가 두 동강 나고, 아랫부분이 바닥에 툭 떨어졌다.

이어서 다시 찌지직 하는 소리가 났다. 옆의 부적 주머니에 도 작은 금이 생기고 있었다.

찌지직. 그 옆의 부적 주머니에도.

찌지직. 또 그 옆의 부적 주머니에도.

나머지 아홉 개의 부적이 모두 가로로 세로로 대각선으로 찢 어지기 시작했다.

아내가 새된 비명을 지르며 뒷걸음질 치다가 베란다 창문에 등을 부딪혔다. 딸이 자지러지게 울면서 소리를 질렀다.

이런 상황에서 나는 기묘하게 이해했다.

그렇다. 그때…… 작년 가을과 똑같은 일이 벌어지고 있다. 그래서 아내와 딸의 머릿속에 그때의 기억과 감정이 되살아난 것이다. 무서워서 벌벌 떠는 것은 당연하다.

부엌에서 노자키가 뛰어나왔다. 부엌에는 언제 갔을까? 그렇게 생각한 순간, 그는 손에 든 물건을 재빨리 코르크보드에 내던졌다. 새하얀 결정체가 벽과 코르크보드와 부적에 부딪혔다가 투두둑 떨어지며 흩어졌다.

소금이었다. 누구나 알고 있는 부정을 없애는 도구다. 효과는 확인할 것까지도 없었다.

뿌직뿌직뿌직뿌직뿌직. 기묘한 소리가 연속으로 들렸다.

"으아!"

아내가 딸을 껴안은 채 그 자리에 주저앉았다. 딸은 점점 더 격렬하게 울어댔다.

"마코토!"

노자키가 뒤를 돌아보며 소리쳤다. 마코토는 웅크리고 있었지만, 시선은 조금 전과 달라져서 노자키와 코르크보드를 뚫어지게 쳐다보았다. 이마와 뺨에서 땀이 비 오듯 쏟아졌다. 핑크색 머리칼 몇 줄기가 뺨에 달라붙어 있었다.

마코토는 이를 악물었다. 그리고 미간에 주름을 잡고 괴로운 듯 숨을 헐떡이며 작은 소리로 말했다.

"하고 있어."

그녀는 천천히 일어서서 오른손을 가슴까지 올리고 왼손으로 반지를 잡았다. 그리고 눈을 감은 뒤 입술을 달싹거리며 무슨 말인가 중얼거렸다.

그때 퍼엉 하는 소리와 함께 부적 주머니 두 개가 동시에 날아갔다.

마코토가 현관 쪽으로 몸을 돌렸다. 주먹을 쥔 두 손이 새하얬다. 힘이 들어간 것을 알 수 있었다.

"오지 마…… 오면 안 돼."

그녀가 숨을 헐떡이며 그렇게 중얼거렸다. 찌지직 하고 천 찢어지는 소리가 그 뒤를 이었다.

부적이 찢어지고 있다.

마코토의 액막이도 효과가 없다. 온다…….

다음 순간, 갑자기 공기가 달라졌다. 집 안에 떠다니던 긴장감도 사라졌다. 딸의 울음소리는 계속됐지만 공포에 떨던 아내가 정신을 차리고 다시 딸을 달랬다. 부적 주머니가 찢어지던 소리도 들리지 않았다.

잠시 후 마코토가 천천히 자세를 바꾼 뒤, 두 손을 늘어뜨린 채 가냘픈 목소리로 말했다.

"……갔어. 일단 지금은……."

그렇다고 안심할 수는 없었다. 상식적으로 있을 수 없는 현상을 눈앞에서 보고 금세 평정심을 되찾는 것은 불가능했다.

어쩌면 다음 순간, 다시 퍼엉 하고 부적 주머니가…….

어쩌면 초인종이.

어쩌면 전화벨이.

부르르르르르.

그때 기묘한 소리가 나서 흠칫 몸을 떨었다. 아내가 소리가 되지 않는 비명을 지르고, 울음을 그쳤던 딸이 다시 울며 소리쳤다.

집 전화는 아니다. 소리가 다르다. 내 스마트폰도 아니다. 그렇다면…….

마코토가 주머니에서 하얀색 스마트폰을 꺼냈다. 넓은 액정 화면 한가운데에 큼지막하게 '발신번호 표시 제한'이라고 쓰여 있었다.

화면을 터치해서 귓가에 댄 뒤, 그녀는 믿을 수 없다는 듯이 말했다.

"아! ……어, 언니?"

그대로 TV 옆 거실 구석으로 가서 뭐라고 말하고 있다. 상황이 너무 급변하는 바람에 정신이 하나도 없었다. 머리 회전도, 감정도 따라가지 못했다. 나는 어찌할 바를 모르고 우두커니 선 채 통화를 하는 마코토를 지켜보았다. 그녀가 '다하라라는 사람'이라고 말하는 것은 알아들을 수 있었다.

그녀가 얼굴을 들었다. 그리고 천천히 내 옆을 지나서 식탁에 스마트폰을 놓았다. 얼굴에는 지친 표정이 역력했지만 어딘지 모르게 안심하는 표정 같기도 했다.

그녀가 손으로 액정 화면을 터치했다. 그러자 스마트폰의 스피커에서 희미한 잡음이 들리고, 이어서 여자 목소리가 흘러나왔다.

"다하라 씨, 계세요?"

조용하면서도 강력한 목소리다.

"아, 네. 제가 다하라입니다."

허공을 향해 불안하게 대답하자 약간 사이를 두고 나서 다시 여자 목소리가 들렸다.

"안녕하세요. 히가 마코토의 언니예요. 동생한테서 이야기는 들었어요."

처음 만났을 때 마코토가 '언니'라고 말했던 사람은 정말로 언니였던 것이다.

그런데 이럴 때 왜 나를 찾는 걸까?

"사정이 있어서 이름을 말씀드릴 수는 없지만……." 마코토의 언니는 거기까지 말하더니 잠시 말을 끊었다가 다시 덧붙였다. "단적으로 말씀드리면 그것은 상당히 골치 아픈 거라서, 미력하나마 힘이 되고 싶습니다."

노자키가 마코토 옆에서 뭐라고 말을 하고 있다. 마코토가 힘없이 고개를 끄덕였다.

무슨 말인지 이해할 수 있었다. 그녀는 우리가 처한 상황을 알고 있는 것이다.

그런데…….

"저기…… 그쪽은 무슨…….."

"실례했습니다. 너무 단적으로 말했군요."

웃음소리가 들린 것도 아닌데, 다정하게 미소를 지은 것처럼 여겨졌다.

어느새 딸의 울음소리는 들리지 않았다. 고개를 돌리자 딸은 아내의 품에 안긴 채 훌쩍거리면서 눈물이 고인 눈으로 식탁에 놓인 스마트폰을 응시하고 있었다.

"저와 마코토는……." 스마트폰에서 목소리가 흘러 나왔다. "사람들에게 해를 끼치거나 현혹시키는 것들을 물리치거나 진정시키거나 돌아가게 만드는 특수한 능력과 기술을 가지고 있습니다. 흔히 영매사나 퇴마사, 무녀라고 부르는 사람이죠. 마코토와는 그런 능력으로 이어져 있어서, 조금 전의 상황을 어느 정도 알아차리고 전화를 걸었습니다. 여기까지는 이해하시겠어요?"

TV 프로그램이나 인터넷 기사라면 코끝으로 비웃으며 한 귀로 흘려보낼 만한 말이었다. 하지만 그녀의 조용하면서도 강력한 목소리와 거침없는 말투에 이상하리만큼 빠져들어서 나도 모르게 고개를 끄덕였다.

"네에……."

"고맙습니다."

침묵. 전화기 건너편에서 고개를 숙이는 그녀의 모습이 떠올랐다.

"저는 어렸을 때부터 지금까지, 흔히 말하는 '원령'이나 '요괴'를 셀 수도 없이 상대해왔습니다. 그런 경험으로 말씀드리면……." 그녀는 잠시 숨을 돌리고 나서 덧붙였다. "……지금 다하라 씨에게 접근하려는 것은 흉악하기 짝이 없습니다."

아내의 거친 숨소리가 비명처럼 들렸다.

"그리고 매우 집념이 강합니다. 다하라 씨도 짐작되는 점이 있을 겁니다."

"네."

"또한 매우 강합니다. 마코토로는 상대도 되지 않을 만큼요."

나는 마코토를 힐끔 쳐다보았다. 언니의 말을 듣고 고개를 숙인 채 입술을 깨물었다.

이런 종류의 사업은 원래 손님을 불안과 공포에 빠뜨려서 상품을 구입하게 만드는 게 정석이라고 뉴스에서 본 적이 있다. 그녀의 말도 내 마음을 뒤흔들고 벌벌 떨게 만들기에 충분했다.

하지만 그녀를 불신하거나 경계하는 마음은 털끝만큼도 생기지 않았다. 이것이 이런 사람들의 수법이라고 할 수도 있지만, 마음을 허락할 만큼 그녀의 말에서는 진실이 느껴졌다.

나는 매달리는 심정으로 말했다.

"그, 그렇다면 저기…… 꼭 액막이를……."

그녀는 지금까지와 다름없이 사무적으로 말했다.

"유감스럽지만 그건 불가능해요. 지금 하는 일이 있어서 그쪽으로 찾아뵐 수 없습니다."

거절당한 느낌이 들어서 나는 할 말을 잃었다. 벽 쪽에서 마코토가 슬픈 눈길로 천장을 올려다보았다. 그런데 다시 전화기에서 소리가 들려왔다.

"하지만 제 지인 중에 다하라 씨에게 도움이 될 만한 사람들이 몇 명 있습니다. 모두 경험도 지식도 힘도 가지고 있지요. 더구나……."

"더구나?"

"……제 소개라고 말하면 무료로 해줄 거예요."

갑자기 돈 이야기가 나와서 혼란스러웠다. 분위기를 부드럽게 만들려는 의도였을지 모르겠지만, 말투가 냉정한 걸 보면 진심일지도 모르겠다. 가만히 입을 다물고 있자 그녀는 동생의 이름을 불렀다.

"마코토."

"왜?"

"네 방법은 틀리지 않았어. 여느 때라면 나도 그렇게 했을 거야. 다만……." 나에게 말할 때와는 다른 말투로 한숨을 섞어서 덧붙였다. "……상대가 그것이라면 그런 방법으로는……."

마코토가 작은 몸을 파르르 떨었다.

시계를 쳐다보자 4시였다. 서쪽에 걸려 있던 해가 거실 안을 비추었다. 아직 환한 대낮이다. 해가 넘어가는 건 한참 후의 일이다. 그런 당연한 사실이 그때 내게는 믿어지지 않았다.

## 14

　노자키로부터 연락이 온 것은 이틀 후 점심시간이었다.

　마코토의 언니가 말한 사람 중 하나와 연락이 되었다고 했다. 이번 일에 '도움이 될 만한 사람'이다.

　"이런 일은 빨리 하는 편이 좋겠죠. 다행히 최근에 잡지 하나가 휴간이 되는 바람에 시간이 있거든요."

　전화기 너머에서 노자키는 농담처럼 말했지만 나는 순순히 기뻐했다. 아내와 딸을 지켜줄 사람이 몇 사람이나 있다는 것이 고마워서 견딜 수 없었다.

　상대는 효고 현의 사찰에 있는 고명한 스님이라고 한다. 마코토의 언니 이름을 말했더니 오래 이야기할 것도 없이 흔쾌히 이쪽으로 오겠다고 했다는 것이다. 이 또한 고마운 일이었다.

　그 주 토요일 아침. 나는 노자키가 빌린 렌터카를 타고 하네다 공항으로 향했다.

　고속도로를 달리며 도쿄의 거리를 보고 있자 여러 가지 일들이 머리에 떠올랐다. 그날 할머니의 집, 할아버지의 주름투성이 얼굴. 피곤에 지친 할머니의 얼굴. 아내의 겁먹은 얼굴. 딸의 울부짖는 얼굴.

　이해할 수 없는 일, 불안한 일, 무서운 일.

　그 모든 것이 이제 곧 끝난다.

　"돌아갔다고요?"

노자키가 스마트폰을 향해 어이없어 하며 말했다.

비행기가 도착할 시간에서 두 시간이 지나도 스님이 나타나지 않고 연락도 되지 않아서, 공항 앞에 주차한 차로 돌아와 다시 전화를 걸어본 직후의 일이었다.

나는 운전석의 노자키를 보았다. 그는 나와 눈이 마주치자 스마트폰을 스피커폰으로 바꾸었다.

"……한다는 걸 모르고……."

에어컨을 틀어도 푹푹 찌는 차 안에 기이하리만큼 기운 넘치는 스님의 목소리가 울려 퍼졌다.

"무슨 말씀이죠?"

노자키가 조바심 나는 목소리로 물었다.

입술을 혀로 핥는 소리와 함께 스님의 목소리가 들렸다.

"그러니까 말이야, 설마 자네들이 그런 걸 상대하고 있을 줄은 꿈에도 몰랐다는 말이야."

"그게 무슨 뜻이죠?"

내 질문에 스님은 태연하게 대답했다.

"공항에 도착하자마자 느낌이 팍 왔다네. 나 같은 건 상대도 안 된다는 걸."

"하지만 히가 씨……."

스님이 재빨리 노자키의 말을 가로막았다.

"아무리 히가 아가씨의 지인이라도 이것만은 어쩔 도리가 없다네. 나도 목숨은 아까우니까 말일세. 아무리 스님이라도 기꺼이 목숨을 버릴 수 있는 건 아니거든."

노자키는 들으라는 듯이 코웃음을 치며 물었다.

"이번 건이 그렇게 위험하단 말입니까?"

스님의 투덜거리는 목소리가 작게 이어진 뒤, 한층 큰 소리가 들렸다.

"그렇다네. 이제 와서 뭘 감추겠나? 그렇게 엄청난 건 부르지 않으면 안 올 걸세."

스님은 혼잣말처럼 중얼거렸고, 그 직후 바로 달칵 하고 전화가 끊겼다.

"부르지 않으면 안 온다……?"

노자키가 턱을 만지작거리고 미간에 주름을 잡으며 나를 보았다. 나는 고개를 갸웃거렸다. 스님의 말이 무슨 뜻인지 이해할 수 없었다.

공항에서 돌아올 때는 나도 노자키도 거의 말을 하지 않았다. 그의 말에 따르면 마코토의 언니가 소개해준 사람은 전부 다섯 명이라고 했다.

첫 번째인 스님에게서는 이렇게 기묘한 형태로 거절당했다. 두 번째도, 세 번째도, 네 번째 사람도 만날 수 없었다. 그 세 사람은 노자키가 전화를 해도, 메일을 보내도 감감무소식이었다고 한다.

"겁먹은 거겠죠."

베란다에서 담배 연기를 힘껏 내뿜으면서 그는 한껏 비아냥거렸다.

지금까지 수련하고 경험을 쌓은 이 분야의 전문가들이 모두 우리를 외면하고 있다. 그런 사실을 알고 새삼스레 온몸에 소름이 돋았다. 보기왕이 그만큼 두렵고 음침한 존재이며, 그만큼 강력한 힘을 가지고 있다는 증거였다.

8월이 끝나가려고 하는 어느 평일 저녁.

나와 노자키는 기치조지에 있는 작은 찻집의 창가 자리에 나란히 앉아 있었다.

"지금도 믿을 수 없습니다……."

그가 혼잣말처럼 중얼거리며, 한 모금도 마시지 않은 아이스커피의 빨대를 손끝으로 만지작거렸다. 가까스로 태연한 척하고 있지만 흥분했음이 역력했다.

점심때가 지난 시각. 아무런 예고도 없이 전화를 걸어 나오라고 해서, 회사에 양해를 구하고 일찍 조퇴했다.

일단 집으로 가자 노자키와 마코토가 기다리고 있었다. 노자키가 재촉하는 대로 평상복으로 갈아입은 다음, 그를 따라 밖으로 나왔다.

그의 말에 따르면 다섯 번째인 마지막 사람이 오컬트계에서는 상당히 유명한 아마추어 영매사라고 한다. 하지만 지난 20여 년간 매스컴 출연은 물론이고, 언론 관계자의 접촉도 모두 거부했단다. 최근에는 그 사람이 실제로 존재하는지 고개를 갸웃거리는 사람마저 있다면서.

버스와 전철을 타고 찻집까지 가는 동안, 그리고 찻집의 자리에 앉고 나서도 그는 여느 때보다 빠른 말투로 그 사람의 수많은 위업과 일화를 늘어놓았다.

약속한 5시 반이 되자 그 사람, 오사카 세쓰코가 딱 우리 앞에 나타났다.

"마코토의 언니요? 처음 만난 건 그 애가 고등학생 때였을 거예요. 내가 무슨 말을 해도 웃지 않아서 처음에는 이상한 애구나 싶었는데, 굉장히 순수하다고 할까 진지한 얼굴로 황당한 말을 해서 처음에는 얼마나 당황했는지……."

그녀는 깔깔깔 웃으며 굵은 목소리로 수다를 떠는, 몽실몽실한 느낌의 쾌활한 중년 여성이었다.

노자키는 처음에 맥이 빠졌다고 할까, 어안이 벙벙한 것 같았지만 바로 평소의 여유를 되찾고, 그녀의 끊임없는 수다 사이에 이번 사건의 내용을 정확하게 끼워 넣었다. 언제나 그렇듯이 나는 거의 말을 하지 않아도 되었다.

그녀는 회사원인 남편과 세 아이를 둔 평범한 가정주부로, 영매사 활동은 가족에게도 비밀로 하고 있다고 했다. 오사카 세쓰코라는 이름도 가명이었다.

"왜, 미국 영화 있잖아요. 위대한 힘에는 어쩌고저쩌고 하는 거요. 그거예요, 그거. 뭐라더라? 목구멍이 간질간질하면서 이름이 나올 듯 말 듯하네요."

"스파이더맨요?"

"호호호호호! 그거예요, 그거! 그게 내 신념이라고 할까, 방침이랑 똑같아요. 미국 사람 중에도 이런 사람이 있구나 하면서, 아들과 같이 보고 얼마나 감동했는지 몰라요."

"그 사람보다 훨씬 훌륭해요. 활약상은 잘 알고 있습니다."

"어머나, 그래요? 그렇게 말씀하시니 쑥스럽네요."

그녀는 큼지막한 손으로 얼굴 앞에서 파닥파닥 부채질을 했다. 6시 반이 지나서 바깥 풍경이 검푸르게 가라앉은 무렵, 화제는 겨우 본론으로 들어갔다.

"가벼운 마음으로 받아들인 건 아니에요. 위험하다는 건 충분히 알고 있어요." 그녀는 둥그스름한 얼굴에 온화한 미소를 지으며 말했다. "하지만 나라면 할 수 있을지도 모르겠어요. 만약 할 수 없다고 해도 할 수 있는 만큼 해보자고, 지금까지 그렇게 생각하며 이 일을 해왔어요. 이번에도 마찬가지예요."

"아…… 고맙습니다."

내가 고개를 숙이자 그녀는 "아이 참, 괜찮아요"라고 말하며 손을 흔들었다.

"그리고 이 찻집 말이에요. 뭐랄까, 내가 있을 곳이라고 할까? 뭐더라? 하우스가 아니라……."

"홈 말인가요?"

"그래요. 옛날부터 단골손님밖에 오지 않는 곳이지만, 조용하고 다들 편안해 보이죠? 여기에 있으면 마음이 편해요. 그래서 정신을 집중하기 좋아요."

그녀는 눈을 가늘게 뜨고 찻집 안을 둘러보았다. 나도 새삼스레 주변을 살펴보았다. 겨우 열 평쯤 되는 작은 공간이다. 간접 조명이 비치는 가운데 테이블 자리는 다섯 개. 다섯 명이 앉을 수 있는 카운터 자리. 그 모든 자리에 중년의 손님들이 각자 앉아서 책을 보거나 담배를 피우고 있다.

"정신 집중이라니……." 노자키가 몸을 살짝 내밀고 목소리를 낮추며 말했다. "설마……."

"네, 곧 올 거예요."

그녀의 입가에는 미소가 감돌고 있었지만 눈길은 더할 수 없이 진지했다. 다음 순간, 온몸에 긴장감이 내달렸다. 찻집에서 틀어놓은 재즈 음악이 우리 사이를 가로질렀다.

"다하라 씨가 누구신가요?"

위에서 나지막한 목소리가 들려서 고개를 들었다. 희끗희끗한 머리칼과 콧수염에 안경을 낀 중년 남성이 우리 테이블 앞에 서 있었다. 이 찻집의 주인인 듯하다.

"전데요."

"전화 왔습니다."

그는 메모지를 내밀더니 카운터 구석의 검은색 전화를 가리키고 자리로 돌아갔다.

나는 접힌 메모지를 펼쳤다. 줄이 없는 종이에는 파란색 잉크로 이렇게 쓰여 있었다.

다하라 님께
시즈 님으로부터
치사 님 건


메모를 보기 전부터 어느 정도 각오했다. 세쓰코가 미리 말해주었기 때문이기도 하지만 그것이 어떤 수법으로 사람을 부르고 현혹시키는지, 어느 정도 파악했기 때문이었다.

하지만 돌아가신 할머니의 이름과 두 살배기 딸아이의 이름을 눈으로 확인하자 냉정하게 있을 수 없었다. 턱을 타고 내려온 땀을 닦고 있자 세쓰코가 말했다.

"듣기만 하면 괜찮아요."

조금 전까지 보았던 밝은 표정은 찾아볼 수 없었다.

"대답하지 않으면 돼요. 귀를 대고 그냥 듣기만 하세요. 그렇게 하면……."

목소리가 갈라진 그녀는 컵의 물을 단숨에 들이켰다.

"계속 말하는 사이에 빈틈이 생길 거예요. 내가…… 봉인할 틈이." 그리고 강렬한 시선으로 나를 쳐다보며 덧붙였다. "난 여기서 녀석의 모습을 살펴볼게요. 정신을 집중하고 기회를 기다리겠습니다."

나는 고개를 끄덕이고 일어섰다. 그러자 동시에 노자키도 일어섰다. 당황해서 쳐다보자 그는 두 가닥 이어폰과 MP3 같은 기기를 들고 입술 끝을 일그러뜨리면서 말했다.

"이렇게 좋은 기삿거리를 놓칠 수 없잖아요?"

나는 한순간 오른뺨에 억지 미소를 담고 카운터로 향했다.

나와 노자키가 전화기 앞에 섰다. 검은색 전화기. 할머니 집에 있던 것도 이런 전화기였다.

옆에 내려놓은 수화기를 들어올렸다. 생각보다 묵직했다.

노자키가 수화기에 이어폰 같은 걸 붙인 뒤, 나머지 한쪽을 자기 귀에 끼우고 눈으로 신호를 보냈다. 이어폰은 그가 들고 있는 녹음기와 이어져 있었다.

수화기를 천천히 귀에 댔다. 물론 '여보세요'라고 말할 생각은 없었다. 멍청히 말을 할 만큼 초조하지도 않았다. 하지만 무의식중에 입술을 꼭 다물고 있었다.

소리라고 할 수 있을까 말까 한 희미한 소리가 수화기 너머에서 스아아아아 하고 고막을 어루만졌다.

나는 귀를 곤두세웠다.

"……부담…… 않도록 밖에서 먹…… 왔어…… 괜…….."

목소리가 들렸다. 소리도 멀고 띄엄띄엄 말해서 알아듣기 힘들었다.

남자 목소리였다.

어떻게 된 걸까? 지금까지 두 번 들은 바로는 그것의 목소리는 여자였다. 하지만 노자키가 괴물이라고 부르는 존재에는 성별이 없을지도 모르겠다. 그렇다면 양쪽 목소리를 모두 낼 수 있는 걸까?

가라쿠사도 말했다. 보기마나 부기메를 여자로 인식하는 사람도 있었고, 그렇지 않은 사람도 있었다고. 부기만은 형태가 없다고. 그렇게 생각한 순간, 조금 전까지 들리던 미세한 잡음이 끊어졌다.

다음 순간.

"……예상이 빗나갔지? ……이제 와서 데리러 와봤자 너무 늦었어. ……아닌가?"

연약하면서도 도발적인, 그러면서도 조롱하는 듯한 노인의 목소리가 귀에 닿았다.

무슨 말인지 알아들을 수 없었다. 하지만 목소리는 들은 기억이 있었다. 확실하다. 어린 시절에 들었던 목소리다.

기억의 파도가 밀려와서 머리가 혼란스러운 그 순간.

"제발 부탁해요. 난 계속 참고 또 참았어요. 몇 년, 몇 십 년을 참고 또 참으며 살았죠. 그런데 왜, 왜 나까지…….."

이번에는 늙은 여인의 목소리가 들렸다. 눈물을 흘리면서 애원하는 목소리다.

이 목소리도 들은 적이 있었다. 그리운 감정이 떠올랐다가 이내 흩어졌다. 그 여인이 내게 이런 식으로 말한 적은 한 번도 없었기 때문이었다.

조금 전에 닦아낸 땀이 다시 턱을 타고 흘러내렸다. 온몸이 차갑게 얼어붙었다.

노자키가 고개를 갸웃거리는 게 기척으로 느껴졌다.

"이건……?" 그가 물었다.

나는 옆을 힐끔 보면서 작게 고개를 끄덕였다.

"제…… 할머니와 할아버지 목소리입니다."

그는 미간에 주름을 잡았다.

"영업부의 다하라 씨요? 여기서 잠시만 기다리십시오…….
치사 씨 일이라고요? 다하라 씨에게 그렇게만 말하면 되나요?
……네, 알겠습니다. ……저기, 실례지만…….."

힘이 넘치는 남성의 목소리가 귀에 닿았다. 다카나시의 목소
리였다.

현기증이 일었다. 수화기가 너무나 무겁다.

이 목소리가 의미하는 바는 한 가지다. 확증은 없다. 인간이
라도 이런 일은 얼마든지 꾸밀 수 있다. 하지만 내게는 그렇게
밖에 생각되지 않았다.

그것은, 보기왕은 지금 내 친척과 지인의 목소리로 말하고 있
는 것이다.

툭툭. 누군가가 어깨를 두드려서 황급히 돌아보았다.

노자키가 한쪽 귀의 이어폰을 손으로 누르면서 속삭이듯 물
었다.

"지금까지 이런 경우가 있었나요?"

즉시 고개를 옆으로 흔들었다.

"처음입니다. ……어떻게 된 건지 도대체…….."

"저도 그래요. 이건 말을 거는 게 아닙니다. 뭔가 다른 의도

가 있어요."

"다른 의도요……?"

"그렇게밖에 생각할 수 없습니다."

"하지만……."

다시 물어보려는 순간, 수화기에서 흐릿한 목소리가 들렸다.

"……안 열었어요. ……저게 뭐예요……?"

어린아이의 목소리였다. 겁먹고 당황하고 긴장된 목소리.

아직 변성기가 오지 않은 소년의 목소리. 지금도 선명하게 기억나는 그날, 그때, 그 집에서 말한 목소리.

두 손으로 수화기를 움켜쥐었다.

"장난전화야. 회사에도 가끔 걸려와. 내게 원한을 가진 사람이 있는 것 같아."

남자 목소리다.

지긋지긋해하며 은근슬쩍 얼버무리는 목소리.

"시끄러워! 고작 하나 낳은 것 가지고 잘난 척하지 마!"

똑같은 목소리가 고함을 쳤다.

최대한 허세를 부리면서 누군가를 나무라는 목소리.

아니…… 이건 '누군가'가 아니다. 누구에게 내던진 말인지, 누구의 입에서 튀어나온 말인지, 전부 알고 있다.

"아닙니다. 이건……."

그렇게 말한 순간, 노자키가 "다하라 씨"라고 말하며 가로막았다. 그는 차가운 눈으로 나를 보며 무표정하게 말했다.

"특별히 놀라거나 이상하게 생각하진 않습니다. 이러리라고 짐작했죠. 마코토도 처음부터 그렇게 말했고요."

아니다.

대꾸하려고 했지만 목소리가 나오지 않았다.

그 말만 가지고 해석해서는 곤란하다. 대화에는 흐름이라는 게 있다. 나는 아내와 딸에게 최선을 다하려고 했고…….

흩어진 생각을 정리하려고 단어를 고르고 있는데, 그는 아무 일도 없었던 것처럼 물었다.

"이제 아무 말도 하지 않나요?"

다시 수화기에 집중했다. 다시 희미한 잡음이 들렸다.

그때 뒤쪽에서 의자 끄는 소리가 들렸다. 달칵 하고 티스푼을 내려놓는 소리도 들렸다.

은은한 재즈 음악.

딸랑딸랑 차임벨 소리.

똑똑 물방울 떨어지는 소리.

성성 바람 가르는 소리.

"이봐요! 이봐요!"

그때 노인의 갈라진 목소리가 들려서 나와 노자키가 동시에 돌아보았다.

찻집 안에 있던 모든 사람의 시선이 우리가 있던 창가 자리에 꽂혀 있었다. 몇 명은 일어서고 몇 명은 엉거주춤 서 있었다.

그들의 시선 끝을 향한 순간, 입에서 "히익!" 하고 비명이 새어나왔다.

창가 테이블 자리에서 세쓰코가 공허한 표정으로 의자에 기대 있었다. 둥그스름한 얼굴은 새하얗고, 입은 보기 흉하게 반쯤 벌어져 있었다. 몸의 절반은 검붉게 물들어 있고, 테이블도 반들반들한 붉은 액체로 빛나고 있었다. 오른팔은 그녀의 발밑에 구르고 있었다.

그녀는 어깨 부근에서 오른팔이 잘린 채, 숨을 헐떡이며 의자에 앉아 있었다.

찰칵 하는 소리에 제정신을 차렸다.

노자키가 검은색 전화기의 몸체에 수화기를 올려놓더니, 다시 들어 올리고 재빨리 다이얼을 돌렸다. 119번이다.

안쪽에 앉아 있던 중년 남자가 입을 틀어막고 화장실로 달려갔다. 키 작은 노인 손님이 민첩한 동작으로 세쓰코에게 뛰어갔다. 뒤늦게 젊은 여자 점원이 두 손 가득히 물수건을 들고 카운터에서 뛰어나왔다.

패닉 상태에 빠진 좁은 찻집 안에서, 나는 사람들과 부딪치면서 뒤얽히는 발을 필사적으로 움직여 세쓰코의 곁으로 가려고 했다.

점원과 손님들이 선혈로 뒤범벅이 된 그녀의 몸을 껴안고 바닥에 눕히려고 했다. 간접 조명 밑에서도 눈 깜짝할 사이에 그녀의 얼굴이 창백해지는 것을 알 수 있었다.

그때 시선 한쪽 끝에서 무엇인가가 스윽 움직이는 것을 느끼고 고개를 들었다. 어두컴컴한 창문 밖에서 여자의 얼굴이 이쪽을 들여다보고 있었다. 그렇게 생각한 순간, 여자의 얼굴은 짙은 어둠 속으로 사라졌다.

검은 머리칼, 하얀 얼굴. 생김새는 확실히 알 수 없었다. 다만 얼굴의 아래쪽 절반인 입과 턱이 새빨갛게 물들어 있었던 것만은 틀림없었다.

그제야 이해가 되었다. 세쓰코의 팔은 물어뜯긴 것이다.

회사 1층에서 셔츠가 새빨갛게 물든 채 웅크리고 있던 다카나시가 떠올랐다. 뼈와 가죽만 남아서 침대에 걸터앉아 있던 모습도. 병실 커튼을 난폭하게 닫던 마른 나뭇가지 같았던 팔도.

소란스러움이 귀로 뛰어 들어와서 시선을 찻집 안으로 돌렸다. 노자키가 어느새 손님들과 함께 세쓰코를 돌보고 있었다.

나는 황급히 그녀에게 다가가 노자키 옆에 한쪽 무릎을 꿇었다. 그는 나를 발견하고 이미 새빨개진 수건을 그녀의 상처에 대면서 말했다.

"잔머리를 쓴 것 같습니다."

여자 점원이 안쪽에서 산더미 같은 수건을 가져와 떨어뜨리듯 바닥에 놓았다. 나는 그중 몇 장을 거칠게 잡아서 노자키에게 주면서 말했다.

"전화로 우리를 유인한 거군요……."

그는 고개를 끄덕이고 입술을 비틀며 그녀의 몸에 새 수건을 댔다.

"우리는 낚인 겁니다."

그녀가 갑자기 남은 왼손을 허공으로 치켜들었다. 피에 물든 굵은 손가락이 부들부들 떨렸다. 그녀의 눈은 흐리멍덩하고 시선은 일정하지 않았다. 이미 아무것도 보이지 않는 것이다.

"다하……라 씨……."

짤막한 손가락 끝이 내 눈앞으로 다가왔다. 나는 멈칫거리며 그녀의 손을 잡았다.

그녀는 희미하게 숨을 쉬면서 "가…… 가족……" 하고 내뱉더니, 눈을 감고 몸을 덜덜 떨기 시작했다.

사람들이 비명을 지르는 가운데 노자키가 큰 소리로 외쳤다.

"제가 병원으로 데려갈게요. 다하라 씨, 그러니까……!"

그의 말이 끝나기도 전에 일어서서, 흩어진 의자와 테이블을 밀어제치고 찻집을 뛰쳐나왔다. 밖은 완전히 어두워져 있었다.

조금 전에 보았던 창문 밖 광경이 떠올랐다.

새빨갛게 물든 여자의 얼굴. 내가 본 순간에 어둠 속으로 사라진 얼굴…….

큰길을 향해 정신없이 뛰었다. 그리고 콘크리트 바닥에 울리는 내 발소리를 들으며 생각했다.

그 얼굴은 사라진 게 아니다. 없어진 것도 아니다.

간 것이다. ……우리 집으로. 우리 가족에게로.

전화로 나를 불러낸 것만이 아니라 세쓰코를 그렇게 만든 것도 우리 집으로 가기 위한 미끼였다. 이제 더는 낚이지 않겠다.

나는 뛰면서 스마트폰을 꺼냈다. 집 전화번호를 찾아서 통화 버튼을 눌렀다. 신호가 다섯 번 울리고 아내가 받았다.

"여보세요."

"여보, 치사를 데리고 지금 당장 집을 나와!"

"뭐?"

"마코토 씨와 같이 있으면 살 수 있어!"

"여보, 그게 무슨……."

"우리 본가에 가 있어. 신칸센은 아직 운행할 거고, 치사만 괜찮으면 비행기라도 상관없어!"

"갑자기 왜……."

"잔말 말고!"

목소리가 거칠어졌다. 사람들의 시선이 일제히 내게 쏟아졌다. 어느새 큰길로 나와 있었다. 수많은 차가 전조등을 켜고 눈앞을 지나갔다.

멀리서 택시를 발견하고 손을 크게 흔들었다.

"일단 설명을 해줘야……."

"그것이…… 그 녀석이 집으로 가고 있어."

"하지만 어머님께 연락도 안 하고 가도 될지……."

"그런 건 아무래도 상관없어!"

수화기에 대고 버럭 고함을 질렀다. 수화기 너머에서 아내의 당황한 모습이 보이는 듯했다.

"멀면 멀수록 좋아. 호텔이라도 좋고 당신 친구 집이라도 좋

아. 어디든지 좋으니까 지금 당장 가!"

택시가 느긋하게 눈앞에서 멈추었다. 운전사가 문을 열어주기도 전에 손으로 벌컥 열고 뒷자리에 올라타서 집 주소를 말했다.

하얀 시트에 기댐과 동시에 스마트폰에서 긴장된 목소리가 흘러나왔다.

"마코토예요. ……그게 이쪽으로 오고 있나요?"

"네, 세쓰코 씨가 그렇게 말했습니다. 세, 세쓰코 씨는…… 심한 부상을 입고."

"설마."

마코토가 숨을 들이마셨다.

"정말입니다. 정말 누, 눈이 깜짝할 사이에 그렇게…… 그러니까…….”

"……알았어요. 내가 두 사람을 데려갈게요. 교토였나요?"

그녀는 감정을 최대한 죽이고 말했다.

"그래요. 그게 얼마나 빨리 이동하는지는 모르겠지만, 그건 나보다 오히려 마코토 씨가."

"금방 나갈게요." 마코토가 즉답했다. "언니에게도 전할게요. 이쪽으로 올 수는 없지만 분명히 힘이 돼줄 거예요. 나에게도, 다하라 씨에게도."

"부탁합니다."

아내와 딸을 안전한 곳으로 데려가다오. 무슨 일이 있어도 두 사람을 지켜다오.

나는 모든 바람을, 모든 소망을, 모든 애원을 그 한마디에 담았다.

"다하라 씨는 어떻게 할 거예요?" 마코토가 물었다.

그렇다. 나는 망연자실했다. 택시를 타고 황급히 집으로 가도, 가족은 이미 떠난 다음이다. 아무도 없는 집에서 어쩌려고 했을까?

너무나 당황해서 거기까지는 미처 생각을 못 했다.

이를 악물고 마음을 가라앉힌 뒤, 머리칼을 쥐어뜯으며 겨우 최선의 대책을 짜냈다.

"일단 집으로 가겠습니다. 필요한 짐들을 챙겨서 나올게요. 그러니까 마코토 씨는 지금 바로 아내와 딸을 데리고 본가로 가줘요. 나중에 따라갈게요."

"알았어요. 그럼 지금 나갈게요. 연락 주세요."

전화가 끊어졌다. 어느새 뒷자리의 한가운데에서 엉거주춤 일어나 있었다. 운전사가 짜증이 가득한 눈길로 룸미러를 쳐다보았다.

나는 등받이에 체중을 실었다.

택시는 어이가 없을 만큼 느릿느릿 달렸다. 정말로 우리 집으로 가는 게 맞느냐고 운전사에게 따지고 싶은 것을 간신히 참고 밖을 바라보았다.

부르르르르. 손 안에서 스마트폰이 몸을 떨었다. 액정 화면에서 '발신번호 표시 제한'이란 글자가 보였다.

조금 전에 들었던 마코토의 말이 머리를 가로질렀다. 집에서 그녀의 하얀색 스마트폰이 울렸던 때가 떠올랐다. 나는 통화 버튼을 누르고 스마트폰을 귀에 댔다.

"마코토의 언니예요. 다하라 씨인가요?"

또랑또랑한 목소리. 감정이 없으면서도 어딘지 모르게 다정한 목소리.

나는 즉시 대답했다. "네."

"늦지 않아 다행이에요." 그녀는 희미하게 안도의 한숨을 쉬고 나서 덧붙였다. "이미 댁에서 나가셨으면 어떡하나 했어요."

"그게…… 무슨 뜻이죠?"

"단도직입적으로 말씀드리면." 그러고 그녀는 단숨에 설명했다. "다하라 씨가 가족과 만나면 그것에게 있는 곳을 들키게 돼요. 그것이 당신을 쫓고 있기 때문이죠. 당신에 관해선 이미 모든 걸 알고 있어요. 20여 년에 걸쳐서 당신을 찾아냈죠. 절대로 도망칠 수 없어요."

팔과 등에 소름이 돋았다.

"그러니까 지금은 가족을 만나지 않는 편이 좋아요."

그녀의 목소리가 몹시 차갑게 들렸다.

아내와 딸이 무사한 것보다 좋은 일은 없다. 나는 진심으로 그렇게 생각했다. 하지만 당분간 아내와 딸을 볼 수 없다고 생각하니 불안해서 심장이 터질 것 같았다. 이런 상황에서 아내와 대화를 하고 싶고, 오랜만에 데이트를 하고 싶었다. 딸과 아침부터 밤까지 놀고 싶었다.

"그러면 난 앞으로 계속 혼자 살아야 하나요? 그것을 두려워하면서……?"

마코토의 언니는 다정하게 말했다.

"아니에요. 잘하면 다시는 그것을 두려워하지 않아도 될지 몰라요."

"그게 무슨……."

"제가 아는 방법…… 주술을 사용하면 그것을 멀리 쫓아낼 수 있을 거예요. 단……."

도로에 파인 곳이 있는지 별안간 택시가 흔들렸다. 밖을 쳐다보자 낯익은 풍경이 눈에 들어왔다. 집에 거의 다 왔다.

"……그러려면 다하라 씨가 협조해주셔야 해요."

"협조하겠습니다."

어떻게 협조해야 하는지 모르겠지만, 내가 협조하면 아내와 딸이 평온하게 살 수 있다. 그렇다면 손발을 잃어버린들 무슨 상관이랴.

"하게 해주세요. 어떤 거라도 하겠습니다."

"피를 달라든지 영혼을 달라든지, 그런 거창한 건 아니에요."

목소리는 어디까지나 진지했다. 진심인지 농담인지 알 수 없는 그녀만의 독특한 표현이다.

"집에 있는 걸 사용해서 결계를 칠 거예요. 그리고 다하라 씨가 주술의 매개체가 되어주면 돼요. 집이 난장판이 되고 사흘쯤 누워 있어야 할 만큼 몸에 부담도 가는데, 괜찮으시겠어요?"

"물론입니다."

"다행이에요."

얼굴도 모르는 그녀의 웃는 모습이 머릿속에 떠올랐다.

"손님, 어디서 세울까요……?"

운전사의 말을 듣고 앞 유리창 너머로 바깥을 보았다.

운전사에게 내릴 곳을 말하고, 다시 그녀에게 말했다.

"이제 곧 내립니다. 통화는……."

"이대로 계속 놔두세요. 집에 도착하면 말씀해주세요. 결계를 치는 방법을 말씀드릴게요. 조바심 낼 필요는 없어요. 그것이 오기까진 시간이 좀 더 걸릴 거예요."

택시는 비상등을 켜고 천천히 속도를 줄이기 시작했다.


## 15


"거기부터는 제 일이니까요."

그 말을 듣자 마음이 든든했다. 가까스로 용기를 짜내서 살금살금 복도를 걸어가 현관으로 향했다.

스스로에게 망설일 틈을 주지 않으려는 것처럼 문의 잠금장

치를 단숨에 돌렸다. 지금이라도 문을 열고 무엇인가가 튀어
들어오지 않을까 하는 공포로 손발이 움츠러들었지만 아무 일
도 일어나지 않았다.

나는 문을 향한 채 뒷걸음질로 복도를 지나 거실로 향했다.
깜빡하고 에어컨을 켜지 않아서 온몸이 땀으로 젖었다.

"현관문을 열었나요?"

식탁 의자에 앉자마자 스마트폰의 스피커를 통해 그녀의 목
소리가 흘러나왔다.

"네에, 간신히……."

목소리가 잘 나오지 않았다. 생각보다 체력을 많이 소모한
모양이었다.

"수고하셨어요. 이제 기다리기만 하면 돼요."

그녀는 그렇게 말하고 침묵했다. 무슨 말을 해야 할지 몰라
서 나도 액정 화면의 '통화 중'이란 표시만 바라보았다.

아무도 없는 거실에서 형광등 불빛이 몹시 썰렁해 보였다.
거실 여기저기에는 물을 가득 채운 크고 작은 그릇이 아무렇게
나 늘어서 있다.

평소에는 신경도 쓰지 않았는데, 거실 구석의 어둠이 마음에
걸렸다. 혹시 TV 뒤쪽에 숨어 있는 게 아닐까? 부엌에서 무슨
소리가 나지 않았나? 생각 탓이라는 걸 알고 있어도 마음이 술
렁술렁 제멋대로 요동쳤다. 벽시계의 초침 소리까지 귀에 거슬
렸다.

문득 세쓰코가 걱정되기 시작했다. 병원에 데려갔을까? 그녀의 안부가, 아니 생사가 마음에 걸렸다. 그렇다고 마코토의 언니 전화를 끊고, 노자키에게 확인해볼 마음은 들지 않았다.

"저기……."

나는 스마트폰을 향해 말을 걸었다.

"왜 그러세요?"

"세쓰코 씨는…… 무사한가요?"

그녀라면 그런 것도 알 수 있지 않을까? 텔레파시라는 단어가 머리에 떠올랐다.

잠시 침묵이 이어졌다. 대답이 없다. 어쩌면 의식을 집중해서 알아내려고 하고 있을지도 모르겠다. 그렇게 생각한 순간.

"실례지만……." 그녀가 여전히 조용한 목소리로 되물었다. "세쓰코 씨가 누구신가요?"

헉! 내 입에서 얼빠진 소리가 튀어나왔다. 무슨 말인지 이해할 수 없었다. 세쓰코를 우리에게 소개해준 사람은 바로 그녀가 아닌가.

잠깐만. 나는 다시 머리를 굴렸다. 오사카 세쓰코라는 이름은 가명이라고 했다. 그녀와 통화해서 일을 의뢰한 사람은 내가 아니라 노자키였다. 마코토의 언니는 그녀가 세쓰코라는 이름으로 활동한다는 사실을 모른 채, 노자키에게는 본명을 가르쳐주었을지도 모르겠다.

"지난번에 소개해주신 여성, 그러니까…… 영매사입니다. 평소에는 가정주부라고 하던데요."

그렇게 설명하고 나서 스마트폰 화면을 보았다.

다시 침묵이 이어졌다. 그녀는 아무 말도 하지 않았다.

띠리리리리링.

별안간 전화벨이 울리는 바람에 나는 어린애처럼 의자에서 펄쩍 뛰어올랐다. 집 전화다. 설마…….

스마트폰에서 그녀의 목소리가 들렸다.

"받지 마세요."

역시 그런가? 그렇게 생각한 순간, 다른 가능성이 떠올랐다.

"어쩌면 아내일지도 모릅니다. 마코토 씨일지도 모르고, 세쓰코 씨를 병원으로 데려간 노자키 씨가 걸었을지도 몰라요. 이 스마트폰은 통화 중 대기를 할 수 없습니다. 일단 표시를 확인하고……."

"그것이에요. 받지 마세요."

"하지만……."

"그것이에요. 받지 마세요."

그녀는 똑같은 말을 반복했다. 사무적으로, 무표정하게.

이상하다.

스마트폰을 쳐다보았다. 이유는 알 수 없지만 위화감이 들었다. 그녀의 말이 부자연스럽게 느껴진 것이다. 어떻게 된 걸까?

자동응답기에서 삐 하는 소리가 나다가 멈추었다.

"다하라 씨, 계세요? 받지 않아도 되니까 제 말 들으세요."

목소리가 들렸다. 냉정하고 강력한 목소리. 조금 전까지 나와 이야기를 나누었던 그 목소리…….

"마코토의 언니예요."

자동응답기에서 나오는 목소리는 분명히 그렇게 말했다. 곧 바로 다음 말이 이어졌다.

"잠시 방심했어요. 그것은 제 생각보다 훨씬 교활해요. 만약 뭔가 부자연스러운 일이 있었다면 당장 나오세요. 그것의 함정일지 몰라요. 만약 나오기 힘들다면……."

그녀의 목소리는 예전보다 감정이 들어갔지만 그래도 여전히 냉정함을 유지했다.

"……부엌에 계세요. 부엌에 있는 모든 식칼을 들고요. 아니면 세면장에 숨으세요. 커다란 거울이 있으면 그 앞에 있어도 좋아요. 아무리 강력해도 그런 것들은 칼과 거울을 싫어하거든요."

감정이 완전히 멈추었다가 곧바로 폭발했다. 말이 되지 않는 소리가, 외침이 되지 않는 소리가 입에서 새어나왔다.

"다하라 씨, 제 말 듣고 있어요? 다하라 씨?"

"대답하지 마세요, 다하라 씨."

"지금 당장 움직이세요, 시간이 없어요."

"다하라 씨, 아직 시간이 있어요. 저 말 듣지 마세요."

그녀의 목소리가 번갈아 집 안을 날아다녔다. 지금 들은 목소리는 누구일까? 조금 전에 들은 목소리는? 어느 쪽이 진짜 마코토의 언니일까?

똑같다. 조금도 다르지 않다. 구별할 수 없다. 차이를 알 수 없다. 판별할 수 없다. 선택할 수 없다. 결정할 수 없다. 움직일 수 없다.

"다하……."

달칵 하고 기계적인 소리가 났다. 집 전화의 자동응답기 녹음이 멈춘 것이다.

들리는 것은 오직 내 심장의 고동 소리와 끄르륵 하고 목에서 끓어오르는 소리뿐.

"……수고하셨어요." 스마트폰에서 그녀의 목소리가 들렸다. "방해꾼이 있었지만 이제 괜찮아요. 준비는 모두 끝났어요."

목소리가 담담하게 이어졌다. 조금 전과 똑같은 감정 없는 말투. 냉정한 목소리. 그 모든 것이 날카로워진 신경을 자극했다.

"뭐, 뭐죠……?" 목소리가 뒤집어졌지만 신경 쓰지 않고 덧붙였다. "지금 그건 뭐죠? 설명해주십시오! 이 주술도……."

숨이 이어지지 않았다. 말이 끊어진 순간, 그녀의 목소리가 대답했다.

"나도…… 나도 그동안 이런저런 지혜가 생겼단 뜻이죠."

그제야 모든 걸 알아차렸다.

나는 의자를 발로 차고 현관을 향해 뛰기 시작했다. 다음 순간 발이 무엇인가에 부딪히면서 우당탕탕 화려하게 넘어졌다. 잇따라 무엇인가에 부딪히면서 온몸이 물에 젖었다.

결계를 만든다고 믿고, 조금 전에 늘어놓은 소금물 그릇이었다. 그것의 목적은 이것이었다. 내가 걷기 힘들고, 뛰기 힘들게 만들기 위해…….

찻집에 전화를 걸거나 세쓰코를 기습한 것만이 아니었다. 이 집에 나를 혼자 남게 한 것도, 거울을 깨뜨리게 한 것도, 칼을 처리하게 한 것도…… 전부 나를 낚기 위한 미끼였던 것이다.

나는 그녀의 낚시에 걸렸다. 지금까지 계속 걸렸다.

으아아아아! 입에서 비명이 새어나왔다. 일어서서 복도로 가려고 하다가 멈추었다.

현관문이 활짝 열려 있었다. 그리고…….

사람처럼 생긴 무엇인가가 천천히 들어왔다.

어둠 속에서 그것은 여자처럼 보였다. 머리카락. 회색 옷.

신발도 벗지 않고 그대로 들어온다.

아니다. 신발은 신지 않았다. 캄캄한 어둠 속에서 어렴풋이 발가락이 보였다. 맨발이다.

옷도 입지 않았다. 알몸이다. 몸 자체가 회색이었던 것이다.

머리칼에 가려서 얼굴은 보이지 않는다.

그것은 소리도 없이 복도를 걸어서 나를 향해 다가왔다.

도망쳐야 한다. 벽장으로 가서 식칼을 찾아낼까? 베란다를 넘어서 옆집으로 도망칠까?

발이 얼어붙어서 꼼짝도 할 수가 없다. 뒤를 돌아 뛸 수조차 없다.

"치가쓰리…… 치가쓰리…… 사오이…… 사무앙……."

여자의 목소리가 들렸다.

그때와 똑같다. 무슨 뜻인지 알아들을 수 없는, 잡음으로밖에 들리지 않는 목소리였다.

"죄송해요."

이번에는 의미 있는 말을 했다.

나는 대답하지 않았다. 대답할 수 없었다. 목에서는 숨을 헐떡이는 소리만이 새어나왔다.

"죄송해요. 죄송해요. 죄송해요……."

여자는 그렇게 말하면서 나를 향해 한 걸음씩 확실하게 다가왔다.

얼굴 주변이 어렴풋하게 빛나고 있었다.

아니, 빛을 받고 있었다. 거실 불빛을 받고 새카만 얼굴 안에서 누리끼리한 무엇인가가 하나둘씩 떠오르고 있다. 비뚤어지고 일그러진 무엇인가가.

여자가 돌연 걸음을 멈추었다. 우두커니 선 채 보일 듯 말 듯 몸을 좌우로 흔들었다.

이미 거실 앞까지 다가와 있는데, 얼굴도 몸도 확실히 보이지 않는다. 다만 얼굴 한가운데에서 누리끼리한 무엇인가가 불빛을 받고 있다.

"히데키 씨."

여자가 나를 불렀다.

사람을 불러서 산으로 데려가는 존재. 할아버지가 두려워했던 요괴. 서쪽에서 온 괴물.

부기만. 보기마. 부기메.

보기왕…….

"자아, 이제 가요."

싫다.

"산으로."

거기가 대체 어디냐!

"다들 기다리고 있어요."

누가 기다리고 있다는 거냐!

"아이가."

아이는 또 누구냐!

"아이들이."

도대체 어떤 아이들을 말하는 거냐!

"그건……."

여자가 내 눈앞으로 다가왔다.

얼굴에 누리끼리한 것들이 들쑥날쑥 아무렇게나 늘어서 있었다.

어느 것은 날카롭고 어느 것은 구부러지고 어느 것은 길고 어느 것은 짧다. 그것들이 천천히 위아래로 움직였다. 움직임은 서서히 얼굴 전체로 퍼져나갔다.

한 번도 맡은 적이 없는 기이한 냄새가 코를 찔렀다.

무엇인가가 미끄덩미끄덩 움직였다.

그제야 겨우 알아차렸다.

이것은, 내 눈앞에 있는 이것들은…….

이빨이다.

내가 보고 있는 것은 입 안이다.

그렇게 생각한 순간!

"으아아! 으아, 아아, 이러지 마…… 안 돼, 안 돼!"

갈라진 목소리가 귓가에 들리고, 뿌지지직 하는 소리가 뇌에 직접 울려 퍼졌다.

이로 머리를 짓이기는 소리란 걸 알아차린 순간, 거기서 의식이 끊어졌다.

제2장

소
유
자

# 1

베란다로 나가서 하늘을 올려다보았다. 옅은 구름이 하늘을 온통 뒤덮고 있다. 잔뜩 찌푸린 하늘 여기저기에서 검은 형체들이 너울너울 춤을 추고 있다.

까마귀다. 평소에는 이렇게 많지 않은데 어떻게 된 걸까?

부엌에서 가져온 빈 토마토 통조림 캔을 옆구리에 끼고, 10여 년 만에 산 담배에 불을 붙였다.

피아니시모 페틸 멘솔 원. 타르 양과 핑크색 담뱃갑으로 선택해서 담배 맛은 잘 모른다. 한 개비만이라면 딸의 건강을 해치는 일도 없을 테고, 냄새를 싫어하지도 않으리라.

가볍게 빨아들여 연기를 폐로 보냈다. 가슴을 누르는 압박감과 쓰디쓴 맛으로 인해 바로 기침이 나왔다.

그래도 그날부터 지금까지 이어지는 어수선하고 비일상적인 시간 속에서, 거칠어질 대로 거칠어진 마음에 작은 여유와 침착함이 담배 연기와 함께 가슴속으로 스며드는 것 같았다.

남편이 이 집 거실에서 기묘한 형태로 죽고 나서 2주가 지났다. 어떻게 된 영문인지 모르는 채 나는 경찰에 불려가 남편의 시신을 보고, 경찰관에게 이런저런 질문을 받고, 부검 결과를 듣고, 온 집 안의 깨진 거울을 치우고, 장례식 준비를 하고, 상주 노릇을 하고, 장례식과 고별식과 입관을 마쳤다. 그동안은 생각할 여유도 없이 눈앞의 일을 처리하는 게 고작이었다.

담배를 빈 캔에 비벼 끄고 일단 거실로 돌아왔다. 부엌 쓰레기통에 캔을 버리고 입 안을 헹군 뒤, 방으로 들어가 이불을 덮고 자고 있는 딸의 얼굴을 바라보았다.

딸은 푸르르르 소리를 내며 여름용 이불을 살짝 걸치고 기분 좋게 잠들어 있었다. 겨우 두 살인 딸은 죽음이, 그것도 아버지의 죽음이 어떤 것인지 분명히 이해할 수 없을 것이다. 장례식에서 얌전하게 있어준 것은 고마웠지만.

딸의 몸에 이불을 제대로 덮어주고 구석의 불단을 보았다.

가장 적당했던 소박한 불단. 남편의 위패와 영정 사진.

사진 속의 그는 온화한 미소를 짓고 있다. 나는 이 얼굴을 좋아했다. 하지만 그것은 옛날, 다시 말해 딸이 태어나기 이전의 이야기이다.

딩동. 초인종이 울렸다. 누구인지는 알고 있다. 미리 연락이 있었기 때문이다.

나는 딸이 잠든 걸 확인하고 복도 입구에 있는 액정 모니터를 보았다. 틀림없다. 그 두 사람이다.

나는 그대로 현관으로 가서 문을 열었다. 상복 차림의 노자키와 마코토가 깊숙이 고개를 숙였다.

"삼가 고인의 명복을 빕니다. 장례식에 참석하지 못해서 정말 죄송했습니다."

노자키는 그렇게 말하고 나서 다시 고개를 숙였다.

나는 문손잡이를 잡은 채 가볍게 고개를 흔들었다.

"아니에요. 바쁘신데 이렇게 와주셔서 감사합니다."

장례식 때부터 지금에 이르기까지 수백 번을 입에 담은 말이었다.

"사, 삼가 고인의 명복을……."

마코토가 고개를 들고 작은 목소리로 말하다가 입을 다물었다. 입술이 파르르 떨렸다. 눈과 코가 새빨갰다. 머리칼은 새까맣다. 가발일까? 아니면 염색한 걸까?

"괜찮아요." 나는 다시 고개를 흔들고 안을 가리켰다. "많이 덥죠? 일단 안으로 들어오세요."

정말 괜찮다. 머리칼 색깔 같은 것에 신경 쓰지 않아도, 남편을 위해 울지 않아도, 나는 진심으로 그렇게 생각했다. 그 사람을 위해서 그렇게 할 필요가 없다.

남편의 시신을 발견하고 경찰에 신고해준 것만으로도 그들에게 충분히 고마워하고 있다.

잠든 딸에게 신경을 써서인지 그들은 말없이 불단에 향을 올리고 손을 마주 잡았다. 마코토는 몇 번이나 콧물을 훌쩍거렸다. 두 사람 앞에 차가운 보리차를 놓고 식탁에 마주 앉자, 노자키가 자세를 바로 하고 침통한 표정으로 말했다.

"이번 일은 제게도 책임이 있습니다."

평소에 입가에 배어 있는 냉소적인 웃음은 그림자도 보이지 않았다. 그 말에 마코토가 고개를 가로저었다.

"아뇨, 제 탓이에요. 제가 제대로 했으면 이런 일은……."

"그렇게 사과할 필요 없어요. 상식으론 이해할 수 없는 일이 일어났다는 건 알고 있어요. 내가 알기 훨씬 오래전부터 있었던 일이라는 것도요. 그 일을 계기로 두 분을 알게 됐다는 것도 들었어요. 이제 와서 두 분을 원망할 생각은 없어요."

마코토가 세차게 고개를 가로저었다.

"처음 만났을 때 제가 바로 움직였다면……!"

"마코토."

마코토의 목소리가 높아지자 노자키가 그녀의 어깨를 잡았다. 그녀는 흐느껴 울면서 입을 다물었다. 새하얀 뺨을 타고 눈물이 떨어졌다.

그때 무슨 소리가 들린 것 같아서 신경을 집중했다. 문을 닫아놓은 방 안에서 으아앙 하고 희미한 소리가 들렸다. 치사가 잠에서 깬 것이다.

딸을 안고 달래며, 연신 고개를 숙이는 두 사람을 배웅했다. 신발을 신을 때, 마코토의 뒤꿈치가 보였다. 로퍼에 익숙지 않은 것이리라. 뒤꿈치가 헐어서 빨갛게 짓물러 있었다.

거실로 돌아올 때까지도 치사는 여전히 울음을 그치지 않았다. 어쩌면 마코토의 목소리에 놀라서 무서운 꿈을 꾸었을지 모르겠다. 꿈은 오래 꾼 것 같아도 실제로는 잠에서 깨기 직전에 잠시 꾼다고 한다. 그런 생각을 할 만큼 마음의 여유가 생겼다.

나는 딸의 머리에 뺨을 비비며 거실을, 부엌을, 방을 돌아다녔다. 하늘은 여전히 하얗고 구름이 끼어 있었다. 까마귀 몇 마리가 하늘을 날고 있었다. 마코토가 부른 것임을 이제야 알아차렸다. 그런 영적인 것과 비과학적인 것을 어느새 받아들이게 되었다. 이 집에서 여러 가지 일이 일어났기 때문이라는 게 가장 큰 이유다.

남편이 처참한 모습으로 숨을 거두었다. 시신 안치소에서 본 그의 시신에서는 머리의 대부분과 얼굴의 오른쪽 절반이 보이지 않았다. 그 모습을 보고 정신을 잃지는 않았다. 토하지도 않았다. 하지만 절반만 남은 일그러진 흙빛 얼굴을 똑바로 쳐다볼 수는 없었다.

경찰은 범죄 가능성을 염두에 두고 조사했지만, 증거는커녕 증언도 나오지 않았다. 그렇다고 사고라고 생각할 수는 없으니 지금도 계속 수사를 하고 있다고 한다.

생명보험은 어떻게 될까? 보험금이 나와도 그것만으로는 부족하다. 이제 일하지 않으면 안 된다. 일자리를 찾을 수 있을까? 일을 하려면 딸을 맡겨야 한다. 좋은 유치원이나 좋은 어린이집을 찾을 수 있을까?

생각해야 할 일, 해야 할 일이 너무나 많았다. 품 안에 있는 딸은 여전히 울음을 그치지 않는다. 하지만 나는 조바심을 내거나 우울해하거나 자포자기하지는 않는다.

남편의 처참한 모습을 보고는 놀라기도 하고 충격을 받기도 했다. 하지만 죽음 자체에 대해서는 손톱만큼의 슬픔도, 털끝만큼의 상실감도 느끼지 않았다.

다시 창문 너머로 바깥을 보았다. 조금 전보다 구름이 두터워졌는지 하늘이 어둡게 가라앉았다. 하지만 내 마음은 오히려 후련해서 목청껏 기쁨의 소리를 내지르고 싶었다.

남편이 이 집에서 없어졌다!

이제 그의 육아 방식에 따를 필요가 없어진 것이다.


# 2

"축하해. 우리 둘이 잘 키우자."

결혼한 지 6개월. 임신했다는 걸 알고 남편에게 그 사실을 말했을 때였다.

그는 그렇게 말하고 내 머리를 쓰다듬었다.

기뻤다.

주정뱅이 부모로부터 사랑다운 사랑을 받지 못해 아이를 키울 자신이 없었던 내게, 애초에 아이를 낳아 엄마가 될 각오가 없었던 내게 그 말은 구원이나 다름없었다.

눈물을 흘리며 기뻐했던, 그날 그때의 바보스러운 내게 말해주고 싶다. 남편은 아무런 구원도 되지 않았다고. 오히려 무거운 짐이고 고통이었을 뿐이라고.

돌이켜보면 알아차릴 기회나 눈치챌 계기는 여기저기에 있었다.

맨 먼저 기억나는 것은 딸이 태어났을 때였다. 진통이 와서 비명을 지를 만큼 아팠는데, 의사가 아직 진짜 진통이 아니라고 하면서 진통 촉진제를 몇 번이나 놓았다. 통증은 점점 심해져서, 스스로도 이해할 수 없는 소리를 마구 질렀다.

한밤중이 되어서 겨우 진짜 진통이 시작되었는데, 자궁이 좀처럼 열리지 않는지 분만대에서 다리를 벌린 채, 언제 끝날지 모르는 고통에 눈물을 흘리며 차라리 제왕절개를 해달라고 애원했다. 의사들이 왜 제왕절개를 하지 않았는지 설명을 해줬을 텐데 기억이 나지 않는다.

점심때가 지나 겨우 딸이 태어났을 때는 온몸의 기운이 빠져나가 허물처럼 변해서, 퉁퉁 불은 갓난아기를 보고 눈물을 흘리는 것 말곤 아무것도 할 수 없었다. 그것은 모성이나 사랑 같은 거창한 감정이 아니었다. 넋이 나간 상태에서 가슴을 쓸어내린 것뿐이었다.

출근했던 남편이 병원에 온 것은 밤이 되고 나서였다. 그동안 친해진 간호사와 잡담을 하면서 연약하게나마 웃었던 게 잘못이었을까. 그는 나를 보자마자 실실 웃으면서 말했다.

"아아, 편하게 낳았구나."

나는 얼굴에 웃음을 매단 채 그대로 굳어졌다. 되받아칠 말이 없었다. 마음보다 더 깊은 곳이 차갑게 얼어붙는 것을 알 수 있었다. 하지만 결정적인 사건은 그것이 아니었다. 지금은 오히려 웃어넘길 수 있는 이야기다.

진통이나 출산의 고통은 남자들은 절대로 이해할 수 없다. 만약 똑같은 고통을 겪는다면 남자들은 견디지 못하고 죽어버릴 것이다. 여자들이 한 달에 한 번 치르는 생리통조차 견디지 못하지 않을까?

그런 이야기는 주변에서 듣기도 하고 보기도 한다. 인터넷 기사에서도, 육아 에세이에서도, 아줌마들의 시시한 신세타령에서도.

꼭 그래서는 아니지만 그때 남편의 말과 태도는 '흔히 있는 이야기'의 하나로 넘겼다. 남자는 원래 그런 동물이야, 하면서 쓴웃음과 함께 넘긴 것이다.

다음에 기억나는 것은 동거를 시작했을 때의 봄이었다. 그때

지독한 감기에 걸려 하루 종일 집에서 누워 있었다.

"자기에게 부담 주지 않을게."

그는 웃는 얼굴로 그렇게 말하며 회사에 출근했다. 나는 그때 오한과 구토에 시달리며 이불 밑에서 신음하고 있었다.

하루 종일 누워 있다가 저녁때가 되어서 조금 열이 내리고 구토증이 가라앉자 갑자기 배가 고팠다. 그가 집에 와서 뭐를 만들어줄까? 아니면 먹을 걸 사 올까? 그는 요리를 한 적이 없으니까 아마 후자이리라. 편의점 도시락이든 뭐든 좋으니까 일단 배를 채우고 싶었다.

어두워진 방에서 혼자 그를 기다렸다.

그가 집에 들어온 것은 밤 10시였다.

"왜 그래?"

태연한 얼굴로 묻는 그를 향해, 나는 나오지 않는 목소리를 짜내서 말했다.

"배……고파."

"직접 만들어 먹어." 그러고는 방을 둘러보고 물었다. "청소는 안 했어?"

나는 멍한 표정으로 고개를 흔들었다.

"저녁은……?"

"먹고 왔어." 그는 가슴을 펴고 웃으면서 당당하게 말했다. "자기에게 부담 주지 않겠다고 했잖아."

나는 휘청거리는 몸을 일으켜 비틀비틀 부엌으로 걸어가서,

참치 통조림과 마요네즈를 섞어 식빵에 발라서 구워 먹었다. 그대로 부엌에 선 채.

세 장쯤 먹었는데, 한밤중에 속이 울렁거리는 바람에 전부 게워냈다.

이 일에 대해서도 내 안에서 이해를 했다. 아니, 반성을 했다. 그렇게 된 것은 나의 커뮤니케이션이 부족해서라고. 잘못은 내게도, 아니 모든 잘못은 내게 있다고.

아무리 감기에 걸렸어도 그에게 먹을 걸 사 오라고 부탁할 수 있었다. 그렇게 하지 않고 계속 기다린 것은 어린애처럼 유치한 짓이다. 한마디로 말해서 '자업자득'인 것이다.

내 기억은 여기저기를 방황하다 최종적으로 신혼여행에 도착했다.

남편의 할아버지 고향이라는 K역에서 내렸다. 특별한 목적이 있었던 것은 아니다. 남편은 원래 여행할 때 계획을 세우지 않고, 목적도 확실히 정하지 않는다. 이것도 흔히 듣는 이야기다. 애인이나 남편이 계획성이 없어서 곤란하다는 말은.

하지만 남편과 같이 있는 것만으로도 충분했고, 실제로 신혼여행은 그때까지와 마찬가지로 즐거웠다.

고다카라 온천 로비에서 남편이 '아이를 갖고 싶다'고 말했을 때, 몸도 마음도 머리도 기쁨으로 터질 것 같으면서 나도 모르게 눈물이 나왔다. 태어나서 처음으로 남의 눈을 신경 쓰지 않고 남편을 안고 싶었다. 나는 이를 악물고 눈물을 참으며 겨우 말을 짜냈다.

"나도…… 아이를 갖고 싶어."

남편이 남탕의 포렴 안으로 사라지는 걸 보고 나는 마음을
진정시키기 위해 벽에 걸려 있는 커다란 나무판을 쳐다보았다.

고다카라 온천의 유래

이 K시는 옛날부터 농촌 지역으로, 사람들은 논밭을 경작
하고 산과 들에서 나무열매나 산나물을 채취해 자급자족
을 해왔다고 합니다.

2005년, 굴착공사를 할 때 온천물이 솟구쳤습니다. 물의
온도는 섭씨 42도. 철분을 함유한 갈색 물은 유량도 풍부
하고 성분도 온천법을 충족해서 이듬해 가을부터 '고다카
라 온천'이라는 이름으로 영업을 하기 시작했습니다.

'고다카라'라는 명칭은 근처 산기슭의 오래된 비석에 새
겨진 '고다카라'라는 글자에서 유래합니다.

지금까지 조사한 바에 따르면 비석은 적어도 에도시대 이
전에 만들어졌으며, 향토사학자의 연구 논문을 보면 아마
옛날 지명이나 산의 이름이 아닐까 한다고 합니다.

저희 온천은 철분을 다량 함유한 '함철천'으로, 타박상이
나 관절염 같은 일반적인 효능 이외에 냉증이나 빈혈에
특히 효과가 있습니다.

또한 호르몬의 균형을 맞춰주는 효능도 있고, 여성병이나

생리불순 같은 여성 특유의 증상에도 뛰어난 효과가 있다고 전해집니다.

효과가 있다고 전해진다…….

표현이 너무 모호하지 않은가. 나중에 효과가 없다고 항의하는 사람이 있을까 봐 일부러 에둘러 표현했군. 온천을 경영하는 것도 쉬운 일이 아니야.

그렇게 냉정하게 생각하는 자신을 깨닫고 황급히 여탕 탈의실로 향했다.

탈의실에도 욕탕에도 의외로 손님이 많아서 당황했지만, 갈색 물에 몸을 담그고 있자 어느새 온천의 효능 같은 건 아무래도 상관이 없었다. 이마에서 솟구치는 땀을 손으로 닦아내면서 수증기로 흐릿해진 욕탕을 멍하니 바라보았다.

노송나무 욕조와 바위 욕탕. 청동으로 만든 무섭게 생긴 용이 입에서 물을 뿜어내고 있었다.

욕조 밖에서 몸을 씻고 있는 손발이 긴 여자는 30대 중반 정도일까? 맞은편에서 목까지 물에 잠긴 채 기도하듯 고개를 숙이고 있는 중년 여성은 이 지역 사람일까?

문득 욕탕에 너무 오래 있었다는 사실을 깨닫고 서둘러 밖으로 나왔다.

탈의실에서 몸을 닦은 뒤 속옷을 입으려고 몸을 숙이는데 뒤에서 "실례합니다"라는 소리가 들리며 옆 로커가 열렸다. 검은 가죽 장갑이 눈에 들어왔다.

얼굴을 돌리자 체구가 작은 여성이 "죄송합니다"라며 고개를 숙인 뒤, 로커 안에 커다란 배낭을 밀어 넣었다. 짧게 자른 검은 머리와 화장기 없는 얼굴. 여성의 얼굴은 차가우리만큼 무표정해서 연상으로도 연하로도 동갑으로도 보였다.

공간을 확보하기 위해 반걸음 뒤로 물러서서 위아래 속옷을 입으며, 곁눈으로 넌지시 살펴보았다. 검은색 긴소매 폴로셔츠에 면바지의 소박한 차림이다.

여성은 가방에서 수건과 파우치를 꺼내 옆구리에 끼더니, 자연스러운 동작으로 장갑을 벗었다. 순간, 나도 모르게 눈을 크게 떴다.

붉은색과 하얀색 반점이 손등과 손가락을 온통 뒤덮고 있었다. 하얀색 반점은 오그라들고 붉은색 반점은 부풀어 올라서, 양쪽 모두 번들거리는 빛을 뿌렸다.

켈로이드(피부의 결합 조직이 이상 증식하여 단단하게 융기한 것 – 옮긴이)다. 화상 흉터인가.

깜짝 놀라 얼굴을 들자 여성은 로커에 장갑과 파우치를 집어 넣은 뒤, 자연스럽고 당당하게 폴로셔츠를 걷어 올렸다.

그녀의 등은 무수한 흉터로 가득했다. 우선 커다란 흉터가 오른쪽 어깨에서 왼쪽 옆구리로 내달렸다. 등뼈를 따라가듯 기다란 흉터 하나가 세로로 나 있고, 허리 위에는 10엔짜리 동전만한 둥근 흉터가 있었다. 그리고 빈틈을 메우듯 작은 흉터가 가로와 세로, 대각선으로 기하학적 무늬를 만들었다. 팔과 어깨에도 켈로이드가 보이고, 양쪽 팔에는 새로 생긴 듯한 푸르스름한 멍이 자리하고 있었다.

여성은 브래지어를 벗은 뒤, 몸을 웅크리고 바지를 내렸다. 허벅지에도, 정강이에도, 장딴지에도, 흉터가 빼곡히 뒤덮여 있었다. 여성이 속옷에 손을 댐과 동시에 황급히 눈을 돌렸다.

심장이 쿵쾅쿵쾅 방망이질을 쳤다. 숨 쉬는 것도 잊어버렸는지 숨이 막혔다. 몸이 싸늘해진 것을 깨닫고 떨리는 손으로 옷을 입기 시작했다.

여성이 무엇 때문에 흉터투성이가 되었는지는 알 수 없었다. 하지만 어느 정도 상상은 되었다. 폭행을 당한 것이다. 가족에게…… 아마 애인이나 남편에게.

그것까지 생각하고 알아차렸다. 그리고 최대한 자연스러운 동작으로 주변을 둘러보았다.

거울 앞에 있는 드문드문 흰머리가 섞인 여성. 지금 막 욕탕에서 나온 통통한 젊은 여성. 머리를 말리고 있는 엉덩이가 홀쭉한 여성. 모두 골똘히 생각에 잠긴 모습이다.

그제야 겨우 깨달았다. 고다카라 온천이라는 이름이, 밖에 적힌 유래와 달리 어떤 의미를 가지고 있는지. 나무판에 쓰인 '여성병'이라는 글자가 무엇을 가리키는지.

고다카라라는 말에 누구보다 상처 입고, 그러면서도 그것에 매달리는 사람은…….

불임 여성이다.

그날 그곳에 있던 모든 여성이 그렇다곤 생각하지 않는다. 하지만 욕조 밖에서 몸을 씻고 있던 손발이 긴 여성도, 욕탕의 맞은편에 있던 여성도, 엉덩이가 홀쭉한 여성도. 그리고 옆 로커의 흉터투성이였던 사람도 아마…….

아이를 갖고 싶다고 말한 남편. 그 말에 순수하게 기뻐했던 나. 스스로가 너무도 한심스러워서 마음에 삐걱삐걱 균열이 가기 시작했다.

나는 머리를 말리지도 않고 종종걸음으로 로비로 나갔다. 세면도구를 들고 여탕 문을 여는 흉터투성이의 작은 뒷모습이 눈앞을 지나갔다.

남편은 소파 한쪽에 앉아 있었다. 목에 수건을 걸고 손에는 빈 우유병을 들고 있었다. 나를 보더니 우유병을 들고 말끔한 얼굴로 활짝 웃었다.

"커피우유 먹었어."

나는 간신히 미소로 대꾸했다.

역으로 가는 길에 보라색 저녁노을을 바라보며 남편에게 말했다.

"있잖아……."

"응?"

남편이 나를 쳐다보았다. 나는 눈길을 피한 뒤, 하늘을 보고 나서 다시 남편에게 시선을 돌렸다.

"만약 아이가 안 생기면 어떡할 거야?"

남편은 깜짝 놀란 표정을 짓더니, 금세 심각한 표정으로 팔짱을 꼈다. 잠시 침묵이 이어지고 두 사람의 발소리만이 이어졌다.

K역이 보이는 순간.

"그때는 말이야." 남편은 내 눈을 똑바로 보고 상큼한 표정을 지었다. "최선을 다해 도와줄게. 자기가 잘 치료받을 수 있도록."

말투도 시선도 확신에 넘쳐 있었다.

그때 진지하게 대화를 했어야 했다. 말다툼으로 이어져서 신혼여행을 망친다고 해도, 일단 진지하게 대화해서 확실히 매듭을 지었어야 했다. 하지만 나는 그 자리의 즐거움을, 어색하지 않은 분위기를 선택했다.

남편에게 느낀 위화감은 딸이 태어나고 나서 단숨에 부풀어 올랐다.

퇴원 수속을 마치고 집에 오자 식탁 위에 책이 산더미처럼 쌓여 있었다. 잡지처럼 커다란 책. 수첩처럼 작은 책. 두꺼운 책, 얇은 책.

모든 책의 표지에는 갓난아이나 행복에 겨운 남녀 사진이 큼지막하게 실려 있었다.

"이건⋯⋯."

남편은 환하게 웃으면서 말했다.

"육아책이자 우리의 교과서야. 우리는 부모 1학년이니까."

이 책을 전부 읽을 것. 신속하게 실천할 것.

남편은 그렇게 권했다. 아니, 명령했다. 매일 퇴근하고 집에 오면 책의 내용을 캐물었다. 아니, 구두시험이라고 하는 편이 맞을지도 모르겠다.

밤낮을 가리지 않고 젖을 달라고 울며 소리치는 딸을 달래느라 녹초가 되어서, 내게는 책 읽을 시간이 없었다.

남편의 질문에 대답하지 못하면 그는 유감스러운 표정을 지으며 땅이 꺼져라 한숨을 쉬었다. 그리고 이내 미소를 지으며 딸을 내게서 떼어낸 뒤 "치사는 내게 맡기고 지금 읽어"라고 말하고는 딸을 빙빙 돌리며 놀기 시작했다. 딸이 울든 소리치든 개의치 않았다. 도저히 참을 수 없어서 딸을 달라고 하면 남편은 어이가 없다는 얼굴로 말했다.

"아이는 둘이 힘을 합쳐 키우기로 약속했잖아."

화를 내고 싶었다. 하루 종일 딸을 돌보느라 아무 일도 못 한다고 말해주고 싶었다.

남편이 밤에 편안히 자는 동안에도 딸은 젖을 달라고 울며 소리친다고. 젖을 먹여도 잠들지 않고 칭얼거린다고. 당신의 의욕은 높이 살 만하지만 제발 현실을 똑똑히 보라고.

하지만 나는 화를 내기보다 적당히 넘기는 길을 선택했다. 신혼여행 때와 똑같았다. 말다툼과 어색한 분위기를 피하고 싶었을 뿐이다.

지금은 알고 있다. 참으로 어리석은 판단이었다고, 더 일찍
손을 썼어야 했다고.


# 3


남편이 세상을 떠나고 한 달이 지났다.

나는 집 근처 슈퍼마켓에서 파트타임으로 일하기로 했다. 고
등학교를 졸업하고 슈퍼마켓에서 일하는 것은 이번이 세 번째
다. 이번에도 슈퍼마켓을 선택한 것은 일이 어떻게 돌아가는지
알고 있다는 적당한 이유에서였다.

하지만 어린이집은 적당하게 선택할 수 없었다. 그렇다고 느
긋하게 찾을 수도 없었다. 시부모에게 의지할 생각은 없었다.
그들은 외아들의 죽음에 엄청난 충격을 받고, 슬픔과 고통의
배출구를 노골적으로 내게서 찾았다.

그들의 주장을 종합하면 이렇다.

아들이 기묘한 모습으로 죽은 건 며느리가 집을 비웠기 때문
이 아닌가. 아들과 며느리 사이에 무슨 문제가 있었던 게 아닌
가. 그날 며느리가 손녀를 데리고 불쑥 찾아온 데다, 찾아온 이
유가 석연치 않은 만큼 의아하게 여기는 건 당연하다. 더구나
핑크색 머리의 젊은 여자와 같이 왔다. 시부모가 얼마나 당황

했을지는 충분히 이해할 수 있다.

자세한 경위를 말할 생각은 없었다. 남편은 요괴의, 괴물의 표적이 되었다. 그리고 그 녀석에게 살해되었다. 이렇게 말하면 말도 안 되는 지어낸 이야기이거나 내가 이상해졌거나, 어느 한쪽이라고 생각할 게 뻔하다.

솔직히 말하면 나도 믿고 싶지 않았다. 눈앞에서 이런저런 일들이 일어난 탓에 어쩔 수 없이 받아들였을 뿐, 그것 말고 평범한 상황이 있었다면 잠시도 망설이지 않고 그쪽을 선택했으리라.

아무튼 딸을 맡길 만한 어린이집은 쉽게 찾을 수 없었다. 평판이 좋은 곳은 대부분 비싸고 비용이 적당한 곳은 평판이 좋지 않다. 가격도 평판도 모두 좋은 곳은 들어갈 자리가 없었다.

어떻게 해야 하나 막막해하는데, 그 두 사람이 손을 내밀었다. 남편이 없는 지금으로선 생판 남이라고 할 수 있는 두 사람. 핑크색 머리로 돌아온 마코토와 예전보다 더 열심히 괴물에 관해 조사하는 노자키다.

마코토는 거의 매일 오고, 노자키는 적어도 일주일에 한 번 마코토와 같이 와서 괴물에 대해 조사한 내용을 말해주거나, 마코토에게 이끌려 귀찮은 얼굴로 딸과 놀아주었다.

그들에게 기댈 생각은 없었으나 어린이집을 서둘러 결정하지 않아도 되는 것은 고마웠다. 딸이 두 사람을, 특히 마코토를 잘 따르는 것도 기뻤다.

딸은 예전부터 낯을 많이 가렸다. 길에서 낯선 사람…… 가령 아이들을 좋아하는 노인이 말을 걸기라도 하면 내게 매달리며 얼굴을 감추었다. 상대가 무섭게 생겼으면 울음을 터뜨리기도 했다. 놀이공원에서 인형 탈을 쓴 사람을 보자마자 공포에 질린 얼굴로 울음을 터뜨린 것이다.

두 사람은 그런 딸이 두려워하지 않고 같이 놀 수 있는 얼마 안 되는 상대였다.

"이세신궁의 검불(검 모양의 부적 - 옮긴이)입니다. 가내 안전에 효험이 있대요."

9월 말의 저녁 무렵이었다. 노자키가 그렇게 말하며 내민 것은 20센티미터쯤 되는 가느다란 나무를, 하얀 종이를 이용해 양날 검 모양으로 감싼 부적이었다. 종이에는 '덴쇼코다이신궁(이세신궁의 내궁(內宮)을 가리킨다 - 옮긴이)'이라고 붓글씨로 크게 쓰여 있고, 영험이 있어 보이는 붉은 도장이 찍혀 있었다. 검을 본뜬 종이 끝 부분은 먹물로 칠해져 있었다.

"같은 미에 현에다 이세신궁은 일본 신사의 원조나 마찬가지예요. 다른 곳의 부적보다는 영험이 있을 겁니다. 원래는 신단에 놓아야 하지만 불단이라도 상관없습니다."

그는 입술 끝을 올리며 미소를 지었지만 눈은 더할 수 없이 진지했다.

"그 말씀은…… 또 올지도 모른다는 건가요?"

그렇게 물어보자 그는 거실에 누워서 딸과 장난치고 있는 마코토를 보았다. 마코토는 그 자세로 우리를 쳐다보며 진지한 얼굴로 대답했다.

"그건 몰라요. 하지만 오지 않는다고 정해진 건 아니잖아요."

그리고 다시 활짝 웃으며 딸을 껴안고 옆구리를 간질였다. 딸이 까르르 소리를 내며 자지러지게 웃었다.

노자키의 시선이 내게로 돌아왔다.

"일단 대책을 강구해두는 편이 좋겠죠. 그것이 어떤 기준으로 사람을 노리는지는 모르겠습니다. 다만 그것은 가나 씨와 따님의 이름을 알고 있어요."

나는 그날 전화기 너머로 들은 중년 여자의 목소리를 떠올렸다. 목소리는 분명히 남편과 내 이름을 불렀다.

"하지만 치사는……."

"다하라 씨의 회사 사람이 들었다더군요. 그것도 아직 따님이 태어나기 전, 사람들에게 이름을 알려주기 전에 말입니다."

말도 안 돼! 그걸 어떻게 안단 말인가?

노자키도 순순히 인정했다.

"어떻게 알았는지는 모르겠습니다. 다만 그것이 초자연적 존재라는 증거는 되겠죠. 우리와는 다른 감각과 다른 방법으로 이쪽 정보를 얻고 있다는……."

도중부터는 내게 말한다기보다 스스로에게 설명하는 듯한 말투였다.

그는 그렇게 말하고 나서 거실 쪽을 쳐다보았다. 마코토가 몸을 웅크린 채 딸을 껴안고 있고, 딸은 그녀의 품에서 입을 벌린 채 잠들어 있었다.

"어린아이는 놀다가 지쳐서 잠들 만큼 정말 열심히 노네."

마코토는 노자키를 보며 그렇게 말했다. 그는 대답을 하지 않고 다시 나를 보았다.

"우리가 할 수 있는 건 그것이 두 사람에게 접근하지 못하도록 하는 것뿐입니다. 어설픈 부적이나 호부는 쉽게 뚫리겠죠. 가나 씨는 두 번이나 경험하셨으니까 무슨 말인지 아실 겁니다. 하지만 바꿔 말하면, 뚫지 못하면 올 수 없다는 뜻이죠. 아무리 비과학적이고 초자연적인 것이라도 논리적으로 대책을 세울 수 있습니다." 그는 내 손에 있는 검불을 보며 덧붙였다. "두 사람은 어떻게든 저와 마코토가 지켜드리겠습니다."

"고맙습니다."

그 말밖에 할 수 없었다. 그가 무슨 말을 하고 싶은지는 이해했고, 나와 딸을 걱정해주는 마음은 정말로 고마웠다. 때문에 '두 번이나'라는 말에 가슴 한쪽이 아렸다.

두 사람이 돌아간 뒤, 딸을 방에 눕히고 저녁식사를 준비하기 시작했다. 어제 먹다 남은 호박 조림. 돼지고기에 양파를 듬뿍 넣고 만든 돼지고기 생강구이. 두부와 미역 된장국. 오이와 양상추, 방울토마토 샐러드.

딸의 새근새근 잠자는 소리가 들린다. 너무도 사랑스럽다. 저녁식사 준비가 끝나면 깨울까? 아니면 일어날 때까지 기다

릴까? 아니다. 너무 늦게 먹이면 건강에도 생활 습관에도 좋지
않다.

나는 잠시 생각했다.

나와 치사의 현재를. 엄마와 딸의 미래를.

그와 동시에 남편에게 빼앗긴 지금까지의 시간을.

내 손으로 부적을 찢고 잘라버린 그날의 일을.


# 4

딸이 태어난 이듬해부터 남편은 부적이나 호부를 사 모았다.
메이지신궁, 야스쿠니신사, 센소지, 간다묘진, 이구사하치만구,
진다이지, 도쿄대신궁, 오미야하치만구, 조조지…….

가내 안전과 액막이 부적만 수십 개. 거실에, 방에, 현관에,
화장실에. 화려하고 번쩍번쩍한 작은 주머니와, 좋은 말이 쓰
이고 엄숙한 도장이 찍힌 종이가 우리 집을 가득 메웠다.

"그렇게 많이 사서 뭐 하려고 그래?"

비아냥거림이 되지 않도록 최대한 가볍게 물었는데 남편은
웃으면서 이렇게 대답했다.

"가족을 지키는 게 아버지의 역할이니까."

신비한 것, 비과학적인 것에 기대고 싶은 마음은 얼마든지

이해할 수 있다. 밖을 돌아다니다 사찰이나 신사가 있으면 동전을 던지고 기도하고 싶은 마음은 내게도 있다. 하지만 이것은 도가 지나치지 않은가.

육아 동료의 영향일지도 모르겠다. 그때는 그렇게 생각했다.

같은 아파트나 근처 공원에서 딸 또래의 아이가 있는 부부를 알게 되었다. 남편은 곧바로 그들과 친해져서 연락처를 주고받고, 쉬는 날에는 종종 만나곤 했다. 얼굴을 보지 않는 날에도 메일이나 트위터, 메신저로 연락을 하는 것 같았다.

나는 원래 SNS에 관심이 없고, 근처 아파트에 사는 고즈에 씨와 가끔 만나는 정도였다. 나이가 같고 사고방식도 비슷했기 때문이었다. 그녀 말고는 특별히 친한 사람이 없었고, 공원에서 만나면 날씨에 관해 말하는 정도였다. 그건 지금도 다르지 않다.

사람을 만나기 싫은 게 아니었다. 딸의 탓으로 돌릴 생각은 없지만 다른 사람을 만났을 때 겁먹고 긴장하는 딸의 얼굴을 보기 힘들다는 게 가장 큰 이유였다.

그래도 남편에게 이끌려 아이가 있는 부모들의 모임에 몇 번 같이한 적이 있었다. 그곳에서 얼굴만 아는 부부와 인사를 나눴다.

"다하라의 아내인 가나라고 해요."

"쓰치카와입니다."

"이 사람의 아내인 준코예요."

그들은 즐겁게 말하며 내게 악수를 청했다. 나도 손을 내밀었다.

남편 쪽이 물었다. "무슨 일을 하세요?"

아내 쪽이 혼자 분위기를 띄운다. "어쩐지 커리어우먼 같아요. 어떤 일이든 척척 해낼 것 같다고나 할까요?"

"저는……."

"이 사람은 슈퍼마켓에서 파트타임으로 일했는데, 아이를 가진 걸 알고 그만두게 했습니다. 그런 일은 무거운 물건도 들어야 하니까요. 그렇지, 여보?"

딸을 안은 남편이 그렇게 말하면서 나를 쳐다보았다.

"으, 으응." 나는 가까스로 대답했다.

"그래요? 그럼 그전에는 뭐 하셨어요?"

"이케부쿠로의……."

"술집에서 아르바이트를 했습니다. 3년쯤 했을까요? 교대 근무자를 관리하는 일이었어요. 정사원이 되어달라는 제안도 받았는데 이 사람이 원체 사람을 싫어한다고 할까, 떠들썩한 분위기를 싫어해서 그만뒀습니다. 그 프랜차이즈는 비교적 경영 방침도 좋아서 업계에서 평판이 좋은데 말입니다. 정말 아깝더라고요."

"그, 그랬어요……."

항상 이런 식이라서 나는 거의 말을 할 수 없었다.

사람을 싫어한다는 것은 완전한 오해였다. 남편은 계속 그렇게 생각한 것 같은데, 나는 단지 재잘재잘 수다를 떨거나 끈적 끈적 달라붙는 걸 좋아하지 않았을 뿐이다.

중요한 건 거리감이다. 아무리 친한 상대라도 일정한 거리를 유지하고 싶었다.

하지만 남편은 달랐다. 마음이 맞는 사람과 친하게 이야기하고 인터넷으로 시시한 대화를 나누며 조금이라도 오랜 시간을, 장소를, 가치관을 공유하고 싶어 했다. 남편에게는 그것이 정상적인 인간관계인 듯했다.

그들을 따라 블로그를 시작하면서 딸에 관해서나 육아에 관해서 종종 인터넷에 올리게 된 것도 자연스러운 흐름이었다.

남편은 시간이 있을 때마다 딸의 사진을 찍어서 인터넷에 올렸다. 토요일과 일요일 저녁에서 밤까지의 시간은 거실에서 노트북을 펼치고 인터넷에 올릴 글을 쓰는 데 허비했다. 때로는 몇 시간이나 모니터를 보면서 글을 고치기도 했다.

그동안 딸은 나 혼자 돌봐야 했다. 가끔 딸이 컴퓨터에 가까이 가면 남편은 조바심을 감추지 못하고 딸을 밀어내면서 나를 불렀다.

"치사, 아빠가 지금 중요한 일을 하고 있거든. 알지? 여보, 치사 좀 데려가."

이유식을 직접 만든다면서 이유식 책을 닥치는 대로 사들이기도 했다. 유기농 식품점에서 하나에 300엔이나 하는 당근이나 한 묶음에 700엔이나 하는 시금치, 최고급 닭 가슴살을 비롯해 이런저런 식재료들을 두 손 가득히 들고 돌아온 적도 있었다.

엄청나게 비싼 빨간색 밀크팬을, 해외 직구를 통해 일부러 구입하기도 했다. 적당한 분량을 만들 수 있다는 이유에서였다.

"치사가 별로 안 먹네."

두 번쯤 만들고 그것으로 끝이었다. 남편은 부엌에 서는 일조차 없고, 그다음은 내 차지가 되었다. 남은 대량의 고급 식재료는 우리의 평범한 식사 재료로 변했다.

딸이 두 살이 되기 몇 달 전부터는 휴일 저녁부터 밤까지 육아 동료들을 만났다. 가끔은 평일에도 퇴근하고 집에 들르지 않은 채 모임에 가기도 했다. 남편은 '회의'라고 말했지만 집에 오면 항상 얼굴은 불그스레하고 입에서는 술 냄새가 났다.

회의 결과라고 하며 이런저런 육아 이론을 말해주기도 했다. 회의 결과를 말해주지 않을 때는 항상 딸과 놀았다. 밤 11시라도, 밤 12시가 넘어서 날짜가 바뀌어도, 딸이 깨어 있는 날에는 딸을 높이 치켜든 채 온 집 안을 뛰어다니고, 블록을 무너뜨려 우르르 소리가 나기도 했다.

"엄마가 딸을 독점하는 건 좋지 않아. 공의존(특정인과의 관계에 중독되어 '그 사람은 내가 아니면 안 된다'는 마음에 빠져 있는 상태 – 옮긴이)이 되거든."

한 번 주의를 주었더니 남편은 정색을 하며 이렇게 말했다. 내가 하고 싶었던 말은 밤늦게 시끄럽게 떠들지 말고, 딸의 생활 습관을 지켜달라는 것이었는데.

어느덧 나는 조금씩 지쳐갔다.

"남편이라고 생각하지 말고, 큰 아이가 하나 더 있다고 생각해." 고즈에 씨는 그렇게 말하면서 웃었다.

토요일 저녁.

고즈에 씨 집에서 그녀와 함께 이야기를 나누었다. 남편은 회사에 출근했다.

치사는 고즈에 씨의 딸인 레미와 그녀 남편의 손을 잡고 공원으로 놀러 갔다.

"어린애라고 생각하면 웬만한 일로는 화가 나지 않고 오히려 귀엽거든."

"그러게."

그녀의 말이 맞는다는 생각이 들었다. 그래서 그날부터 며칠은 넓은 마음으로 남편을 대할 수 있었다.

남편도 딸을 사랑하고 육아를 즐거워했다. 딸도 무럭무럭 성장했다. 그것은 행복한 일이다. 나는 행복한 가정을 손에 넣었다. 무슨 불만이 있으랴.

그렇게 긍정적으로 생각하기로 했다. 하지만 그 마음은 오래가지 못했다.

그날.

그날 저녁, 고즈에 씨 집에서 저녁을 먹기로 일주일 전부터 약속이 되어 있었다. 레미와 친하게 지내던 딸도 몹시 기대하던 날이었다. 남편은 늦게 온다고 했고, 오랜만에 저녁 초대를 받아서 나도 가슴이 설렜다.

오후에 남편에게 전화가 왔다.

"그쪽이 갑자기 아프다고 해서 약속이 연기됐어. 오늘 일찍 들어갈 테니까 저녁 준비해줘."

"오늘은 고즈에 씨 집에서 같이 식사하기로 했는데……."

물론 남편에게는 그런 약속이 있다고 미리 말해놓았다. 딸이 태어났을 때부터 내 일정은 그에게 자세하게 말하기로 되어 있어서였다.

"그건 취소하면 되잖아."

그는 아무렇지도 않게 말했다.

"하지만 이미 저녁도 준비하셨을 테고 치사도……."

"치사에게 가장 중요한 건 가족의 사랑이잖아."

그의 말이 맞다. 의심할 여지가 없는 정론이다. 하지만 이런 상황에서 할 말은 아니다. 나는 감정과 사고를 정리해서 가까스로 말했다.

"우리 셋은 나중에 같이 식사할 수 있잖아. 애초에 토요일과 일요일은 거의 그렇게 하고. 가끔은 친구나 주변 사람을 만나는 것도 좋을 것 같아."

전화기 너머로 땅이 꺼져라 한숨이 들리고, 나를 가여워하는 남편의 목소리가 이어졌다.

"당신은 너무 착해서 탈이야. 아무래도 상관없는 것까지 신경 쓰고 말이야."

무슨 말을 하는지 이해할 수 없었다.

"그게 무슨……."

"그쪽 부부에게 미안해서 그렇지? 그런 사람들까지 배려하다니, 당신은 정말 착한 사람이야."

그런 사람들? 목까지 나왔던 말을 집어삼켰다.

즉시 반박을 하지 않은 건 정곡을 찔렀기 때문이라고 남편은 착각한 듯했다.

"그건 나쁘게 말하면 나약함이라고 할 수 있어. 치사의 교육에도 좋지 않아."

"……."

"그쪽 집에는 내가 전화할게. 오늘은 집에서 가족끼리 단란하게 보내자."

"……."

"걱정 마. 빵공장에 다니는 데다 월세 집에 사는 사람과 인연이 끊어진다고 해도, 치사에게는 아무런 영향이 없으니까. 걱정할 거 하나도 없어."

나는 전화기를 내려놓은 뒤, 거실에서 그림에 색칠하던 딸 앞에 주저앉았다.

"오늘은 집에서 엄마랑 아빠랑 셋이 밥 먹게 됐어."

딸은 색칠하던 손을 멈추고 나를 바라보면서 머리를 크게 흔들었다.

"싫어. 레미랑 놀 거야."

"미안해. 다음에 놀자."

"싫어."

딸은 스케치북을 향해 크레용을 내동댕이쳤다. 빨간색 크레용이 내 무릎에 부딪혔다. 나는 크레용을 손에 들고 딸을 쳐다보았다. 커다란 눈에 눈물이 가득 고였다.

"미안해. 오늘은 아빠가 많이 놀아준대."

딸은 고개를 숙인 채 다시 머리를 흔들었다. 길게 자란 머리가 이리저리 나부끼고, 눈물이 스케치북에 방울방울 떨어졌다. 물을 흡수한 부분이 불룩해지며 주름이 지는 것을 나는 말없이 지켜보았다.

"아빠 싫어."

잠시 후, 딸은 나를 보지 않고 말했다. 나는 딸의 이마에 이마를 대고 거짓말이 되지 않는 말을 했다.

"왜? 아빠가 치사를 얼마나 사랑하는데?"

"아빠…… 무서워. 무서운 냄새가 나."

딸은 들릴 듯 말 듯한 목소리로 그렇게 대답했다.

무서운 냄새.

나는 솟구치는 눈물을 참으며 딸의 작은 몸을 꼭 껴안았다.

어린 시절, 초등학교에 들어가기 전까지 나도 부모에게서 무서운 냄새를 맡았다. 그 냄새가 무엇인지 지금은 안다. 술 냄새였다. 부모는 항상 술에 취해 있었다.

하지만 그때는 술 냄새라는 사실을 몰랐다. 난폭한 아버지와 울부짖는 어머니에게서 떠다니는 코를 찌르는 기이한 냄새는 오직 무섭고 슬프고 기분 나쁜 냄새였을 뿐이다.

딸도 나처럼 술 냄새에 공포를 느끼는 걸까. 아니면 남편의 땀 냄새와 몸에서 분비되는 기름 냄새가 싫은 것뿐일까?

딸이 울음을 그칠 때까지 작은 몸을 껴안고 머리를 쓰다듬어 주었다. 겨우 진정된 것을 확인하고 밝은 목소리로 적당히 말하면서 스케치북과 크레용을 정리한 뒤, 저녁식사를 준비하려고 일어섰다. 그때 소파 구석에 놓여 있던 남편의 노트북이 눈에 들어왔다. 옮기는 것이 좋을 것 같아 일단 TV 받침대 위에 놓으려는 순간 노트북 사이에서 무엇인가가 팔락팔락 떨어졌다.

물색과 초록색의 작은 종잇조각 몇 장. 명함이다. 그것도 모두 같은 명함이다. 누구 명함이지? 명함을 손에 들고 물끄러미 쳐다보았다.

그곳에는 이렇게 쓰여 있었다.


따끈따끈 햇살을 받으며
오늘도 아이와 같이 놀아요


다하라 패밀리 대표이사
육아 아빠 회사원
다하라 히데키

Parenting Dad

HIDEKI TAHARA

도쿄 도 스기나미 구 가미이구사 5번가 ××

베리시마 가미이구사 302호

090 △△△△ ● ● ● ●

parentinghideki@××××

그리고 뒤에는 이렇게 쓰여 있었다.


새파란 하늘 새하얀 구름

새들의 노랫소리에 폭신폭신 침대에서 일어났다

자아! 잠옷을 갈아입고 나가자

모래밭 미로를 지나서 정글짐 숲을 빠져나가면

엄마의 웃는 얼굴과 샌드위치가 기다리고 있다


「어린이 대모험」, 다하라 히데키 지음


우리 육아 아빠는 아이들의 소중한 미래를 창조합니다


TV 받침대 앞에 풀썩 주저앉았다. 힘이 빠져서 서 있을 수 없었다. 저녁을 준비할 마음도 어디론가 사라졌다.

내가 딸을 돌보는 동안, 집안일을 하는 동안, 남편은 이런 시를 쓰고 이런 명함을 만들어 육아 동료들에게 나눠주면서 놀고 있었던 것이다.

육아 동료들과의 '회의'에서 희희낙락하며 명함을 나눠주는 남편의 모습이 눈에 선했다.

"육아 아빠이자 회사원인 다하라입니다."

그는 이렇게 말하고 명함을 건넨 뒤, 상대의 명함을 정중하게 받을 것이다. 그 명함에도 비슷한 말이 쓰여 있으리라.

우쭐거리는 듯한 글자들이 눈물로 일그러졌다. 손에 힘을 주고 물색과 초록색의 종이를 엉망으로 구겼다.

나는 이런 것에 휘말려 있었던가. 딸은 이런 것을 위해 태어나고 자라고 있었던가. 남편에게 육아란 이런 종잇조각을 마구 뿌리는 것이었던가.

으으으으윽. 어디선가 나지막한 신음이 들렸다. 내 입에서 나오는 신음 소리였다. 어느새 나는 울고 있었다. 울면서 신음하고 있었다.

"엄마."

딸의 목소리가 가까이에서 들렸다. 걱정하는 목소리. 아이의 머리로 열심히 생각해서 나를 위로하는 목소리.

이제 한계다.

손에 든 명함을 갈기갈기 찢어서 내동댕이쳤다.

딸이 불에 덴 것처럼 크게 울음을 터뜨렸다.

"시끄러워!"

딸을 향해 버럭 고함을 질렀다. 그리고 벌떡 일어나서 딸을 내려다보았다.

딸은 우두커니 선 채 얼굴을 새빨갛게 물들이며 울고 있었다. 날카로운 울음소리가 귀를 파고들었다.

"시끄러워! 시끄러워! 시끄러워! 시끄러워!"

귀를 막고 현관으로 뛰어가다 복도에서 걸음을 멈추었다. 복도 벽에 빈틈없이 자리한 부적과 호부들. 현관이, 현관문이 너무나 멀다.

뒤를 돌아본 순간, 벽과 가구 사이를 메우듯 놓여 있는 부적과 호부가 눈과 신경과 정신을 격렬하게 뒤흔들었다.

여기는 감옥이다. 남편의 이기심으로 만들어진 감옥.

나와 딸은 그의 죄수…… 아니, 노예다.

옆의 전화 받침대에 있던 부적을 손에 들었다. 난폭하게 끈을 잡아당기고 부적 주머니를 힘껏 열었다. 툭 하고 실이 끊어지는 소리가 났다. 그에 아랑곳하지 않고 부적을 꺼내 힘껏 찢었다. 그래도 감정은 가라앉지 않고 오히려 점점 격렬해지면서 미친 듯이 날뛰었다.

부엌으로 달려가 부엌용 가위를 들고 거실로 돌아와, 벽의 부적을 향해 마구 찔렀다. 스윽스윽. 가위 날이 벽을 파고드는 소리에 겁을 먹고 딸의 울음소리가 더욱 커졌다.

그래도 손을 멈추지 않고 미친 사람처럼 부적 주머니를 가위로 싹둑싹둑 잘랐다. 가위 날이 천에 뒤얽히자 다음에는 손으로 잡아서 찢었다. 정신이 들었을 때는 부적과 호부를 잇따라 갈기갈기 찢고 조각들을 여기저기로 내던진 후였다.

"으아아아아아! 으아아아아아아아!"

딸의 외침이 온 집 안에 메아리쳤다.

아니다. 딸의 목소리가 아니다. 딸의 목소리는 이렇게 낮지 않다.

내 목소리다. 내가 목이 터져라 소리치고 있는 것이다.

그런 사실을 알아도 목에서 나오는 절규를 멈출 수 없고, 가위질하는 손길도 멈출 수 없었다. 나는 미친 사람처럼 부적을 자르고 또 잘랐다.

시간이 얼마나 지났을까. 정신이 들자 부엌이었다. 딸을 껴안은 채 부엌 구석에 웅크리고 있었다.

거실이 어둡다. 내가 불을 끈 걸까. 부엌의 형광등이 나와 딸을 쓸쓸하게 비추고 있었다.

손에는 가위가 들려 있었다.

딸은 아직 울고 있고, 나도 울고 있었다. 이제 끝이다. 그렇게 생각했다.

남편이 와서 집 안 꼴을 보고 물으면 솔직하게 말할 생각이었다. 애초에 어물쩍 넘어갈 방법이 생각나지 않았다.

남편은 나를 쫓아낼까? 아마 그럴 것이다. 그리고 새 사람을 맞이해 딸과 셋이 살 것이다. 이제 딸을 만날 수 없게 된다. 조금 있으면 딸과 이별이다.

딸을 꼭 껴안았다. 딸은 내 품속에서 주위가 떠나가라 울고 또 울었다.

그렇게 마음을 굳게 먹었는데, 남편이 집에 와서 나를 발견했을 때는 말이 나오지 않았다.

"나…… 나는……."

"무슨 일이 있었던 거야?"

남편의 손이 내 어깨에 놓였다. 온몸에 소름이 돋았다. 남편이 무서웠다.

순간적으로 가위를 뒤쪽에 숨겼다. 딸이 울다 지쳐서 잠들어 다행이라고, 머리 한쪽에서 생각했다.

"이, 이건……."

다시 눈물이 넘치고 입술이 떨려서 멍하니 앉아 있자 남편은 확신한 것처럼 말했다.

"뭔가가…… 왔었지?"

"뭐……?"

무슨 말인지 이해할 수 없어서 입을 다물었다. 남편은 지금 뭔가 착각하고 있다. 내가 이런 짓을 했다고 상상도 못 할 만큼 강렬한 확신을 가지고 있다. 강력하면서도 무서운 확신을.

창백한 얼굴에 긴장한 모습을 보고 그렇게 직감했다.

그 이후에 그가 하는 행동을 이해할 수 없어서 '남편이 바람을 피우는 게 아닐까?'라고 억측하기도 했다. 하지만 전화기 너머에서 들린 여자의 목소리에 기이하리만큼 벌벌 떠는 모습은 도저히 이해할 수 없고, 더 심각한 문제를 연상케 했다.

지금은 이유를 알고 있다. 남편은 괴물에게 겁을 먹은 것이다. 상식적으론 이해할 수 없지만, 나도 이미 그런 존재를 받아들이고 있다.

우리 눈앞에서 부적이 찢어졌다. 남편은 머리가 잘리고 짓이겨진 채 비참하게 죽었다. 지금으로선 괴물의 소행으로밖에 볼 수 없다. 이 세상에는 과학으로 이해할 수 없는 일들이 하나둘이 아니다. 노자키와 마코토에게는 진심으로 고마워하고, 그들의 조사에도 되도록 협조하고 싶다.

하지만 그날 부적을 찢은 것은 괴물이 아니라 나다. 언젠가 말하려고 했는데 타이밍을 놓쳐버렸다. 죄책감이나 꺼림칙함이 없는 것은 아니다. 하지만 괴물의 소행으로 할 수 있다면 그렇게 하고 싶다.

괴물이 누명을 썼다고 화를 내지는 않으리라. 그것은 말도 안 되는 상상일 뿐이다. 이대로 아무 일 없이 딸이 무럭무럭 자랄 때까지 계속 입을 다물다가, 필요할 때가 오면 솔직하게 고백하자. 나는 그렇게 생각하고…….

삐삐 삐삐.

경고음을 듣고 정신을 차렸다. 눈앞의 프라이팬 위에서 양파와 생강, 돼지고기가 타들어가고 있었다.

위험하다. 일단 불을 끄고 다시 켠 다음, 프라이팬의 내용물을 휘저으며 간장을 뿌렸다. 요즘 가스레인지는 냄비가 일정 온도를 넘으면 경고음을 울려준다. 다행이다.

나는 마음을 추스르고 요리에 전념했다. 된장국은 완성되고, 샐러드도 금방 준비할 수 있다. 이제 호박조림만 데우면 완성이다. 배고픔을 느끼면서 마무리하는데 가냘픈 목소리가 들렸다.

"……리."

딸이다. 잠꼬대일까, 아니면 일어난 걸까.

돼지고기 생강구이를 접시에 올린 뒤 살며시 방문을 열었다. 알전구의 불빛 밑에서 똑바로 누워 있는 딸의 모습이 보였다.

새근새근 숨소리에 이어서 띄엄띄엄 말이 들렸다.

"……사무이…… 사무앙……."

잠꼬대다. 아무런 뜻이 없는 귀여운 잠꼬대.

숨이 막힐 만큼 행복하다. 입가에 미소를 머금은 채, 냉장고에서 호박조림을 꺼내 전자레인지에 넣었다.


# 5


슈퍼마켓의 뒤편. 재활용품 분리수거함에서 페트병이 들어 있는 주머니를 꺼내 묶었다. 캔 종류 주머니도 똑같이 묶었다. 우유팩은 골판지상자에 넣었다. 그 모든 것을 카트에 싣고 재활용업자가 차를 세우는 주차장에 놓아두었다.

손목시계를 보았다. 오후 5시. 오늘 일은 끝났다.

파트타임 직원들이 시끌벅적 잡담을 하는 휴게실 겸 로커 룸에서 집에 갈 채비를 하고, 타임카드를 찍은 뒤 서둘러 슈퍼마켓을 빠져나왔다. "노래방 안 갈래?"라고 파트타임장인 기타자와 씨가 말했으나 정중하게 거절했다. 사회생활을 못 하는 신참이라고 여기겠지만 그래도 상관없다.

내게 가장 중요한 건 딸이다. 오늘도 마코토가 딸을 돌봐주고 있다.

집을 향해 넓은 길을 걷고 있자 스마트폰이 울렸다. 쉬는 시간에 산 식재료 봉투를 일단 땅에 내려놓고, 바지 주머니에서 스마트폰을 꺼냈다.

액정 화면에 '가라쿠사 다이고'라고 쓰여 있었다.

"시간 되면 식사라도 하시겠어요? 물론 치사도 같이요."

그는 쑥스러운 목소리로 그렇게 말했다.

남편의 장례식장에서 처음 만났다. 그는 남편의 죽음에 큰 충격을 받은 듯 침통한 얼굴로 향을 올렸다. 노자키와 남편의 말에 따르면 그는 괴물에 대해 어느 정도 알고 있다고 했다. 실제로 창백한 얼굴과 공포가 깃든 눈은 단지 옛 친구의 죽음을 슬퍼하는 것만은 아닌 듯했다.

"죄송해요. 이미 저녁 준비를 마쳤거든요."

거짓말을 했다. 그의 식사 초대는 옛 친구의 가족에 대한 선

의라고 순수하게 생각했지만, 그렇다고 가볍게 승낙할 마음은
없었다.

"그러세요? ……그러면 다음에는 꼭 같이 했으면 합니다."

"네, 시간이 맞으면요."

전화를 끊은 뒤 다시 짐을 들고 걷기 시작했다.

그의 식사 초대를 거절한 것은 이걸로 세 번째였다. 처음에
전화를 했던 게 잘못이었을까? 이제 와서 후회가 되었다.

"어제 남편이…… 다하라 히데키가 그쪽에 가지 않았나요?"

그에게 그렇게 전화를 건 적이 있었다. 전화기 너머에서 한
순간 숨을 들이마시는 소리가 들렸지만 그는 밝은 목소리로 대
답했다.

"네. 여기서, 저희 집에서 잠시 이야기했습니다."

당시에는 남편이 괴물에 겁먹은 줄은 꿈에도 몰랐고, 그렇다
고 바람을 피우지 않는다고 완전히 믿지도 않았다. 딸을 낳기
얼마 전에 남편이 전화를 걸어왔는데 받자마자 "미안하지만
끊을게"라며 일방적으로 전화를 끊어버린 것도 그렇게 생각하
는 이유 중 하나였다.

한참을 망설인 끝에 시댁에 왔다는 연하장에서 가라쿠사의
전화번호를 알아내서 전화를 걸었다.

"다하라는 그런 짓을 할 사람이 아닙니다."

전화기 너머에서 그는 다짜고짜 그렇게 말했다. 나는 당황해
서 말을 더듬었다.

"그, 그런 뜻으로 전화를 한 건……."

"죄송합니다. 기분 상하셨다면 사과하겠습니다."

그가 몹시 미안해하는 게 느껴졌다. 전화기 너머에서 고개도 숙이는 것 같았다.

"저야말로 무례한 전화를 해서 죄송했어요."

나도 사과했다. 그걸로 모든 게 끝났다고 생각했다.

그런데 최근 들어 갑자기 식사를 하자는 전화가 오게 되었다. 계속 거절하면 나를 이상하게 생각할까?

그렇다고 그 사람과 식사를 하고 싶은 마음은 눈곱만큼도 없었다. 나는 딸만 있으면 된다. 마코토와 노자키는 예외 중 예외다. 딸에게 필요하니까 계속 만나는 것에 불과하니까.

땅거미가 짙게 깔리며 자동차의 전조등과 후미등, 비상등이 눈부시게 빛나기 시작한 길을, 나는 오직 집을 향해 걸어갔다.

현관문을 열자 마코토와 딸이 복도 바닥을 기어 다니고 있었다. 딸은 나를 보자마자 몸을 뒤집더니 "뱀 놀이!"라고 소리치며 다시 바닥을 기었다.

마코토는 재빨리 일어서서 내 짐을 받아주었다. 저녁을 먹고 가라고 했지만 그녀는 웃는 얼굴로 거절하더니, 딸과 몇 번이나 악수를 하고 손을 흔들며 돌아갔다. 아르바이트가 있다고 했다.

"고엔지의 평범한 술집이에요."

술집 이름은 가르쳐주지 않았다. 딸과 잠시도 떨어질 수 없는 내게, 아이가 갈 수 없는 술집 이름을 말하는 것은 실례라고 생각했을지도 모르겠다. 나도 묻지 않았다.

저녁 반찬은 닭고기 감자, 소송채 새우볶음, 무 된장국이었다.

딸 또래의 아이들은 모두 그렇다고 하는데, 딸은 밥을 잘 먹지 않았다. 하지만 나는 조바심을 내지 않고 다정하게 말하면서 오랜 시간을 들여서 밥을 먹였다.

목욕을 시킬 때, 딸은 오늘 마코토와 무엇을 하며 놀았는지 말해주었다. 무슨 말을 하는지 모를 때가 가끔 있었지만, 즐거웠던 것만은 틀림없는 듯해서 "참 좋았겠구나", "마코토 언니가 참 좋지?", "우리 치사, 장하기도 해라"라고 맞장구치면서 몸을 씻겨주었다. 머리를 감기는 중에도 말하려고 해서 힘들었지만 그래도 즐거웠다.

세면대 앞에서 몸을 닦아주고 잠옷을 입힌 뒤 드라이어로 머리를 말려주었다. 그리고 빗질을 해주자 딸은 눈을 가늘게 뜨더니, 새로 산 거울 앞에서 빙긋이 웃었다.

아마 공주님이 된 기분이리라. 내 어린 시절의 기억을 더듬으면서 딸의 부드러운 머리를 빗겨주었다.

딸을 잠자리에 눕히고 그림책을 읽어주었다. 딸이 좋아하는 『지옥의 소베』란 그림책이다. 지옥에 떨어진 주인공들이 생전의 특기를 이용해 고난을 극복하고, 염라대왕을 지긋지긋하게 만들어 현실로 돌아온다는 이야기다. 등골이 오싹해지고 괴기스러운 그림도 있지만 통쾌한 스토리가 딸의 마음에 든 모양이었다.

한 번 읽어주고 나서 다시 처음부터 그림의 자세한 부분을 가리키며 적당히 설명을 덧붙이거나 이야기에 살을 붙여 말해주는 사이에 딸은 새근새근 숨소리를 내며 잠이 들었다.

기분 좋은 피로감이 몰려왔다. 그대로 잠들 것 같은 것을 참고 일어나서 부엌으로 가려고 했다.

"그것 봐, 괜찮잖아."

느닷없이 굵은 목소리가 들려 흠칫 놀라며 뒤를 돌아보았다.

잠옷 차림의 딸이 일어나서 나를 보고 있었다. 눈은 나를 노려보는 듯했지만 초점이 맞지 않았다. 작은 치아가 그대로 드러났다. 입에서 흘러내린 침이 이불에 뚝 떨어졌다.

"치사……?"

나는 딸 곁으로 다가가려고 했다.

"그때는 그게 최선이었어. 나는 최선을 다한 거라고!"

딸은 그렇게 말했다. 하지만 입에서 나오는 것은 딸의 목소리가 아니었다.

나는 그렇게 말한 사람을 알고 있다. 예전에 남편이 내게 한 말이었기 때문이다.

"그만해!"

딸의 몸을 잡고 힘껏 흔들었다. 어찌된 일인지는 모르겠지만 딸은 예전에 남편이 한 말을, 남편과 똑같은 목소리로 말했다.

작은 머리가 앞뒤로 흔들리고 딸의 시선이 천천히 내게 쏠렸다. 조금 전과 달리 평소의 눈으로 돌아왔다.

"엄마……." 딸이 속삭였다.

"치사, 왜 그래?"

묻고 싶은 것은 많았지만 일단 그렇게 물었다.

"아빠가 왔었어. 아빠…… 냄새가 났어."

딸은 그렇게 말하며 눈을 비볐다.

"무슨 말이야?"

다시 물어보자 딸이 졸린 얼굴로 말했다.

"산에서 놀자고 했어."

딸은 그렇게 말하며 내 품에 안겼다. 이윽고 새근새근 기분 좋은 소리가 들렸다. 딸을 이불에 누이고 거실로 향했다. 노자키에게 연락하기 위해서였다.

'산'이라는 말은 들은 적이 있다. 노자키의 말에 따르면, 남편의 할아버지 고향에서는 괴물이 사람을 납치해 산으로 데려간다는 이야기가 내려오고 있다고 한다.

괴물이 또 가까이 온 걸까? 그렇지 않더라도 전혀 관계가 없다고는 생각할 수 없다. 비록 한순간일지라도 딸의 기이한 모습을 보자 불안해서 견딜 수 없었다.

식탁에 있던 스마트폰을 들고 전화번호를 확인하면서 딸에 대해 생각했다. 그리고 남편에 대해서도.

딸이 머리를 다친 날의 일들이 떠올랐다. 그때 남편이 했던 말도…….

# 6

　남편의 제안이라기보다 명령으로 육아 남편 모임에 딸을 데려갔다. 그리고 해가 저문 다음에 녹초가 되어 집에 와서 저녁 식사를 준비했다. 거실에서는 TV 소리와 딸이 우당탕탕 뛰어다니는 소리가 들렸다.

　맛술과 소금, 후추로 밑간을 해놓은 소고기를 굴 소스로 볶아서 채소와 섞고 있을 때 딸의 울음소리가 들렸다. 남편이 있으니까 괜찮겠지 싶어서 가만히 있자 울음소리가 점차 격렬해졌다.

　"치사."

　딸의 이름을 불렀다.

　그런데 딸은 울음을 그치기는커녕 울음소리가 점점 커졌다. 보통 일이 아니다. 지금까지 들은 적이 없는 울음소리였다.

　"여보."

　남편을 부르자 "으응……" 하고 힘없는 소리가 들렸다.

　"왜 그래? 무슨 일이야?"

　"그게 말이야……."

　남편이 말끝을 길게 끌며 대답했다. 가스레인지의 불을 끄고 거실로 향했다. 거실의 한가운데에서 남편이 황망한 표정으로 서 있었다.

　딸이 식탁 바로 옆에 쓰러진 채 목이 터져라 울고 있었다. 딸의 머리와 얼굴이 새빨간 액체로 물들어 있었다. 바닥에도 검붉은 얼룩이 퍼져나갈 만큼 딸의 머리에서 꽤 많은 양의 피가 흘러나오고 있었다.

"치사!"

나는 황급히 뛰어가서 딸을 껴안았다. 옷에 피가 끈적하게 달라붙었지만, 그것에 신경 쓰지 않고 딸의 머리를 살펴보았다. 이마와 머리칼의 경계선이 2센티미터쯤 찢어져서 피가 솟구치고 있었다. 식탁에 머리를 부딪친 걸까? 무엇인가에 베인 걸까?

"구급차를 불러줘!"

남편을 쳐다보며 크게 소리쳤다. 남편은 대답은 하지 않고 어슬렁어슬렁 전화기 쪽으로 걸어갔다.

"빨리!"

나는 그렇게 소리친 뒤, 발버둥 치는 딸을 바닥에 내려놓고 수건을 가지러 세면장으로 달려갔다.

"여보세요. 네, 애가 다쳤어요."

남편이 전화기에 대고 느긋하게 말했다.

셋이 구급차를 타고 병원에 도착하자마자 딸은 수술실로 옮겨졌다. 우리는 복도에서 수술이 끝나기를 기다렸다. 가만히 서 있을 수 없을 만큼 온몸이 바들바들 떨려서, 나는 의자에 웅크리고 앉아 수술 중이란 램프를 바라보았다. 남편은 우두커니 서서 멍하니 창밖을 바라보고 있었다.

"왜 바로 구급차를 부르지 않은 거야?"

그렇게 묻자 남편은 내 얼굴을 보지 않고 대답했다.

"진정해……. 이런 때일수록 냉정해져야지."

그 말을 듣고 마침내 폭발했다. 어느새 벌떡 일어서 있었다.

"냉정해지라고? 딸이 다쳐서 울며불며 소리를 지르는데 그냥 내버려두는 게 냉정한 거야? 내가 계속 부엌에 있었다면 치사는 어떻게 됐겠어!"

"그게 그러니까……."

목소리가 너무 작아서 "안 들려!"라고 소리친 순간, 남편이 울부짖었다.

"나처럼 어설픈 사람이 손댔다가 더 위험해지면 어떡해!"

그 말은 아무도 없는 어두운 병원 복도에 메아리치다가 이윽고 사라졌다.

내 귀를 믿을 수 없어서 반사적으로 소리쳤다.

"그래서…… 그래서 그냥 내버려둔 거야? 내가 알아차릴 때까지 아무것도 하지 않고 놔둔 거냐고?"

"그때는 그게 최선이었어. 나는 최선을 다한 거라고!"

남편의 얼굴은 새하얬다. 부릅뜬 눈끝에 움찔움찔 경련이 일었다. 그런 모습에 더욱 화가 치밀어서 나도 버럭 소리를 질렀다.

"딸이 다쳐서 쓰러졌는데, 아무것도 하지 않는 게 최선이야? 딸이 머리에서 피를 흘리며 울부짖는 걸 우두커니 보고 있는 게 최선이냐고!"

남편은 대답하지 않았다. 무슨 말인가 하고 싶은 표정을 지었지만 이내 내게서 눈길을 돌렸다. 남편의 그런 모습을 더는 참을 수 없었다.

"당신…… 육아 동료들에게 자랑할 수 있어? 모범 아빠 같은 얼굴로 가슴을 펴고 당당하게 떠벌릴 수 있어? 육아 블로그에 장문으로 올릴 수 있냐고?"

"시끄러워!" 남편이 다시 울부짖었다. "고작 하나 낳은 것 가지고 잘난 척하지 마!"

마침내 분노가 폭발했다. 비난의 말이 떠오르지 않을 만큼 창자가 부글부글 끓었다. 무슨 말이든 좋으니까 목이 터져라 소리치려고 한 순간, 수술실 문이 벌컥 열렸다.

"진정하세요!" 수술복을 입은 의사가 마스크의 한쪽 끈을 떼고 또박또박 말했다. "따님은 무사합니다. 피를 많이 흘리긴 했지만, 별 탈은 없습니다. 흉터도 거의 남지 않을 거고요."

의사는 단숨에 말을 마치고 길게 한숨을 내쉬었다.

온몸에서 힘이 빠져 맥없이 의자에 주저앉았다. 남편이 들릴락 말락 하게 "그것 봐, 괜찮잖아"라고 중얼거리는 소리가 들렸다. 하지만 반박할 기력은 남아 있지 않았다.

나중에 딸에게 들으니, 원인은 '뛰다가 식탁에 부딪혔다'는 흔한 일이었다. 최악의 경우, 남편이 딸을 밀었다든지 넘어뜨려서 다치게 했다든지를 예상했던 내게는 한 줄기 빛이기도 했다. 그렇다고 남편을 용서할 마음은 없었다. 하물며 사랑할 마음은 더욱더…….

어느 순간부터 남편이 지긋지긋해졌다. 계속 같이 있어봤자 딸과 내게, 우리 집에 해를 끼칠 뿐이라고 확신했다.

이렇게 말하면 항상 다음과 같이 대꾸하는 사람이 있다.

"그럼 당장 짐을 싸서 나오면 되잖아."

고즈에 씨가 그러했다. 그녀만이 아니라 착한 사람이라면 누구나 그렇게 조언할 것이다. 현실적인 방법이라고 생각한다.

하지만 나는 받아들일 수 없었다. 왜 항상 집을 나오는 건 여자인가. 엄마인가. 아내인가.

이유는 명백하다. 집이라는 물건은 남편, 즉 남자의 소유물이라는 가치관이 밑바닥에 깔려 있기 때문이었다. 아내는, 여자는, 그리고 아이는 그곳에 얹혀사는 것에 불과하다.

법도 그런 가치관 위에 있다. 세대주는 대부분 남편이다.

나는 받아들일 수 없었다. 내 몸과 마음이 받아들이지 않았다. 딸은, 내 아이는 내가 낳았다. 내 딸이다. 이 집은, 우리 가족은 내 것이다. 이 집에서 없어져야 할 사람은 남편이다.

어느새 그렇게 생각하게 되었다.

그즈음에 마코토와 노자키가 집으로 찾아왔다. 그때부터 기묘한 일이 몇 가지 일어나더니…….

정말로 남편이 없어졌다.

# 7

"부적은 잘 안 드는 칼 같은 걸로 자른 것 같다고 하더라고요." 마코토가 말했다.

10월 하순, 금요일 오후.

파트타임 일은 오전에 끝났다.

나는 마코토와 식탁에 마주 앉아 노자키가 만들었다는 치즈 케이크를 먹었다. 차는 오래전에 사둔 립톤 홍차였다. 딸은 마코토와 노는 사이에 잠들어서 방에 눕혔다.

"노자키 씨가 조사했어요?"

"잘 아는 범죄 수사 전문가에게 가져가서 조사해달라고 했대요. 교수였다나 예전에 교수였다나, 어쨌든 저명한 사람이라고 했어요."

범죄 수사에 관련된 지인도 있는가? 오컬트 작가쯤 되면 그런 인맥도 있는 모양이다.

"잘 안 드는 칼 같은 거라니, 상당히 모호하네요."

쓴웃음을 짓자 마코토도 나직하게 웃었다.

"노자키가 그러는데, 전문가는 그렇게 말할 수밖에 없다더라고요. 가장 가까운 건 이빨이래요."

"이빨요?"

"한마디로 말하면 물어뜯었다는 거예요."

내 눈앞에서 갈기갈기 찢어졌는데, 검사 결과는 이빨에 의해 찢어진 거라니. 역시 괴물의 짓인가? 이 세상의 존재가 아닌가.

나는 한숨을 토해냈다.

"노자키가 안타까워했어요."

뜬금없는 마코토의 말이 무슨 뜻인지 알 수 없어서 그녀의 얼굴을 보았다. 마코토는 내 눈을 똑바로 쳐다보며 조용히 말했다.

"처음 부적이 찢어졌을 때의 조각이 남아 있었다면 좋았을 거라면서요. 그것도 같이 조사했으면 좀 더 확실하게 알 수 있었을 거라고 하더라고요."

그때는 내가 청소해서 다음 날 전부 버렸다.

더구나 당시만 해도 노자키와 남편은 서로 알지도 못했고, 남편은 누구에게도 털어놓지 않은 상태였다. 노자키나 마코토, 생전의 남편으로부터 들은 이야기를 시간 순서대로 늘어놓으면 그렇게 된다. 따라서 이제 와서 후회한다고 해봤자……

다음 순간, 흠칫 놀라며 마코토의 눈을 다시 보았다. 크고 다정하며 강한 의지가 깃들어 있는 눈이다. 그 눈이 내 마음속을 들여다보는 듯했다.

나는 확신했다. 그녀와 노자키는 대강 눈치채고 있었다. 적어도 짐작은 하고 있을 것이다. 나와 남편의 관계가 좋지 않았다는 것을.

내 생각을 읽어낸 것처럼 그녀가 고개를 살짝 끄덕였다.

"괴물이나 혼령은 대부분 빈틈으로 들어오죠."

"빈틈요?"

그녀는 진지한 표정을 지었다. 단어를 고르고 있는 것이다.

"가족 간에 생기는 마음의 빈틈이에요. '골'이라고 하는 편이 맞을지도 모르겠네요. 마음에 골이 있으면 그런 걸 부르게 되거든요."

"원래 그래요? 괴물의 세계는 그런 정신론 같은 걸로 움직이나요?"

"글쎄요, 그건 저도 잘 모르겠어요."

그녀의 얼굴은 몹시 진지했다. 시치미를 떼는 것도, 적당히 얼버무리는 것도 아니다. 정말로 모르는 것이다. 지금까지의 경험을 통해 그럴 것이라고 추측하는 것뿐이다.

"하지만 뭐랄까, 운이나 우연은 확실히 나쁜 쪽으로 굴러가거든요."

"무슨 뜻이에요?"

그녀는 잠시 침묵하다가 입을 열었다.

"아무도 모르는 사이에 결과적으로 나쁜 쪽으로 움직인다고 할까요? 구체적으로 누가 어떻게 움직였는지는 모르지만, 나쁘게 움직였는지 아닌지는 느낌으로 알아요."

남편과 나는 잘 굴러가지 못했다. 그러다 결국 남편의 행동을 끝까지 참지 못하고 부적을 찢었다. 그래서 괴물이 올 수 있었다.

나는…… 우리는 나쁘게 움직인 것이다.

이 집에서 일어난 일을 머릿속으로 정리하면서 말했다.

"그래서 우리 집에 온 거예요?"

그녀는 고개를 끄덕이고는 밝게 웃으면서 덧붙였다.

"네. 밝고 편하고 즐겁게 지내면 결과는 완전히 달라져요. 좋은 쪽으로 굴러가는 거죠."

밝게 지내면 된다. 즐겁게 지내면 아무 문제가 없다.

어린아이를 속이는 것처럼 유치하고 단순한 원리다. 하지만 그것이 진실이리라. 어둡고 칙칙하게 가라앉은 가정은 아무도 바라지 않을 테니까. 즐겁지 않은 것보다는 즐거운 것이 당연히 좋을 테니까.

"그렇군요. 하지만 그게 가장 어렵지 않을까요?"

웃으면서 말하자 그녀는 식탁으로 시선을 떨구었다.

"그래요, 정말 어려운 일이죠."

나를 타이르기 위해 한 말은 아닌 듯했다. 즐겁게 지내는 것이 얼마나 어려운 일인지, 그녀 자신도 잘 아는 모양이었다.

그녀가 스스로에게 말하듯 나지막하게 말했다.

"처음에는 치사와 노는 게 굉장히 즐거웠어요. 하지만 도중부터는 괴로웠죠. 저처럼 즐겁게 지내는 게 좋다는 걸 아는 사람이라도 무턱대고 즐겁게 지낼 수 없었어요."

"무슨 뜻이죠?"

"저 자신에 대해 생각하게 되니까요."

그녀의 시선은 아까부터 식탁에 고정되어 있었다.

"지금 가장 힘든 건 가나 씨이고, 치사는 정말로 사랑스러운 아이인데 왠지 슬픔이 밀려오네요…… 그래서." 그녀는 코를 훌쩍였다. "저 자신에 대해서만 생각하게 됐어요. 노자키에게도…… 괜히 화를 내기도 하고요."

그녀가 고개를 들었다. 눈이 촉촉이 젖어 있었다.

"죄송해요."

그녀는 허둥지둥 눈물을 닦았다. 아이라인이 번져서 눈 주변이 까매졌다.

"지금…… 그것이 또 올지도 모르는데, 제가 지키지 않으면 안 되는데, 이런 말을 하다니……."

"괜찮아요. 더 얘기해줘요."

좋은 어린이집을 찾지 못해서 그녀에게 신세를 지고 있는 만큼, 적어도 그녀의 이야기를 들어줘야 한다고 생각했다. 그 정도는 마음의 여유가 있다. 괴물이 언제 올지 모른다고 해서 24시간 내내 움찔거리며 살 수는 없지 않은가.

하지만 그녀는 머리를 흔들었다.

"아니에요, 괜찮아요. 저는 이 집을 지키러……."

나는 미소를 지으면서 재촉했다.

"말해줘요. 서로에 대해 알아두면 좋은 쪽으로 굴러가지 않을까요? 서로 모르는 것보다는요." 그래도 입을 열지 않는 것을 보고 다시 말했다. "눈치챘겠지만 나와 남편은 잘 지내지 못했어요. 딸에 대해, 딸아이의 육아 방식에 대해 생각이 맞지 않왔죠. 빈틈이…… 마음의 골이 있었던 게 사실이에요."

그녀의 이야기를 들어주겠다고 했으면서 어느새 내 이야기를 하고 있었다.

"그 사람은…… 남편은 아이보다 육아가 중요한 사람이었어요. 그것이 지긋지긋했지만 고치려고 하지 않았죠. 그냥 침묵한 채 남편을 원망하거나 없어졌으면 좋겠다고 생각했어요."

그녀는 살짝 시선을 들어 나를 쳐다보았다.

"괴물 쪽에서 보면 빈틈투성이라서 마음껏 노릴 수 있었을 거예요. 잘은 모르겠지만요. 솔직히 말해 남편이 없어지고 가슴을 쓸어내렸어요. 앞으로는 딸을 제대로 키울 수 있을 것 같아서요. 마코토 씨가 말하는 마음의 골은 이미 없어졌다고 생각해요."

말을 마치자 그동안 몸에 쌓여 있던 것이 빠져나가는 것 같았다. 그녀가 조용히 입을 열었다.

"그런 것…… 같아요. 처음 왔을 때보다 집의 느낌이 굉장히 맑아요. 가나 씨와 따님이 얼마나 사이좋은지도 알게 됐어요. 부러울 만큼 좋아 보여요."

"부럽다고요?"

무심코 그렇게 되묻자 그녀는 입술을 깨물더니 쓸쓸한 표정을 지으며 미소를 지었다.

"저는…… 아이를 낳을 수 없거든요."

부르르르르르. 그때 테이블 위에 있던 그녀의 스마트폰이 가늘게 떨렸다. 딸을 배려해서 진동으로 해놓았던 것 같다. 그녀는 숨을 한 번 쉬고 나서 액정 화면을 터치했다.

"스피커폰으로 했어."

그 즉시 노자키의 절박한 목소리가 들렸다.

"마코토, 지금 당장 그곳에 결계를 쳐!"

평소와 달리 냉정함이라곤 찾아볼 수 없었다.

"무슨 말이야?"

잠시 침묵이 있은 뒤, 그가 토해내듯 말했다.

"가라쿠사의 함정에 빠졌어."

가라쿠사의 함정에 빠져? 무슨 뜻이지? 고개를 갸웃거리자 그의 말이 이어졌다.

"그것만이 아니야. 그것의 전승을 새로 발견했어. 1차 자료라곤 할 수 없지만 이렇게 쓰여 있었어. 보기왕은 사람을 불러내서 납치하거나 잡아먹기만 하는 게 아니다. 부모나 형제의 목소리로 위장해서 아이가 직접 산으로 가게 만들기도 한다……며칠 전에 전화로 들었던 치사의 상황은 분명히 그거야. 그것은…… 원격 공격도 할 수 있어. 지금 치사를 노리고 있다고!"

나는 재빨리 일어나서 방문을 열고 반사적으로 소리쳤다.

"치사!"

베란다 창문이 열리고 딸이 난간을 올라가려고 하고 있었다. 작은 그림자가 화살 같은 속도로 내 옆을 지나갔다. 마코토였다. 몸을 날려서 딸을 껴안고 베란다 바닥으로 떨어졌다.

"아야야······."

그녀의 입에서 신음이 흘러나왔다.

그러는 사이에 딸은 그녀의 품에서 덜덜 떨더니, 부자연스러운 각도로 목을 움직여 내 쪽을 향했다.

흰자위만 남은 두 눈이 나를 노려보면서 남편의 목소리로 말했다.

"아이는 둘이 힘을 합쳐 키우기로 약속했잖아."

"여보?"

다음 순간, 딸의 얼굴이 평소 표정으로 돌아왔다. 마코토는 여전히 신음을 지르면서 딸을 꼭 껴안고 있었다.

"축하해. 우리 둘이 잘 키우자. 최선을 다해 도와줄게. 자기의, 자기의······."

딸은 다시 흰자위만 남은 눈으로 변하더니 남편의 목소리로 말했다.

"자기의, 자기의 커피우유. 커피우유. 커피우유. 나는 아이, 아이, 아이, 나빠질 게 뻔하잖아!"

"저리 가!"

마코토가 날카롭게 소리치면서 딸의 몸 앞에서 팔짱을 낀 뒤, 손으로 은반지를 만졌다.

"마코토."

경련을 일으킨 딸의 입술 사이로 이번에는 여자의 목소리가 튀어나왔다. 침착하고 강력하고 또랑또랑한 목소리.

"언니……?"

마코토의 표정이 굳어졌다.

"내 말 안 들을 거야?"

목소리가, 마코토의 언니 목소리가 단호하게 말했다.

마코토의 손이 느슨해졌다. 딸이 그 손을 뿌리치고 베란다를 기어갔다. 손발을 번갈아 앞으로 내밀어 도마뱀처럼……. 나는 허둥지둥 베란다로 달려갔다.

딸은 베란다 구석에서 일어나 내 쪽으로 몸을 돌리더니, 파르르 떨리는 흰자위와 일그러진 웃음으로 나를 쏘아보았다. 나는 가까이 가지 못한 채 그대로 굳어졌다.

"치, 치사!"

딸은 입에서 침을 질질 흘리면서 남편의 목소리로 말했다.

"치사는 내 거야. ……낳기만 한 여자에게 줄 것 같아!"

나는 당황할 수밖에 없었다. 지금 남편의 영혼이 말하는 걸까? 아니면 괴물이 남편의 목소리를 빌려서 말하는 걸까?

어느 쪽이든 딸의 입에서 나온 남편의 말과 목소리는 내 마음과 머리를 뒤흔들었다. 이 자리에서 꼼짝도 할 수 없을 만큼.

"닥쳐!"

마코토의 외침에 정신이 들었다. 그녀는 일어서자마자 바지 뒷주머니에서 뭔가를 꺼내 딸에게 던졌다. 뭔가가 날아가서 딸의 손과 몸을 감았다. 검은색과 오렌지색 실을 꼬아 만든 가느다란 끈목이다. 끈목 끝에 추 같은 게 달려 있어서 상대에게 감기도록 되어 있었다.

마코토는 두 손으로 끈목을 잡고 나지막하게 중얼거렸다. 딸의 몸이 한 번 움찔거리더니 한순간 평소의 표정으로 돌아왔다. 하지만 즉시 오른쪽 눈이 데구루루 뒤집어졌다.

딸의 작은 몸이 로봇처럼 어색하게 움직였다. 벌어진 입에서 갈라진 목소리가 새어나왔다.

"으아아…… 아, 아……."

남자인지 여자인지 모르지만 몹시 괴로워하는 목소리였다.

"……아, 아야, 아…… 아야야……."

딸이 얼굴을 일그러뜨리고 이를 악물었다. 입에서 거품이 부글부글 끓어올랐다.

나는 반사적으로 베란다로 한 걸음 다가갔다. 지금 이 소리는 딸의 목소리가 아니다. 지금 괴로워하는 사람은 딸이 아니다. 그 사실을 머리로는 알고 있다. 하지만 가슴이 쿵쾅거려서 가만히 있을 수 없었다.

다시 한 걸음 내디뎌서 마코토 옆으로 다가갔다.

"치사!"

"오면 안 돼요!"

마코토가 나를 보지 않고 소리쳤다. 두 손으론 끈목을 꽉 잡은 상태였다. 팽팽해진 끈목이 딸과 마코토 사이에서 가늘게 떨고 있었다.

딸의 몸이 다시 크게 요동쳤다.

"끄아아…… 아아, 아."

입에서 커다란 소리를 짜낸 뒤, 딸아이는 무릎부터 털썩 주저앉았다. 두 눈이 감기고 입에서도 힘이 빠졌다.

마코토가 재빨리 달려가서 딸을 껴안았다. 치사는 온몸에 힘이 빠진 채 축 늘어져 있었다.

마코토의 어깨 너머로 보자 평소 얼굴로 돌아와 있었다. 가늘게 벌어진 입술 사이로 숨이 새어나왔다.

괴물을 쫓아낸 걸까? 일단 괜찮은 걸까?

다음 순간, 딸이 눈을 크게 떴다.

"……아아, 아, 도, 도……."

딸은 작고 부드러운 팔을 마코토의 몸에 두르고 다시 알아들을 수 없는 말을 했다.

"도, 아이톤, 조……코이……"

눈은 초점이 맞지 않았다.

마코토가 몸을 돌려 나를 보더니, 금방 시선을 옆으로 돌렸다. 그녀의 시선 끝에는 활짝 열린 베란다의 창문이 있었다.

"……문이 열려 있어요. ……들어올 수 있어요."

마코토는 망연한 얼굴로 말했다.

그때 난간 너머에서 검은 그림자 두 개가 스윽 나타났다. 손이다. 칙칙한 회색의 커다란 손과 기다란 손가락이 난간을 잡았다.

마코토가 튕기듯 내 옆으로 굴러와서 딸을 내밀었다. 나는 몸을 숙여서 치사를 받았다. 난간을 잡은 기다란 손가락에 힘이 들어가더니, 두 손 사이에서 새까만 그림자가 쑥 올라왔다.

기다란 검은 머리. 한가운데에서 꿈틀꿈틀 움직이는 보라색 형체는…….

입이다.

커다랗게 벌어진 입의 안쪽이다.

거무칙칙한 혀가 날름거리며 축 늘어졌다.

"도망쳐!"

마코토가 그렇게 소리치며 나를 방으로 떠밀었다. 나는 딸을 안은 채 등으로 굴렀다. 통증이 등뼈에서 온몸으로 전해졌다. 비명을 지르며 가까스로 일어서자 눈앞에서 큰 소리가 나면서 베란다 창문이 닫혔다. 다음 순간!

붉은 피가 유리창에 흩어졌다. 새빨간 핏방울이 잇따라 유리를 뒤덮으며 눈앞을 새빨갛게 물들인 것이다. 마코토의 숨죽인 신음이 들렸다.

베란다 너머의 광경을 상상하고, 즉시 머리를 흔들어 생각을 떨쳐냈다. 딸은 내 품에서 멍한 표정으로 나를 바라보았다. 기어들어갈 듯한 목소리로 "엄마……"라고 속삭인다. 그 소리를 듣고 나는 딸을 꼭 껴안았다.

도망쳐야 한다. 지금 당장 딸을 데리고 도망쳐야 한다.

나는 딸의 윗도리와 내 가방만 들고 집을 뛰쳐나왔다.

## 8

세이부 신주쿠 선 가미이구사 역. 상행선 플랫폼 벤치에 딸과 나란히 앉았다.

딸의 몸에서 끈목을 풀 때는 아까처럼 다른 목소리로 말하는 게 아닐까, 기이한 행동을 하는 게 아닐까 해서 불안했지만, 딸의 손에 있는 것을 보고 괜찮다는 마음이 들었다.

딸의 작은 손에는 신비한 장식의 은색 반지가 쥐어져 있었다. 마코토의 반지다. 우리를 도망치게 할 때 순간적으로 딸에게 쥐어준 것이다.

어떤 효과가 있는지는 모르겠다. 아마 나쁜 것이 가까이 다가오지 못하게 하리라. 예전에 부적이 눈앞에서 잇따라 찢어질 때, 그녀가 이 반지를 만지작거리면서 뭐라고 중얼거리던 것이 기억난다.

그리고 지금 이 순간, 그녀가 아무런 대책도 없이 혼자 있다는 것에 생각이 미쳤다.

그녀는 괜찮을까? 부상을 입은 채 우리를 도망치게 해주었는데, 지금 어떻게 되었을까? 최악의 사태를 상상하자 나도 모르게 몸이 떨렸다. 옆에 앉은 딸이 "엄마"라고 부르며 작은 손을 내 무릎에 놓았다. 그 감촉을 의식하면서 다음에 어떻게 해야 할지 생각해보았다.

역까지는 무사히 왔다. 그런데 이제 어디로 가야 할까? 시댁으로 가야 할까?

생각나는 곳은 그곳밖에 없었다. 하지만 남편이 세상을 떠난 뒤, 의심의 눈으로 나를 바라보는 시부모에게 가자니 마음이 내키지 않았다.

그런 걸 따질 때가 아니라는 건 알고 있다. 더구나 그들은 딸을 사랑한다. 딸이 그들에게 마음을 열었다고 장담하긴 어렵지만 적어도 싫어하지는 않는다. 나만 참으면 된다.

"일단 시댁으로 가는 게 최선이겠죠."

전화기 너머에서 노자키가 냉정하게 말했다. 전화를 걸어 조금 전에 집에서 일어난 일을 전하고, 앞으로 어떻게 해야 할지 물었을 때 그렇게 대답했다. 마코토가 걱정될 텐데도 내 전화를 끊지 않고 대답해주었다.

"우리 집이나 마코토의 집에서 결계를 치는 것도 생각했지만 예전에 다하라 씨 사건이 있었을 때, 본가에 있던 여러분에게는 피해가 미치지 않았습니다. 물론 그때는 괴물의 목적이 다하라 씨이긴 했지만요……." 그는 잠시 말을 멈추더니 이해할 수 없는 말을 덧붙였다. "다하라 씨의 본가가 교토에 있는 것과도 관계가 있을지 모르죠. 이건 제 짐작입니다만 그것이 세이메이신사(헤이안시대의 음양사인 아베 세이메이를 기리는 신사 – 옮긴이)를 싫어해도 이상할 건 없습니다. 도만세만(미에 현의 해녀가 가지고 다니는 부적 – 옮긴이)을……."

마코토가 걱정되어서 횡설수설하는 걸까?

"정말 죄송해요."

내가 사과하자 그는 바로 감정을 죽인 목소리로 재촉했다.

"아닙니다. 어쨌든 서두르는 게 좋겠어요. 저는 마코토에게 가보겠습니다."

다카다노바바 역에서 JR 야마노테 선으로 갈아탄 뒤, 신주쿠 역에서 추오 선으로 갈아타고 종점인 도쿄 역으로 향했다.

전철이 너무나 천천히 달리는 것처럼 느껴져서, 조바심을 내지 않도록 죽을힘을 다해 스스로를 달래야 했다. 눈앞의 자리가 비어도 앉을 마음은 들지 않았다.

신칸센의 티켓 판매소에서 가장 빨리 출발하는 하행선 1인용 자유석을 구입했다.

가까운 매점으로 가서 도시락과 음료를 샀다. 맛도 가격도 상관없다. 일단 허기만 달래면 된다.

안내판을 보면서 신칸센이 있는 플랫폼으로 발길을 옮겼다. 무의식중에 발길이 빨라졌다.

오후 4시 반. 하카타 행 열차가 느릿느릿 도쿄 역을 출발했다. 의외로 차량에 사람이 별로 없는 것을 보고 가슴을 쓸어내렸다. 혼잡하지 않아서 다행이다. 이런 상황에서는 아무래도 상관없을지 모르겠지만 어린아이를 데리고 있는 사람에게 쾌적한 열차는 아주 고마운 법이다.

딸은 창가 자리에 앉아서 멍하니 차창 밖을 바라보았다. 몸을 내밀 기운도 없는지, 큰 등받이에 작은 몸을 기대고 있었다.

어느새 밖은 조금씩 어두워지고 있었다. 거리의 불빛이 빠른 속도로 뒤로 밀려갔다.

간이 테이블에 도시락을 펼치고 딸과 같이 먹었다. 딸은 내가 내민 젓가락의 음식을 입에 넣고, 기계적으로 오물오물 씹어서 삼켰다.

열차는 신요코하마 역에서 멈추었다가 다시 출발했다. 여기서 나고야 역까지 쉬지 않고 달리고, 그다음은 교토 역이다. 그곳에서 가라스마 선으로 갈아타고…….

머릿속으로 앞으로 가야 할 경로를 정리했다.

"화장실."

딸이 갑자기 다급하게 말했다. 그러더니 부끄러운 표정을 지으며 "오줌 마려"라고 덧붙였다.

의식이 확실해지고 있다. 다행이다.

나는 서둘러 딸을 데리고 차량 사이에 있는 화장실로 향했다. 남녀 겸용 화장실에서 양복 차림의 중년 남성이 나왔다. 기다리는 사람이 없는 것을 확인하고 딸을 데리고 안으로 들어갔다.

생각보다 넓은 공간에 안도하면서 딸을 변기에 앉혔다. 치사는 고개를 숙인 채 힘없이 발을 흔들었다. 열차가 흔들리는 소리와 함께 변기에 오줌이 떨어지는 소리가 쪼르르 들렸다.

나는 딸 바로 옆에 서서 난간에 손을 올려놓고 딸을 내려다보았다.

똑똑. 그때 문을 노크하는 소리가 들려서 문 쪽으로 시선을 향했다. '사용 중'이라는 표시가 보이지 않은 걸까? 아니면 잘못 들은 걸까?

똑똑. 다시 노크하는 소리가 들렸다. 나는 문 쪽으로 두 걸음 다가가서 똑똑 하고 노크로 대꾸했다.

딸이 "다 됐어"라고 말해서 밑을 닦아주고, 팬티와 스타킹, 치마를 입혀주었다. 손을 씻기려고 세면대 앞에서 껴안아 올렸을 때, 다시 노크 소리가 났다.

똑똑.

반사적으로 목소리를 높여서 대답했다.

"죄송하지만 안에 있어요."

이렇게 말하면 알아들으리라…….

그러자 여자의 목소리가 돌아왔다.

"치사 씨, 있나요?"

순간, 열차 소리도 에어컨 소리도 전부 멈춘 듯했다. 그제야 모든 것을 알아차렸다. 괴물이 쫓아온 것이다. 달리는 신칸센을 따라잡은 것이다.

딸을 떨어뜨릴 뻔해서 황급히 다시 껴안고 구석으로 도망쳤다. 똑똑, 똑똑. 노크 소리가 이어졌다.

"치사 씨, 치사 씨."

여자의 목소리가 딸 이름을 계속 불렀다.

"도와줘요! 누가 좀 도와주세요!"

나는 목청껏 소리쳤다. 딸의 얼굴에 공포가 깃들고 눈에 눈물이 고이며 얼굴이 일그러졌다.

"산으로 가요."

소리가 그렇게 말하자 문 전체가 덜컹덜컹 격렬하게 흔들렸다. 딸이 울기 시작했다.

딸의 머리를 꼭 껴안고 머리를 쓰다듬으며 어떻게든 달래려고 하다가 손길을 멈추었다. 손이 떨리고 있다. 꼭 장난처럼 덜덜 떨리고 있다. 문 너머에 있는 괴물에게 겁을 먹은 것이다.

다시 문이 격렬하게 흔들렸다. 한순간 문틈으로 회색 손이 보였다. 기다란 손가락이 빨갛게 물들어 있었다. 마코토의 피다.

"오지 마!"

나는 목이 터져라 외쳤다고 생각했지만, 목소리가 갈라지고 뒤집어져서 작은 소리만 새어나왔을 뿐이다. 딸이 점점 더 심하게 울면서 발버둥 쳤다.

남편의 목소리가 들렸다. "아이를 갖고 싶어. ……치사, 이리 오렴. 같이 산에 가서 놀자."

"안 돼!"

이번에는 확실히 외쳤다. 목에서 목소리가 제대로 나왔다.

"나, 남편은…… 남편은 절대 그런 말 하지 않아……." 생각도 하기 전에 말이 먼저 입을 뚫고 나왔다. "그, 그 사람은 나와 치사를……."

덜컹덜컹. 문 흔들리는 소리가 이어졌다. 딸이 날카롭게 비명을 질렀다.

"……너, 너한테서 지키려고 했어."

그렇다. 이 말을 통해 확실히 깨달았다.

남편은 혼자 착각하고 경솔하게 행동해서 나와 딸을 힘들게 했고 슬프게 했다. 우리를 괴롭게 만들었다. 그것은 틀림없는 사실이다.

하지만 이 녀석, 이 괴물한테서는 끝까지 지키려고 했다. 자기 혼자 고민하고 괴로워하면서. 그런 다음에는 도와줄 사람을 찾고 그들의 힘을 빌려서.

문틈으로 다시 새빨간 손이 보였다.

남편도 분명히 두려웠으리라. 어쩌면 지금의 나보다 더 두려웠을지도 모르겠다. 그래도 딸과 나를 지켰다. 자신의 목숨을 바쳐서.

으으으으으. 나지막한 소리가 들렸다. 내 울음소리였다.

나는 지금 딸과 같이 울면서 화장실 구석에서 바들바들 떨고 있다. 틀렸다. 이렇게 해서는 딸을 지킬 수 없다.

삐걱거리는 문과 울부짖는 딸을 번갈아 바라보면서 죽을힘을 다해 용기를 짜냈다. 여기서 우리 둘에게 무슨 일이 있으면 남편의 목숨이 헛되게 된다. 딸은…… 나와 남편의 아이는 어떻게 해서라도 지켜야 한다.

재킷 주머니에 손을 쑤셔 넣었다. 길고 가늘고 날카로운 것이 손가락 끝에 닿았다. 끈목이다.

딸을 내려놓고 일어서서 몸에 힘을 주고 문에 부딪혔다. 한 순간 덜컹거림이 멈추었다. 그런 다음 안쪽 자물쇠와 화장실 안의 튀어나온 곳에 끈목을 묶었다. 손이 떨렸지만 어쨌든 고리에 걸고 단단히 묶으면 되리라. 끈목은 생각보다 길고 튼튼해서, 화장실 문을 가로지르며 몇 번이나 둘러칠 수 있었다.

어떻게 사용하는 것인지는 모르겠다. 하지만 문만 열리지 않으면 된다. 여기만 막으면 된다. 이렇게 끈목을 마구 둘러놓으면 웬만해서는 문이 열리지 않으리라. 사람도 들어올 수 없으리라. 그리고 괴물도…….

모든 끈목을 다 사용하고 나서 한 걸음 뒤로 물러났다. 검은 색과 오렌지색. 두 색깔의 실을 꼬아 만든 끈목은 문 안쪽 자물쇠에 칭칭 감기고 여기저기에 튀어나온 곳에 묶이면서 문 앞을 몇 번이나 가로질렀다.

이런 걸 결계라고 하는 걸까? 마코토와 노자키가 말했던 단어가 떠올랐다.

문의 흔들림이 작아졌다. 빈틈은 거의 열리지 않고, 그 너머에 있는 괴물의 몸도 보이지 않았다.

어느덧 흔들림이 멈추었다. 덜컹, 덜컹. 문에서 나는 소리도 작아졌다.

"치사 씨, 산으로 가요, 산으로."

문 너머에서 다시 여자 목소리가 들렸다. 나는 화장실 구석으로 가서 여전히 울고 있는 딸을 껴안고 웅크려 앉았다.

"치사 씨, 치사 씨, 치사 씨……."

목소리가 계속해서 딸의 이름을 불렀다. 그래도 대답하지 않았다.

끈목이 둘러쳐진 문 너머에서 목소리가 끈질기게 말했다.

"치사 씨, 치사 씨, 치사 씨, 치, 사…… 씨, 치, 사, 씨."

하지만 조금씩, 그러면서도 확실하게 목소리는 작아지고 말도 띄엄띄엄해졌다.

효과가 있다. 끈목이. 결계가.

오지 마. 돌아가. 어디론가 사라져버려!

다시는 치사에게 다가오지 마!

"치사…… 아, 아."

목소리가 달라졌다. 괴로운 듯 갈라진 목소리다.

"아아…… 두…… 두고 보…… 열……려 있……다, 뒤쪽이."

이번에는 확실히 알아들었다. 숨을 쉴 수 없을 만큼 조이는 듯한 감각이 목과 가슴을 엄습했다.

두고 보자, 열려 있다, 뒤쪽이.

뒤쪽이란 어디일까? 이 화장실에는 창문이 없다. 창문 말고 열려 있는 곳이라면…….

어딘지 알아차림과 동시에 눈앞의 변기 뚜껑이 덜컹 튀어 올랐다.

그곳에서 크고 길고 군데군데 빨갛게 물든 손이 두 개 튀어나오고,

날름날름 하는 소리와 함께 새까만 혀가 뻗어 나오고,
기다란 머리칼과 작은 머리, 길쭉한 목이 슬슬 기어 나오고,
들쑥날쑥 아무렇게나 늘어선 이빨이 올라오고,
기다란 두 손이 뻗어 나와서,
소리칠 틈도 없이 딸을,
딸의 몸을,
내 손에서 빼앗아가고,
커다란, 엄청나게 커다란 입으로…….


# 9

하얗다. 주변이 온통 하얗다.
밝기 때문이다. 오늘은 밝은 날이다.
나는 앉아 있다. 침대에 앉아 있다.
침대는 따뜻하고 공기도 따뜻하다.
기분이 좋다.
아주 좋다.
기분이 아주 좋다.
별안간 발 사이가 차가워져서 나지막하게 소리를 질렀다.
가까이 있던 여자가 알아차리고 이불을 들춘다.

내 발 사이에 붙어 있는 것을 떼어낸다.

차가운 것이 어딘가로 간다. 여자도 어딘가로 간다.

다시 기분이 좋아진다.

누군가가 들어온다.

하얀 옷을 입은 사람. 선생님이다.

그리고 모르는 남자. 코트를 입고 있다.

선생님과 남자가 내 곁으로 다가온다.

"가나 씨." 남자가 말한다.

내가 남자의 말을 따라한다.

"가나 씨, 가나 씨."

남자가 얼굴을 약간 숙인다.

선생님이 말한다. "이제 아무것도 모르는 것 같습니다."

내가 선생님의 말을 따라한다.

"이제 아무것도 모릅니다."

남자가 코트 안주머니에서 얇고 네모난 것을 내민다.

얇고 네모난 것을 내게 보여준다.

네모난 창문 안에 여자가 있다.

여자의 머리칼은 핑크색이다.

남자가 말한다. "마코토입니다."

내가 또 따라한다. "마코토."

남자가 말한다. "기억하시나요? ……그녀의 이름입니다."

내가 말한다. "이름."

다시 한 번 말한다. "이름."

다시 몇 번을 말한다. "이름, 이름, 이름."

굉장히 중요한 것이다.

굉장히, 굉장히 중요한 것.

아이우에오 가기구게고 사시스세소 다치……

치.

치, 치.

치, 치, 치.

남자가 고개를 약간 숙인 채 나를 보고 있다.

치, 치, 치.

치, 치…….

치사.

내 입에서 이름이 나왔다.

치사. 이름.

치사는 이름이다.

난 그렇게 생각한다.

치사는 이름.

치사.

치사.

이름.

너무나 소중한 이름.

너무나 소중한.

너무나 너무나 너무나.

너무나 무섭다.

무서운 이름.

괴물.

괴물의.

이름.

보…….

보기왕.

"으아아아아아아아아아! 치사! 치사치사치사치사! 치사아아아
아아아아아치사아아아! 치사아아아아! 치사아아아!"

내 입에서 커다란 소리가 나온다.

내 눈에서 차가운 물이 흘러내린다.

선생님이 내 몸을 꽉 잡고 힘껏 누른다.

# 제3장

# 제
# 삼
# 자

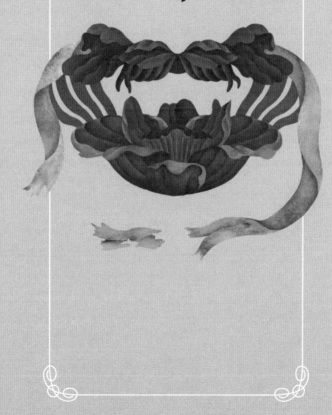

# 1

30일에 시간 있어? 아가미 고등학교 상경 그룹 모임

　　오키, 우에켄, 노자키.

　　안녕~ 오랜만이야. ㅅㅅ

　　데라니시(데랏치)야. 다들 잘 지내고 있어?

　　오늘 큰아들 유치원 졸업식이었는데, 왠지 코끝이 찡하

　고 가슴이 벅차오르더라.

　　갑자기 결정해서 미안한데, 아가미 고등학교를 졸업한

　요코이(옛날 성은 이나가키), 마스오, 다마가와(옛날 성

　은 이즈미)와 점심? 식사 모임? 차 모임? 어쨌든 만나

　기로 했어! 세 사람도 어때?

다들 아내나 남편과 아이를 데려온다고 하고, 나도 아내와 두 아이를 데려갈 거니까 기본적으론 시끌벅적한 가족 모임이 될 것 같아.

자세한 내용은 다음을 참고하시라 ♪

일시: 3월 30일 일요일 11시 30분
장소: 차드파킨스 신바시 지점
무국적 레스토랑으로, 아침에 수확한 채소의 바냐 카우다가 추천 요리라고 함(마스오 이야기)!
유아용 접시도 있대.

장소는 구글에서 검색하면 나옴. ㅋㅋ
주차장은 없는 것 같으니까 대중교통을 이용하는 편이 좋을 듯. 그러면 검토해주시옵소서. ٩(｡•ᴗ•｡)۶

Re : 30일에 시간 있어? 아가미 고등학교 상경 그룹 모임
데랏치, 오랜만이야. ♡
굿 타이밍! 남편이랑 딸과 아키하바라에서 쇼핑하고 갈게.
아이의 영재교육에 돈이 꽤 많이 들더라~ ㅋㅋㅋ
다들 자녀 교육은 어떻게 하고 있어? 그날 여러모로 조언해주시길!

Re : 30일에 시간 있어? 아가미 고등학교 상경 그룹 모임

아들바보 샐러리맨 ㅋㅋㅋ 데라니시 님

고마워. 집사람과 아이 둘을 데리고 넷이 참석할게.

거기에 가본 적이 있는데 꽤 좋아YO!

맛집 후기 사이트에 리뷰를 썼으니까 시간 있으면 한 번

봐~ '면류원칙주의자 우에하라'란 닉네임으로 베트남

요리에 대해 뜨겁게 말했어 ㅋㅋㅋ

벌써부터 기대된다. 그때 만나.


Re : 30일에 시간 있어? 아가미 고등학교 상경 그룹 모임

면류 원칙주의자 ㅋㅋ 오키 님

빨리 답장해줘서 땡큐! 바쁠 텐데 고마워!

최종 참석자가 확정되면 다시 메일 보낼게. ⌄

노자키도 연락바람바람— ♪


Re : 30일에 시간 있어? 아가미 고등학교 상경 그룹 모임

데라니시 님

그동안 통 연락을 못 했네. 미안해.

그날은 꼭 가봐야 할 데가 있어서 참석 못 할 것 같아.

일부러 초대해줬는데 정말 미안해.

Re : 30일에 시간 있어? 아가미 고등학교 상경 그룹 모임

늦은 시간에 메일 보내서 미안해.

노자키, 미안해할 필요 없어. 워낙 급하게 날짜를 잡았고. 아마 이번 기회를 통해 정기적으로 만날 것 같으니까 또 연락할게.

오랜만에 네 아내한테도 인사하려고 했는데 ㅋㅋ

아이 생겼어? 출산이라든지 어려운 일이 있으면 언제든지 연락해 ㅅㅅ

*

메일함을 닫고 스마트폰을 책상의 정해진 장소에 놓은 뒤, 모든 의식을 모니터에 집중했다. 늘 그렇듯이 원고를 쓰던 중이다. 주제는 새삼스러울 것도 없는 '예티의 정체는 곰'이라는 설에 대해서.

마감은 모레다. 하지만 지금 같은 상태라면 날짜가 내일로 바뀌기 전에 보낼 수 있으리라. 상대는 망해가는 성인용 잡지 전문 출판사로, 기본적으로 교정도 엉망에다 담당자는 무능력한 편집자의 표본이라고 할까? 내가 신경 쓰지 않으면 오탈자가 그대로 실리게 된다.

원고가 실리는 오컬트 월간지의 교정이 완료되는 날이 모레인데, 담당자가 내게 말한 원고 마감일도 모레다. 즉, 담당자는

처음부터 교정쇄를 볼 생각이 없는 것이다.

요컨대…… 나는 마음속으로 웃었다.

요컨대 공백을 메우기 위한 원고다. 원고를 쓴 사람에게도 아무 가치가 없는 글로, 그저 페이지를 메우기만 하면 되는 문자 데이터라고나 할까?

또각또각 힘차게 키보드를 두드리면서 조금 전에 보았던 메일 내용을 떠올렸다.

고등학교 동창이 연락을 해온 것은 오랜만으로, 처음에는 동창회에 참석하고 싶었다. 서른이 넘은 옛 친구들이 모여서 식사를 하고, 고등학교 시절을 되돌아보는 것도 나쁘지 않으니까.

그런데.

옛 친구들이 주고받은 메일을 보는 사이에, 마음의 밑바닥에서 그들에 대한 증오심 같은 것이 끓어올랐다. 아니, 스스로를 속이는 일은 그만두자. 나는 그들을 증오했다. 특별한 일도 없으면서 거짓말을 하고 참석을 거절할 정도로.

이유는 알고 있다.

아이다.

아이, 아이, 아이, 아이.

결혼해서 아이를 낳고 키우는 것이 당연하다고, 그것이 정상이라고 말하는 듯한 친구들의 말투를 참을 수 없었다. 나한테까지 그런 식으로 말하는 것이 견디기 힘들었다.

물론 거기에는 내게도 책임이랄까, 적어도 원인이 있다. 친구들에게 이혼했다는 말을 아직 하지 않았다. 적어도 데라니시는 내가 지금도 결혼한 상태로 알고 있다.

사실 아내 유리카와 헤어진 지 이미 2년이 지났다. 그렇다고 메일로 말할 생각은 없다. 동창회에 참석해서, 그 자리에 있는 모든 사람들 앞에서 말할 생각도 없다.

이혼의 상처는 이미 치유되었다. 이혼이 수치라고도 생각하지 않는다. 다만 아이가 있는 게 당연하다고 생각하는 자들과 관계를 맺고 싶지 않다. 아이가 없는 건 이상하다, 그것은 정상이 아니라고 생각하는 자들과는.

나를 부정하고, 나아가서는 마코토까지 부정하는 것 같아서이다.

내 자의식 과잉일까? 피해망상일까? 100퍼센트 그렇지 않다고 할 수는 없다. 하지만 그렇게 생각해도 증오는 사라지지 않았다.

이미 얼굴도 기억나지 않는 유리카를 떠올렸다. 짧은 머리를 한 밋밋한 얼굴의 여자가 모니터 앞에 떠오른다.

유리카의 환상. 그리고 이어지는 유리카의 목소리.

"난 아이를 갖고 싶어."

그 이전부터 나한테 정이 떨어졌다는 사실은 알고 있었다. 원인은 한 가지가 아니다. 아내를 만족시키지 못한 일들은 일일이 손으로 꼽을 수 없을 정도다.

하지만 그것이 결정타였다. 그 말은 곧 이별 선언이었다.

나는 아이를 만들 수 없다.

검사결과표. 모든 곳에 인쇄된 'FAIL'이란 붉은 글자. 그것이
가리키는 것은 결함.

무정자증이었다.

일부러 한숨을 크게 토해내고 아무래도 상관없는 원고에 의
식을 집중했다.

# 2

"마음은 고맙지만 나는 아기를 못 가져."

마코토의 말을 듣자마자 "나도 마찬가지야"라고 대답했다.
그녀는 복잡한 표정으로 "그렇구나"라고 말한 뒤 "그럼 잘 부
탁해"라며 웃었다.

올해에 접어든 지 얼마 되지 않은 어느 날 오후. 나와 마코토
는 그렇게 해서 사귀게 되었다.

사귀고 싶다고 말하자 그녀는 대답하기 전에 불임이라고 말
했다. 그 마음은 아플 만큼 이해할 수 있었다. 나중에 들켜서
상처받고 싶지 않기 때문이리라.

입장이 반대라면 나도 똑같이 말했을지 모르겠다.

아니, 실제로는 어땠을까? 똑같이 아이를 만들지 못해도 나

와 그녀는 다르다.

그녀는 아이를 좋아한다. 의뢰인의 아이와 종종 놀아주기도 한다. 슈퍼마켓에서 아이가 과자를 손에 들고 돌아다니는 것을 보면 눈을 가늘게 뜨고 웃곤 한다.

"자기는 아이를 싫어해?"

사귄 지 얼마 되지 않았을 때 그녀가 물었다.

"잘 모르겠어."

그녀의 침대 위에서 그렇게 대답했다. 정말로 몰랐기 때문이다. 예전에 검사를 통해 아이가 생길 가능성이 없다는 사실을 알고 나서, 아이에 대해 생각하기를 그만두었다.

창문이 모두 닫힌 어두운 거실에서 알몸의 그녀는 크게 기지개를 켠 뒤, 긴 은색 머리를 쓸어 올리며 말했다.

"난 아이가 좋아. 정말 좋아."

그녀의 배꼽 아래에는 수술 자국이 가로로 길게 내달리고 있었다.

나는 아무 말도 할 수 없었다. 고엔지에서 아르바이트를 하면서 부업(부업이라기보다 거의 자원봉사)으로 영매사이자 무녀 일을 하는 스물여섯 살의 여자.

그녀를 처음 만난 것은 작년 가을, 한 사진 스튜디오에서 일어난 괴현상에 관해 조사하던 도중이었다. 그녀는 당시 거의 모든 것을 내다보며 나를 이끌면서 곤경에 처한 한 남성을 구했다.

이야기가 너무 복잡해서 잡지 기사로 쓸 수는 없었지만, 나는 그때 확신하고 온몸을 떨었다. 감동이 목구멍까지 차올랐다. 마코토는 진짜다…….

오컬트 세계에는 가짜가 난무하고 있다. 애초에 오컬트의 역사는 곧 사기이자 오해이자 착각의 역사라고 할 수 있다. 오랜 옛날부터 지금에 이르기까지 돈을 벌기 위해 뛰어든 사람들이 계속 끊이지 않는다. 수호령, 오라, 전생 등등을 들먹이며…….

일반 사람의 눈에는 보이지 않는 것이 보인다고 말하고, 곤경에 처한 사람들한테서 거금을 뜯어내는 자들이 적지 않다. 작은 돈을 갈취하는 사람은 더 많다.

하지만 그녀는 달랐다. 나는 그녀에게 흥미를 느꼈다.

그녀와 연락을 주고받으면서 때로는 내가 일을 의뢰하기도 했다. 그리고 그녀의 힘을 직접 마주하는 사이에 특별한 감정을 품게 되었다. 이 감정은 그녀의 힘과는 관계가 없다. 멍한 것 같으면서도 재치가 있고, 부루퉁한 것 같으면서도 사람을 배려하고, 언뜻 보기에는 무서우면서도 누구에게나 다정하게 대하고…… 장점을 늘어놓으면 진부하다고 할지도 모르겠지만 아무튼 그녀는 매력적이었다.

그녀의 외할머니는 '유타'였다고 한다. 유타는 오키나와의 무녀이자 영매사다. 지금도 그 지방에는 실제로 유타가 존재하는데, 지방 사람들의 존경과 신뢰를 한 몸에 받고 있다.

그녀는 그 피를 이어받았다. 유타의 적성은 핏줄과 관계가 없는 듯하지만, 그것을 규명하기에는 신뢰성 있는 자료가 매우 부족하다. 유타를 사칭하는 사기꾼도 적지 않다.

마코토는 사람들을 위해서라면 자신의 힘을 아끼지 않았다. 특히 어린아이가 무엇인가에 홀려 제대로 살지 못하고 있다는 의뢰에는 바로 응했다.

상처받는 일도 많았다. 의뢰인의 아이가 다쳐서 욕설을 듣거나 흉악한 혼령으로 인해 부상을 입는 일도 있었다. 그래도 그녀는 곤경에 처한 사람을 외면하지 않고 아이에 관한 의뢰는 적극적으로 받았으며, 그렇지 않은 의뢰에서도 아이를 만나면 다정하게 대했다. 그런 모습은 나와 사귄 이후에도 변함이 없었다.

처음에는 그런 그녀에게 조바심이 치밀었다. 그녀가 아이를 사랑하는 것은 상관없다. 다만 아이와 어울리는 것은 그녀 자신을 상처 입히는 것과 표리 관계에 있다.

그녀에게 몇 번 그런 말을 한 적도 있다. 그때마다 그녀는 쓸쓸하게 웃더니, 파란색 머리칼에 손을 넣고 마구 흩뜨렸다.

"그래도 좋아하는 건 어쩔 수 없잖아."

그렇다. 그것은 스스로 어떻게 할 수 있는 감정이 아니다. 참 서글픈 이야기다. 어쨌든 그녀가 아이를 좋아한다면 마음껏 좋아하게 해주자. 아이를 가질 수 없으니까 더욱더…….

그렇게 생각하자 그녀에 대한 조바심은 점차 희미해졌다.

그 대신 증오와 조바심이 향한 곳은 데라니시와 오키처럼 아이가 있는 사람들, 그것도 아이가 있는 것을 너무도 당연하게 생각하며 태평하게 사는 사람들이었다.

선망(羨望)이다. 결국 그들을 부러워하는 것뿐이다. 일을 마치고 집에 들어가면 아이가 있고, 휴일에는 가족과 함께 지내는 사람들이 부러워서 견딜 수 없는 것뿐이다.

그것은 틀림없는 사실이다. 문제는 내 안에 있는 손톱만 한 자의식이다.

그런데 정말로 그것뿐일까?

아이를 가진 부모는 모두 올바를까?

아이를 가진 부모는 모두 좋은 사람일까?

아이를 학대해서 죽게 만드는 부모. 밥을 주지 않아서 굶어 죽게 만드는 부모. 젖먹이에게 각성제 주사를 놓는 부모.

극단적인 최악의 경우를 제외하더라도, 방임주의라는 이름으로 육아를 포기해서 아이를 위험한 지경에 처하게 하는 부모는 얼마든지 있지 않은가. 길거리에서 아이를 구타하고 발로 차는 부모도 있다. 자신의 꿈이나 가치관을 강요하며 도구처럼 이용하는 부모도 있다.

그런 이야기는 얼마든지 들을 수 있다. 회사 안에서도, 담배 피우는 곳에서도, 술집에서도 귀를 세우고 있으면 기분 나쁠 정도로 들려온다.

잡담이나 일상 풍경은 참고가 되지 않는다고 한다면 통계 자료도 있다. 강간과 준강간이라는 법률적인 구분에 상관없이 성범죄 가해자의 절반은 기혼자이고, 아동학대 가해자의 대부분은 친부모다.

데라니시를 비롯한 친구들은 이런 사실을 알고 있을까? 알면서도 "나는 정상입니다", "나는 평범합니다", "나는 건전합니다"라고 모르는 척 시치미를 떼고 있는 건가?

어쩌면 내가 모를 뿐이고, 그들은 이미 집에서 아이에게 폭력을 가하거나 밖에서 성범죄를 저지르고 있을까? 그러면서 평범함의 가면을 뒤집어쓰고 있을까?

아니라고 하지 마라. 이놈이나 저놈이나 다 똑같다. 모두 웃음거리일 뿐이다.

마코토를 만나지 않을 때, 원고 마감일이 한참 남아서 시간이 남아돌 때, 정신이 들면 그런 식으로 녀석들을 비웃고 저주하며 증오했다.

분노로 머리가 터질 것 같으면 쓰러질 때까지 술을 먹고, 1년 내내 깔려 있는 이부자리에 쓰러지는 나날을 보냈다.

다하라 히데키도 마찬가지였다. 나는 그를 보자마자 경멸했다. 3월. 손님을 만날 때 자주 이용하는 아사가야 역 근처의 커피숍에서 그를 처음 만났다.

입으론 딸이 걱정이다, 아내가 걱정이라고 말하면서, 자신이 얼마나 평범하고 정상적으로 사는지, 얼마나 훌륭하게 사회생활을 하는지 강조했다.

이 녀석은 딸이나 가족보다 자신의 시시한 자존심을 우선

시하고 있다. 그의 말을 들으며 그런 느낌을 받았다. 마코토가 "부인과 아이에게 다정하게 대해주세요"라고 말했을 때, 그 생각은 확신으로 바뀌었다. 그가 화를 내고 마코토의 집에서 나간 뒤, 그녀에게 물어보았다.

"저 사람, 가정이 원만하지 못한 것 같군."

마코토는 핑크색 머리칼을 쥐어뜯으며 말했다.

"글쎄, 어쨌든 빈틈이 있어. 굉장히 큰 빈틈이. 저래선 아무리 어설픈 혼령이라도 마음대로 드나들 거야."

우스웠다. 하지만 마코토 앞에서 그렇게 말할 생각은 없었다.

다하라에게는 딸이 있다고 한다. 올해 두 살배기인 어린 딸아이가.

마코토는 곤란한 표정을 지었다. 그녀가 다하라의 딸을 걱정한다는 것은 어렵지 않게 상상할 수 있었다.

# 3

그래서 마코토가 "다하라 씨 집에 가보고 싶어"라고 말하는 것도 나에겐 의외가 아니었다.

그녀의 성격으로 볼 때, 조만간 그렇게 말하리라고 생각했기 때문이었다. 나도 한 번 가보고 싶었다. 그에게서 들은 괴이한 사건에 적잖이 관심이 있었으니까.

보기왕.

사람을 납치해서 산으로 데려가는 괴물. 유럽에서 온 부기만 전승의 흔적. 그것이 다하라와 그의 가족을 노리고 있다. 얼마나 신빙성이 있는지 모르겠지만 나는 순수하게 보기왕에 관해 조사하고 싶어졌다.

일하는 틈틈이 조사를 했는데 성과는 그다지 좋지 않았다. 문헌 자료가 거의 보이지 않았다. 지인을 통해 『선교사들의 발자취』 저자인 세오 교이치의 유족을 만나기도 했다.

"아버지에 대해선 잘 몰라요. 이제 생각하고 싶지도 않고요."

세오의 외동딸인 빼빼 마른 중년 여성은 만나자마자 그렇게 말했다. 취재 거부나 마찬가지였다.

큰마음을 먹고 미에 현 K시에 가서 조사하기로 했다. 취재비는 당연히 내 주머닛돈이다. 저금이 줄어드는 것은 가슴 아팠고, 사실을 알아낸다고 해서 수입이 될 가능성도 없었지만 시간만은 충분했다. 출판계가 심각한 불황에 빠지면서 일거리는 줄어들었지만 관심이 생겼으니까 어쩔 수 없다.

도쿄에서 장거리 버스로 이가우에노로 향했다. 사전에 약속했던 민속자료관을 찾아가 서고의 문헌을 열람했다. 디지털 아카이브 시스템이 되어 있지 않아서 자료 검색은 불가능했지만 K시의 문헌이라는 것만으로 자료 숫자를 상당히 줄일 수 있었다. 반대로 말하면 자료가 매우 적다는 뜻이다.

찾아낸 것은 고스기 뎃슈의 『기이잡설』뿐이었다. 오기 전에 이미 복사본을 입수해 내용을 대강 읽어보았다. 결국 헛고생이었던 것이다.

밑져야 본전이라는 생각으로 직원들에게 물어보았지만 보기왕에 대해 보거나 들은 사람은 아무도 없었다. 아무런 수확도 없이 K역의 개찰구를 나왔을 무렵, 태양은 이미 서쪽으로 기울기 시작했다.

결론부터 말하면 여기서도 아무것도 알아낼 수 없었다. 성과는 제로다. 아니, 심정적으로는 오히려 마이너스였다.

한산한 주택가에서 길 가는 사람을 붙잡아, 이 지방의 옛날 이야기를 알 것 같은 사람의 집을 가르쳐달라고 했다. 낡은 목조 단층집과 허름한 2세대 주택의 1층 등, 이 지방에 오래 살았다는 노인들이 들려준 이야기를 요약하면 다음의 두 가지다.

"잘 모르겠네."

"지금은 요괴 같은 건 없어. 젊은 사람은 요괴 같은 걸 안 믿으니까."

오래 살았다고 해서 지식이 풍부한 것도 아니고 사색이 깊은 것도 아니다. 흐리터분한 부정과 진부하고 모호한 말을 몇 번이나 듣고, 해가 저물었을 무렵에는 온몸의 기운이 쭉 빠졌다.

결정적으로 지긋지긋하다고 느꼈을 때는 여섯 번째 노인의 이야기를 들을 때였다. 방바닥에 다다미가 깔린 초라한 집이었다. 나지막한 탁자 위에는 이미 마신 맥주 캔이 세 개나 놓여 있었고, 안주는 없었다.

삐삐 마른 노인은 '간코'라면 알고 있다, 어머니로부터 종종 들었던 무서운 요괴였다, 라고 기억을 더듬으면서 말했다. 새로운 이야기도 아니고 보기왕과 관계가 있을 것 같지 않았지만 그래도 다른 노인들보다는 나았다.

내가 찾아간 시점에서 이미 얼큰하게 취해 있었는데, 이야기가 끝났을 무렵에는 곤드레만드레 상태가 되었다. 그는 부스스한 흰머리를 긁적이며 충혈된 눈을 가늘게 떴다.

"이런 이야기를 한 건 오랜만이군."

고맙다고 말하고 나오려는 찰나, 노인이 별안간 나를 불러 세웠다.

"자네, 숙소로 돌아가나? 호텔인가?"

"네에."

"××역 앞에 있는 것 말인가?"

"그렇습니다."

"하긴 이 주변은 놀 곳도 없고 묵을 곳도 없으니까⋯⋯." 노인은 허공을 쳐다보며 말하다가 웃는 얼굴로 덧붙였다. "여기까지 왔으니까 고다카라 온천에 가는 건 어떤가? 몸이 따뜻해질 게야."

역 앞에서 간판은 봤고, 여기 오기 전에 인터넷에서 조사를 했을 때 최근 이 지방에 온천이 생겨서 나름대로 손님이 많다는 사실도 알고 있었다. 이름의 유래도, 어떤 이유로 손님이 많은지도. 요컨대 아이를 갖게 해달라고 '신'에게 부탁하는 게 아니라 '온천'에 부탁하는 것이다. 아이가 생기지 않는 사람이 매달리는 것은 현대 의학만이 아니다. 온천이나 식재료처럼 어딘지 모르게 건강해 보이고 자연에서 유래한 것에 의지하며 성과를 얻으려고 한다. 나와 마코토가 포기한 아이를.

"아니요, 괜찮습니다. 기차 시간이 있어서요."

빈말을 하는 것은 딱 질색이었다. 아마 예의적인 웃음도 짓지 않았으리라.

노인은 쓸쓸한 표정으로 말했다.

"그거 유감이군. 그럼 다음에 또 오게."

어둠이 짙게 내려앉은 역 앞에 도착하자 휘황찬란한 불빛을 받은 간판이 눈에 들어왔다.

싸구려 비즈니스호텔의 좁은 방에서 편의점에서 산 술을 들이켜고, 이름도 모르는 지방 TV를 보면서 밤을 보냈다. 저녁을 먹을 마음도, 목욕할 마음도 들지 않았다.


**4**


현지 조사를 통해 얻어낸 수확이라면 이가 지방에서는 옛날부터 부적으로 끈목을 사용했다는 것 정도였다. 이가 지방과

K시는 지리적으로 가깝다. 당시 사람들이 보기왕을 물리치는 수단으로 사용했다고 해도 이상할 게 없다.

이가 지방에서는 지금도 끈목이 커다란 산업이다. 아니, 산업이라기보다 전통공예라고 하는 편이 맞을 것이다. 나는 마코토와 인터넷 사이트를 돌아다니면서 검은색과 오렌지의 3미터짜리 끈목 두 개를 특별 주문했다. 비용은 둘이서 절반씩 냈다. 내가 전부 내겠다고 했지만 그녀는 물러서지 않았다.

"왜 3미터지?"

"으음." 그녀는 고개를 갸웃거렸다. "옛날에 언니한테 배운 방법을 응용하면 좋을 것 같아서."

언니. 마코토는 언니 이야기를 자주 했다.

이야기를 종합해보면 그녀와 같은 무녀이자 선배 무녀라고 한다. 나이는 서른이 넘었다는데 초등학생 때부터 그런 일을 해서 돈을 벌었다고 하는 걸 보면 보통 사람이 아니다.

"벌써 몇 년째 만나지 못했고 말도 한 적 없지만 말이야."

마코토는 슬픈 얼굴로 말했다.

그녀의 말투로 볼 때 언니에 대한 존경심이 보통이 아니라는 건 분명했지만, 교류는 이미 끊어진 듯했다. 언니는 오래전부터 전국을 돌아다니며 무녀 일을 한다고 했다. 아마 굉장히 바쁘기 때문이리라.

보기왕에 대한 조사는 진척이 없었지만 마코토가 정기적으로 다님으로써 다하라의 집은 별 문제 없이 돌아가는 것 같았다. 내가 보기에도 다하라의 아내인 가나가 마코토와 말할 때는 마음이 편해 보였고, 딸인 치사도 마코토를 잘 따르는 것 같았다. 태평하게 좋아하는 다하라의 모습에는 어이가 없었지만 딱히 간섭할 생각은 없었다.

보기왕만큼은 아니더라도 나도 다하라의 집에 관심을 갖게 되었다. 오랜만에 브라우니를 만들어 마코토가 그 집에 갈 때 가져가라고 했다. 3년이 채 안 된 유리카와의 결혼생활에서 얻은 얼마 되지 않은 기술이었다.

"요전에는 고마웠습니다. 딸도 맛있다며 잘 먹더군요."

다음 주에 찾았을 때 다하라가 그렇게 말해서, 나는 당황함과 동시에 안심했다. 유리카를 원망한 적은 없었지만 그때 처음으로 유리카라는 존재를, 유리카와 같이 살았다는 사실을 순순히 받아들일 수 있었다. 그것은 마코토에 대한 마음과 모순되지 않은 감정이었다.

마코토는 즐거워 보였다. 그 집에 갔다가 나올 때는 항상 다하라의 딸인 치사 이야기를 했다. 전철 안에서도, 식사를 할 때도, 우리 집에서도, 그녀의 집에서도, 그리고 이불 밑에서도.

나는 그런 그녀를 보는 것이 즐거웠다.

하지만…….

괴물, 즉 보기왕은 상상 이상으로 강했다. 빈틈을 메운 것만으로 물리칠 수 있는 상대가 아니었다.

마코토가 그토록 당황하는 모습은 처음 보았다. 상상을 초월한 힘에 의해 파괴되는 모습도 처음 보았다.

영매사가 두려워하며 도망치는 것은 영화나 소설 속 이야기일 뿐이라고 생각했다. 그런데 내 눈앞에서 영매사의 팔이 뜯겨나가고, 내가 지켜보는 가운데 구급차 안에서 죽었다.

그리고…… 다하라도 죽었다. 머리를 잡아먹히고. 피바다로 변한 거실에서 피투성이가 된 채.

다하라는 죽었다. 생판 모르는 타인의 죽음에 이토록 충격을 받은 것은 처음이었다.

마코토는 나보다 훨씬 충격을 받았다. 밥도 입에 대지 않고 침대에 누운 채 며칠 동안 울고 또 울었다. 위로를 해도 화를 내도 눈물을 그치지 않았다. 눈 깜짝할 사이에 살이 빠지고 핑크색 머리가 빠져서 온 집 안에 흩어졌다.

간신히 진정시켜서 음식을 먹인 뒤, 검은색 가발을 씌워서 다하라 집에 데려갔을 때는 이미 장례식이 끝나 있었다.

가나는 부자연스러워 보일 만큼 냉정했다. 그리고 어머니는 강하다는 상투적인 말로 끝낼 수 없을 만큼 모든 일을 완벽하게 처리했다. 치사의 어린이집만큼은 그녀의 노력만으로 해결되지 않아서, 나와 마코토는 다시 그 집에 드나들게 되었다.

마코토가 아르바이트하는 곳은 고엔지의 '데라시네'라는 작은 카운터바이고, 근무 시간은 오후 8시부터 새벽 3시까지다. 즉, 낮에는 시간이 있다. 그녀는 아르바이트할 때를 제외하고 모든 시간을 가나와 치사에게 사용해서, 가나가 일할 때는 치사와 놀아주었다.

나는 보기왕에 대해 다시 조사를 시작했다. 연재하는 곳 이외에 단발성 일은 거의 하지 않고, 남은 시간을 전부 쏟아부어 문헌을 찾고 알 만한 사람을 접촉했다.

다하라를 만난 계기가 되었던 가라쿠사 다이고와도 정보를 주고받았다.

가라쿠사는 가나에게 관심, 속된 말로 '마음이 있는지' 종종 그녀에게 연락을 하는 것 같았다. 성과가 있었는지는 모르겠다. 그와 동시에 보기왕에 관해 열심히 조사해서 내게 이런저런 조언을 해주었다.

"간사이의 대학에 간 김에 이세신궁에 들러서 검불을 사왔는데, 가나 씨에게 전해주겠습니까?"

S대 문학부 건물의 민속학 연구실에서 그는 내게 검 모양의 부적을 주었다.

"직접 주는 편이 좋지 않을까요?"

"그 집에 자주 가잖아요? 제가 주는 것보다 자연스러울 겁니다."

그는 상쾌한 웃음을 지으며 대답했다.

"교수님이 주는 편이 가나 씨도 좋아할 것 같은데요."

그러자 그는 가벼운 한숨을 쉬었다.

"가나 씨는 지금 딸만으로도 정신이 없는 것 같아요."

어쨌든 가나와 치사를 지키려는 사람이 한 명이라도 더 많은 것은 고마운 일이었다.

그런데…….

마코토의 기분은 옛날로 돌아오지 않았다. 치사와 매일 놀면서 체중은 원래대로 돌아왔지만, 해가 빨리 저물고 차가운 공기가 피부를 스치는 계절에 접어들자 집에 오면 우울한 표정을 지었다.

침대에 얼굴을 묻고 흐느껴 우는 일도 있었다. 메이크업을 지우지 않은 채 울어서 침대 시트에 검은색과 핑크색 화장 자국이 들러붙기도 했다.

너무 깊게 관여했다. 정이 너무 많이 들었다.

"이제 그만 가. 나 혼자 가도 충분해."

그날도 이불을 뒤집어쓰고 울던 그녀에게 그렇게 말했다.

이불이 바스락거리며 움직였다. 이불 밑에서 고개를 옆으로 흔든 것이다.

"가나 씨와 치사는 잘 지내고 있어. 네가 없으면 어린이집도 금방 찾을 수 있을 거야. 애초에 빈틈을 메웠다고 해서 나타나지 않을 상대가 아니야. 네 언니가 그랬잖아."

그 이후 그녀의 언니로부터는 아무런 연락이 없었다. 그녀에게 연락이 온 것 같지도 않았다.

"하지만." 이불 밑에서 작은 목소리가 들렸다. "치사가 너무 예뻐. 어떻게 해주고 싶어."

"매일 치사랑 놀아주면 어쩌려고 그래?"

잠시 침묵이 이어졌다. 눈앞의 이불 밑에서는 천이 스치는 소리가 희미하게 들렸다.

"너만 더 괴로울 뿐이잖아?"

그녀는 대답하지 않았다.

"점점 더 아이를 갖고 싶을 뿐이잖아?"

이불 밑에서 대답도 멈추고 움직임도 멈추었다.

"마코토." 나는 작게 한숨을 쉬었다. "어차피 남의 아이야. 어느 정도는 그냥 내버려두는 게 좋아."

이불이 튀어 오름과 동시에 나를 향해 베개가 날아왔다. 맞기 직전에 팔로 튕겨냈다. 베개는 하얀 벽에 부딪히며 바닥으로 떨어졌다.

그녀는 까맣게 마스카라를 칠한 눈으로 나를 노려보았다. 그러더니 새빨개진 눈을 치켜뜨고 이를 악문 채, 여느 때보다 훨씬 낮은 목소리로 말했다.

"어차피라니, 그게 무슨 뜻이지? 남의 아이니까 적당히 대하라는 거야? 좋아하면 안 된다는 거야?"

"그런 말이 아니야. 네가……."

"닥쳐!"

부릅뜬 눈에서 커다란 눈물이 방울방울 떨어져서 회색 파카에 얼룩을 몇 개 만들었다.

"나한테는 남의 아이밖에 없어." 그녀가 목소리를 떨면서 말했다. "너도 그렇잖아. 그런데…… 그런데 뭘 그렇게 깨달은 사람처럼 말해?"

나는 입을 다무는 수밖에 없었다.

한밤중에 트럭과 택시가 쌩쌩 달리는 환상 7호선의 옆길을 걸으며 나와 그녀에 관해 생각했다.

그녀는 아이가 생기지 않으니까 남의 아이를 사랑한다고 말한다. 그렇게 하는 수밖에 없다는 것이다. 나는 똑같은 이유로 남의 아이를 싫어한다. 그 아이의 부모까지 증오한다.

나보다 그녀가 건전하고 옳다는 것은 분명하다. 아름답기조차 하다.

하지만 나는 그녀처럼 생각할 수 없다. 그것은 내게 결함이 있고 단점이 있다고 인정하는 것이나 마찬가지니까. 돈이 없어서 빚을 얻는 것이나 마찬가지니까. 먹을 게 없어서 밥을 달라고 줄을 서는 것이나 마찬가지니까.

세상의 남편들 중에는 불임 검사를 받고 싶어 하지 않는 사람이 많다고 신문에서 본 적이 있다. 불임의 원인이 자신에게 있다는 사실을 인정하고 싶지 않아서, 원인의 유무를 검사하는 일조차 거부한다는 것이다.

나도 그들과 마찬가지다. 아니, 그들보다 더 한심할지도 모르겠다.

검사를 받고 불임이라는 사실을 알면서도 내 결함과 단점을 인정하지 않으니까. 원래 아이를 만들지 않는 생물인 것처럼 행동하고 있으니까.

## 5

한밤중에 가나가 전화를 걸어와서, 나는 그것, 즉 보기왕이 다시 그들을 노린다는 사실을 알았다. 치사의 기이한 행동을 듣자 그렇게밖에 생각할 수 없었다.

그와 동시에 몇 가지 의문이 솟구쳤다.

첫 번째 의문.

거의 매일 그 집에 드나드는 마코토가 왜 보기왕이 가까이 오고 있다는 사실을 알아차리지 못하는 걸까? 상대가 되느냐 마느냐는 차치하더라도, 감지할 수는 있었을 텐데.

두 번째 의문.

가라쿠사한테 받아서 가나에게 준 검불은 왜 효험이 없었을까? 결계가 될 만큼 효험은 없다고 해도 물리적으로 파괴하지 않으면 보기왕이 그 집 사람들을 습격할 수는 없을 텐데.

가나의 말에 따르면 내가 준 검불은 계속 불단에 놓아두었다고 한다.

비과학적이며 초현실적인 분야에서도 논리나 이치가 존재한다. 이상한 일이 뜬금없이 벌어지는 것은 아니다. 그런데 그 집에서 일어나는 일은 이치에 맞지 않는다.

내 의문에 마코토는 창백한 얼굴로 대답했다.

"전혀 알아차리지 못했어······."

그녀가 스스로를 책망하리란 걸 알고 있어서 나는 반사적으로 대꾸했다.

"네 잘못이 아니야. 여기엔 무슨 이유가 있을 거야."

그녀는 창백한 얼굴로 침대에 걸터앉은 채 계속 고개를 떨구었다.


"그건 분명히 이세신궁에서 구입했습니다."

가라쿠사는 곤혹스러운 얼굴로 연신 고개를 갸웃거렸다.

금요일 밤, S대 문학부 건물에 있는 민속학 연구실을 찾았다. 가라쿠사는 책상에 펼친 기말고사 답안지를 한쪽 구석으로 밀어놓고 물었다.

"무슨 일이 있었나요?"

"아뇨, 특별한 일은……."

그것이 단지 문제랄까, 이해하기 어려운 점이랄까, 설명하려는 찰나 그는 서랍에서 크고 하얀 부적을 꺼냈다.

"역시 이세보다 교토였던 건가? 세이메이신사의 부적도 있습니다. 방제(方除) 부적이란 거죠."

'세이메이 대신(晴明大神)', '방제수호(方除守護)'라고 붓글씨로 쓴 하얀 종이가, 까맣고 가느다란 종이에 묶여 있다. 붓글씨 위에는 붉은색 오망성(다각성의 일종으로 성스러움을 뜻하는 표시-옮긴이) 도장이 찍혀 있다.

"오망성……."

내가 중얼거리자 그는 고개를 끄덕였다.

"미에 현, 즉 옛 시마의 해녀들은 똑같은 무늬를 도만세만이라고 부르면서 부적으로 사용했습니다. 검은 실로 손수건에 수를 놓기도 하고 말이죠. 흔히 사용하는 도형이라서 한마디로 말할 수는 없지만 세이메이 음양도(중국 고대의 음양오행설에 기초하여 우주, 자연현상의 원리나 인간의 길흉을 설명하고 판단하는 신앙적 사상이나 학문 - 옮긴이)의 영향이 있을지도 모릅니다."

"그렇군요."

도만세만에 대해서는 알고 있었고, 보기왕을 조사하는 과정에서 시마의 해녀들이 무엇을 두려워했는지도 알았지만 지금 끼어들 생각은 없었다.

"그래서 이번 일에는 이쪽이 좋을지도 몰라요. 지리적으로 가까운 게 아니라 민속학적인 뒷받침이 있는 쪽이 말이죠."

그는 그렇게 말하고 방제 부적을 내밀었다.

다하라가 죽기도 해서 보기왕을 믿을 수밖에 없는 듯했지만, 민속학자라는 처지로 볼 때 초자연적인 현상을 쉽게 인정할 수는 없으리라. 그래도 그는 남겨진 가족, 특히 가나에게 신경을 쓰면서 힘이 되려고 하고 있다. 이성적이고 공정하며 성실하다. 훌륭한 남자라는 생각이 들었다.

연구실을 나와 문학부 건물의 예스러운 문을 빠져나왔을 때, 맥 빠진 목소리가 들렸다.

"노자키 선생님."

소리가 들린 쪽을 쳐다보자 짧은 머리에 도토리처럼 눈이 작은 청년이 히죽히죽 웃으면서 다가왔다. 10월도 하순에 접어들었는데 검은 반소매의 폴로셔츠 차림이다.

가라쿠사의 토론 수업을 듣는 이와다 데쓰토다.

"가라쿠사 교수님께 다녀가시는 길인가요?"

"네."

"그건가요, 보기왕?"

"맞아요."

"기사가 되면 꼭 말씀해주세요. 물론 《블루시트》도 《아틀란티스》도 《기기괴괴》도 정기구독하고 있으니까 말씀해주시기 전에 읽겠지만요. 노자키 선생님 기사는 오랜만이라서……."

"선생님이란 말은 그만둬요."

"에헤헤헤."

이와다는 헤실헤실 웃으면서 둥근 머리를 긁적였다.

가라쿠사를 통해 알게 된 오컬트 마니아 대학원생이다. 진지함을 뛰어넘어 편집광적인 사람으로, 틈만 있으면 전국을 돌아다니며 희귀본 책들을 수집하고 있다. 틈이 없어도 인터넷을 통해 닥치는 대로 산다고 한다. 관심 분야도 중소기업 사장의 포르노 같은 자서전부터 지하 아이돌(소규모 라이브 공연을 중심으로 활약하는 아이돌 - 옮긴이)이 직접 제작해서 파는 온몸의 털이 곤두설 만한 코스프레 사진집, 심지어는 모모야마시대의 승려가 그린 유치한 지옥 그림까지 폭이 넓다. 아니, 폭이 넓다기보다 지조가 없다. 그런 종류의 사람치고는 보기 드물게 수집

한 책을 모두 읽는다고 해서, 보기왕에 관해 대강 설명하고 협조를 구했다. 여행 가는 곳이나 인터넷에서 그럴 듯한 책을 발견하면 말해달라고 한 것이다.

"미니코미(미니커뮤니케이션의 줄임말로, 소수인을 위한 동인지를 가리킨다 - 옮긴이)?"

나는 학생식당 테이블에서 몸을 앞으로 내밀고 물었다. 앞에 앉은 이와다는 내가 사준 중화요리 정식에는 손도 대지 않고 너덜너덜한 배낭에서 작은 책자를 꺼냈다. 《피튜니아 통신 제18호》라는 기묘한 제목에다 B5 크기의 단색 인쇄 책자다. 그는 책자를 펼쳐 보여주면서 말했다.

"이거예요. 나라의 R대학 신문부가 1970년대에 발행한 미니코미죠. 편집자 명단에 세오 교이치의 이름이 있어요. 인터넷에서 경력을 확인해봤는데, 동명이인은 아닌 것 같아요."

뒤쪽의 편집자 명단에 분명히 '세오 교이치(4회)'라고 쓰여 있었다.

"그런데요……." 그는 책자를 파닥파닥 넘기며 말을 이었다. "이걸 보세요, '겨된장의 냄새'. 할머니의 지혜 보따리라고 할까요? 할아버지와 할머니에게 매스컴에서 다루지 않는 자세한 이야기, 무서운 이야기를 듣는 기획인데요, 꽤 재미있어요. 요전에 17호에서는……."

"이번 호는 뭐라고 쓰여 있죠?"

노골적으로 이야기를 가로막아도 기분 나빠하지 않고, 오히려 함박웃음을 지었다.

"여기에 K시 출신의 할머니 이야기가 실려 있어요. 더구나 계속 요괴 이야기를 하고 있고요. 뭐랄까, 요즘으로 말하면 호러를 좋아하는 귀여운 소녀 같은……."

"그래서 내용은?"

그는 의미심장하게 웃으면서 대답했다.

"보기왕이 나와요."

전문서적이나 고문서가 아니라 학생이 만든 미니코미의 한쪽 구석에 보기왕이라는 말이 실려 있고, 그것을 희귀본 마니아가 발견한 것이다. 도저히 믿을 수 없었다. 나도 모르게 심장이 쿵쾅거렸다.

캔 커피를 한 모금 마시고 심호흡을 했다. 책상 위에 있는 가방에 손을 집어넣어 담배를 꺼냈다. 그때 담배와 함께 가방 내용물이 우르르 쏟아졌다. 디지털카메라와 지갑, 명함지갑, 영수증을 보관하는 투명한 주머니. 그리고 가라쿠사에게 받은 방제 부적.

"어럽쇼?"

이와다가 고개를 갸웃거리며, 얼굴에 웃음을 매달고 물건이 흩어진 테이블 위를 쳐다보았다.

"왜 그래요?"

"와아! 마도부를 가지고 계시다니, 선생님은 아직도 열정이 넘치시네요!"

"마도부?"

"이거 말이에요, 이거."

이와다가 방제 부적을 집어 들더니, 혼자 감탄하기 시작했다.

"당연히 알면서 갖고 계시는 거잖아요? 역시 노자키 선생님이라니까."

"아니, 모릅니다. 미안하지만 이게 뭔지 말해주겠어요?"

내가 솔직하게 말하자 그는 실망하기는커녕 더욱 감탄했다.

"정말 겸손하시군요. 역시 진지한 작가는 그런……."

"마도부가 뭐죠?"

그는 금이 간 스마트폰을 들더니 재빨리 터치패널에 입력하기 시작했다.

"이것 보세요……."


마도부(魔導符)


"……한마디로 말하면 나쁜 걸 불러들이는 도구예요."

"……뭐라고?"

나는 액정 화면에 나타난 글자를 들여다보았다.

그는 방제 부적을 들고 설명하기 시작했다.

"민간신앙이라고 할까요? 에도시대 때부터 간사이 지방에 보급된 것 같아요. 효험이 있는 부적을 살짝 변형한 거죠. 그러면 영험이 반대로 나온대요. 한마디로 말하면 그거예요. 저주요, 저주."

말문이 막혔다. 그는 내가 경직된 것을 눈치채지 못했는지 신나게 지식을 늘어놓았다.

"하지만 폐불훼석(메이지유신 때 불교 사원과 승려들이 받는 특권을 무너뜨리기 위해 사원과 불경, 불상 등을 훼손한 사건 – 옮긴이)의 소용돌이 속에서 그런 신앙도 모두 없어졌다고, 학문적으로는 그렇게 돼 있어요. 뭐 개인적으론 지금도 하는 사람이 얼마든지 있을 수 있겠죠."

바싹 마른 입 안을 커피로 적시고, 손으로 방제 부적을 가리켰다.

"이건…… 원래 형태가 아니라 변형된 거란 말이죠?"

이와다가 즉시 대답했다.

"네. 이걸 뭐라고 하는지 모르겠지만 어쨌든 한가운데에 있는 종이가 오리지널은 빨간색이거든요. 이건 검은색이잖아요? 가장 많았던 변형은……." 그는 방제 부적의 끝을 손으로 만지면서 덧붙였다. "이 가장자리를 먹물로 새까맣게 칠하는 거예요."

나는 가라쿠사가 준 검불을 떠올렸다. 끝부분은 분명히 먹물로 까맣게 칠해져 있었다.

그는 여전히 느긋한 말투로 물었다.

"그런데 선생님, 잘 모르시면서 왜 이런 걸 가지고 있어요?"

"아는 사람이 줬어요……."

가까스로 그렇게 대답하자 그는 "으아아아!"라고 과장스럽게 놀라면서 큰 소리로 말했다.

"말도 안 돼! 그 사람이 선생님을 저주하는 거 아닌가요?"

그 말이 맞다. 논리적으로 생각하면 그렇게 된다.

다시 말해…….

그 검불은 보기왕이 올 수 있도록 이끌고 있다. 즉, 검불을 준 사람은 다하라 집 안을 저주하고 있는 것이다.

"잠깐만요. 그 지인이 마도부인 줄 모를 가능성도 있지 않나요? 아무리 그래도…….''

이와다는 눈을 감은 채 팔짱을 끼고 고민하기 시작했다.

나는 재빨리 일어서서 식당을 뛰쳐나왔다. 마지막에 들은 이와다의 의문은 순간적으로 머릿속에서 지웠다. 마도부를 모를 리 없다.

그 녀석은…… 가라쿠사 다이고는 민속학자니까.


# 6


민속학 연구실의 문을 난폭하게 열고, 가라쿠사 이외에 아무도 없는 실내를 성큼성큼 걸어갔다. 가라쿠사는 맨 안쪽 창가의 넓은 자리에 앉아 있었다. 기말고사 채점은 이미 끝난 모양이다.

"조금 전에…… 마도부에 대해 알았어."

자연히 반말이 튀어나왔다. 그는 고개를 들었지만 표정 하나 바뀌지 않고 "그래?"라고만 대답했다.

나는 옆의 책장에 꽂힌 책의 등표지를 손등으로 힘껏 내리쳤다. 쾅 하는 소리와 함께 그의 표정이 일변했다.

"난폭한 짓은……."

그가 벌떡 일어서서 항의하려고 했지만 재빨리 그의 말을 가로막았다.

"다하라 집안을 저주하고 있었지?"

그리고 한 걸음 다가가서 그를 정면에서 똑바로 쳐다보았다. 키는 나와 비슷하다. 그는 입가에 작은 미소를 만들었다.

"저주했다고? 가나 씨가 그렇게 말하던가? 그렇지 않으면 내가 '저주했다'곤 할 수 없지. 상대가 '저주를 받았다'고 인식해야만 비로소 '저주'……."

"이 빌어먹을 인간, 닥쳐!"

오랜만에 간사이 사투리로 말했지만 너무도 자연스럽게 거친 목소리가 튀어나왔다.

그는 눈에 띄게 기가 죽었다.

"……가나 씨에게 마음이 있는 게 아니었나?"

이번에는 일부러 표준어로 물었다.

그는 내게서 시선을 피하고 몸을 옆으로 돌렸다.

"나한테 마음이 쏠리면 즉시 그만둘 생각이었어."

"나이를 먹을 만큼 먹고 무슨 짓이야?"

나도 모르게 입에서 웃음이 새어나왔다. 조소. 어이가 없어서 나오는 비웃음. 그는 다시 나를 보더니 눈에 핏발을 세우며 비웃음으로 대꾸했다.

"그래도 다하라보다는 나아."

무슨 뜻이지? 내가 의아하게 여긴다는 걸 알아차렸는지, 그는 곧바로 설명했다.

"올해 초에 오랜만에 녀석을 만났지. 신주쿠의 술집에서 만나 한잔했어. 만나기 전까지는 순수하게 녀석과의 재회를 기뻐할 생각이었지. 옛 친구를 만나 지난날을 추억하면서 말이야. 그런데…… 만난 지 얼마 되지도 않아서 지긋지긋해졌어. 입만 열면 아이 얘기만 하더군. 아이, 아이, 아이, 아이! 그것 말고는……." 생기 없는 거무칙칙한 얼굴에 일그러진 미소를 지으며 토해내듯 덧붙였다. "……자주 가는 유흥업소와 직장에서 따먹은 여자 이야기뿐이더라고."

"남자가 술집에서 하는 얘기는 다 그렇잖아? 아이가 있는 샐러리맨이라면 특히 그렇지."

나는 일반론을 말했다. 그거야말로 술집에서 술안주로 하는 한심한 이야기와 별 차이가 없지 않은가? 그의 원망 섞인 불평에 제대로 대응할 생각은 없었다.

하지만 그는 코끝으로 비웃었다.

"나도 그렇게 생각했어. ……훨씬 이전부터 그렇게 생각하며 살아왔지. 대학도 별로 다르지 않으니까. 명망 있는 교수들의 술안주도 아이나 여자 얘기뿐이야. 몇 시간이나 며칠이나 몇 년이나 그런 이야길 들어왔어." 그가 다시 의자에 앉아서 물었다. "그런 건 내가 알 바 아니라고 생각하지 않나? 응? 노자키?"

대답하지 않았다. 그러자 더는 기다릴 수 없는지, 그는 메마른 입술을 혀로 적시더니 갑자기 다정한 미소를 지었다.

"처음에 취재하러 나를 찾아왔던 너에게도 나와 똑같은 냄새가 났거든."

"똑같은 냄새?"

"그래. 가정을 만들고 아이를 키우고 남은 시간은 도박이나 여자 놀이에 바치거나…… 그런 것보다 더 소중한 것이나 우선하는 게 있고, 더구나 그것에 모든 열정을 쏟고 모든 인생을 바치는 인간의 냄새 말이야. 나는 민속학, 자네는 오컬트. 안 그래?"

"그건……."

그는 재빨리 내 말을 가로막았다.

"너도 남의 아이가 어느 학교에 다니든 알 바 아니지? 남이야 컴퓨터로 몰래 무엇을 보든 상관없지? 그런 것보다 알고 싶은 것, 조사하고 싶은 게 있잖아?"

그의 눈이 번들거리기 시작했다. 자신의 말에 점점 더 흥분하는 것 같았다.

"여직원이 자기에게 마음이 있으니까 적당히 꼬드기면 얼마든지 할 수 있다든지, 불륜 상대인 여대생이 너무 집착이 심해서 헤어지고 싶은데 결국 그날도 했다든지, 그런 이야기를 듣고 정신이 이상해질 것 같은 적이 없었나? 괜히 시간을 빼앗겼다고 생각한 적이 없었나? 눈앞에서 남자는 이래야 한다는 듯이 술주정하는 천박한 놈들을 목 졸라 죽이고 싶었던 적이 없었나? 정말 지긋지긋해! 예전 친구마저 그런 천박한 놈이 되었다니! 나도 아이 하나, 여자 하나쯤은 저주할 권리가 있잖아!"

그는 마침내 주위가 떠나가라 고함을 질렀다. 책상에 침이 튀었다. 주먹을 내리친 답안지가 허공에서 춤을 추었다. 단정했던 머리칼은 흐트러지고, 이목구비가 뚜렷하고 잘생긴 얼굴은 추악하게 일그러졌다.

고함이 복도에 울려 퍼지든, 그 소리를 듣고 누가 연구실로 달려오든 상관없는 것 같았다. 애초에 그럴 가능성을 생각하지 않는 듯했다.

나는 말없이 그를 쳐다보았다. 흐트러진 호흡이 가라앉으며 진정하기 시작한 것을 보고 말했다.

"그러면 당신이 좋아하는 이야기를 해드리죠, 가라쿠사 교수님."

그는 대답하지 않고 의자에 깊숙이 몸을 묻으며 나를 올려다보았다.

"도모카즈키라는 요괴가 있어요. 보기왕과 똑같이 미에 현에 전해지고 있습니다."

그가 가라앉은 목소리로 대답했다.

"그래, 시마 해변의 이야기죠. 해녀들이 두려워했던 요괴예요. 아까 말했던 도만세만은 도모카즈키를 물리치기 위한 거고."

"도모카즈키는 일반적으로 해녀의 모습, 즉 목격자와 똑같은 모습을 하고 있다고 전해지죠."

"그런데?"

그가 의아한 표정을 지었다. 이야기의 방향이 짐작도 되지 않는 것이리라.

"3류 오컬트 작가답게 단도직입적으로 말하면……." 나는 자조적인 미소를 지으며 덧붙였다. "그건 도플갱어 아닐까요? 자신과 똑같이 생긴 존재를 보면 며칠 후에 죽어버린다는, 전 세계 동서고금에 전해지는 현상 말이죠."

"그걸 전공하는 교수도 있지. 그래서 그게 어쨌다는 거야?"

그는 진절머리가 난다는 얼굴로 물었다. 나는 그의 뒤쪽에 있는 창밖을 바라보면서 단숨에 말했다.

"도모카즈키는 해녀를 바다 깊은 곳으로 끌고 들어가서 죽인다고 하지. 그래서 도모카즈키를 목격한 해녀는 그 이후 바닷속으로 잠수할 수 없게 돼. 즉, 은퇴하는 거지. 뭐 자신의 목숨이 걸린 일이니까 당연하겠지. 그런데 재미있는 건 목격한 해녀만이 아니라 목격담을 들은 해녀들도 한동안 일을 안 한다고 하더군. 그렇게까지 두려워하는 건 보통 일이 아니야."

그는 대꾸하지 않았다. 나는 그의 눈을 똑바로 쳐다보았다.

"선생, 사람들은 왜 도모카즈키를 그렇게까지 두려워할까?"

"그야 뭐, 바다 자체가 무서우니까. 도모카즈키가 나오든 안 나오든 계속 물속에 있으면 죽게 되거든."

그는 한숨을 섞어서 말했다.

진지하게 고민하고 대답할 마음은 없어 보이지만, 그러면서도 엉터리 대답은 하지 않는다. 일정한 진실을 근거로 대답하는 걸 보면, 어떤 상황이라도 일에 관해서는 진지한 것이리라. 그 자세는 훌륭하다.

"그렇군. 선생의 해석에 따르면 도모카즈키는 바다에 대한 공포라는 건가?"

"지금 순간적으로 떠오른 생각이야. 증언이 있다고 해도 학술적 가치는 없지."

"내 생각은 달라."

그렇게 말한 뒤 두 손으로 그의 책상을 짚고 내려다보았다. 그리고 나의 반응을 살피는 그를 뚫어지게 쳐다보며 말했다.

"인간은 옛날부터 생각했지. 자신과 똑같이 생긴 건 무섭다고. 봐서는 안 된다, 보면 죽는다는 전설이 있을 정도로. 왜일까? 이제야 그 이유를 알겠어. 적어도 알 것 같은 생각이 드는군." 잠시 숨을 돌리고 나서 말을 이었다. "자신의 추악함과 교활함, 나약함, 어리석음을 자기 눈으로 보는 건 견디기 힘들 만큼 괴롭기 때문이지. 선생을 보면 지긋지긋할 만큼 그런 사실을 알 수 있어. 덕분에 지금 내 기분은 최악이야."

얼빠진 표정을 짓는 그를 향해 "그동안 여러모로 고마웠습니다"라고 말의 내용과 달리 건방지게 말하고 나서 연구실을 뒤로했다. 계단을 내려가면서 스마트폰을 꺼내 마코토에게 연락하려고 했다. 검불은 전혀 효험이 없다고. 오히려 괴물을 불러들이는 효과가 있는 이상, 지금 당장 결계를 치라고 해야 한다. 치사가 공격을 받을 수도 있는 만큼 최대한 서둘러야 한다. 가라쿠사와 오래 이야기한 것을 뼈저리게 후회했다.

이와다에게서 메일이 와 있었다. 제목은 '피튜니아 통신 스캔'이었다. 대강 훑어볼 생각으로 첨부 파일을 열었다. 갈색으로 변한 종이에 활자가 빼곡히 늘어서 있었다.

노파 사진. 소제목, 본문.

내용을 대강 훑어보고, 지금 치사에게 무슨 일이 일어나고 있는지 알아차렸다. 그 안에서 노파는 이렇게 말하고 있었다.

……보기왕이라는 요괴에 대해선 부모님이나 친척한테서 들었다오. 평소에는 산에 사는데, 가끔 내려와서 사람을 납치해 산으로 데려간다고. 그래서 밤에 잠을 안 자면 "보기왕이 온다", "보기왕이 산으로 데려갈 거야"라고 겁을 주곤 했지. 또한 보기왕은 부모나 형제 목소리를 흉내내서 아이를 산으로 유인한다는 이야기도 들은 적이 있다오. "혼자 있을 때 멀리서 엄마 목소리가 들려도 그쪽으로 가면 안 돼, 몸이 말을 안 듣고 멋대로 산으로 가려고 해

도 어떻게든 이를 악물고 버텨야 돼, 그건 보기왕의 짓이
니까"라고 말이오. 똑같은 요괴 이야기라도 말하는 사람
에 따라서 미묘하게 달라. 우부메라는 요괴만 해도 크게
두 가지로 나뉘는데, 울음소리가 기묘하다는 이야기와 아
이를 안게 만드는 여자 이야기로 말이야. 어릴 때부터 이
상하게도 그런 이야기에 끌려서……

"스피커폰으로 했어."
스마트폰 너머에서 마코토가 말했다.
코를 훌쩍이는 소리가 희미하게 난 것이 마음에 걸렸지만 황
급히 고개를 흔들면서 소리쳤다.
"마코토, 지금 당장 그곳에 결계를 쳐!"


# 7


베리시마 가미이구사 302호의 현관문 손잡이를 비틀자 아무
런 저항 없이 문이 열렸다.
마코토는 크게 다쳤다고 한다. 가나와 치사를 감싸고 베란다
에서 혼자 보기왕을 상대하다가……
복도를 지나 거실로 들어선 순간, 숨을 집어삼켰다. 유리창은

깨진 데다가 온통 피투성이였다. 비명이 나오려는 것을 가까스로 참고, 유리 조각을 피해 밖을 내다보았다.

베란다 바닥과 찌부러진 철책, 구부러진 빨래 건조대와 옷걸이까지 눈에 띄는 곳은 모두 새빨갛게 물들어 있었다.

마코토는 보이지 않았다. 숨을 만한 곳도 없었다.

베란다 한쪽 구석에 끈목이 떨어져 있었다. 바로 옆 바닥에는 검붉은 손자국이 끈적하게 남아 있었다. 자그마한 손바닥.

눈앞의 광경과 머릿속에 펼쳐지는 최악의 상황에 등줄기가 차가워졌다. 속이 울렁거려 고개를 숙이자 피 묻은 유리 조각이 눈에 들어왔다. 유리 조각은 실내에도 흩어져 있었다.

주변을 둘러보았다. 패닉 상태에 빠져서 처음에는 몰랐는데, 방문은 떨어지고 식탁은 부엌 입구까지 밀려 있었다. 벽도 여기저기가 움푹 들어가고 벽지는 벗겨졌다.

집 안에까지 들어왔단 말인가? 그렇다면…….

방으로 들어갔다. 평소처럼 깨끗하게 정리되어 있었다. '싸운 흔적'도 없고 마코토도 없다.

불단에는 검불, 아니 가라쿠사의 마도부가 놓여 있었다. 그것을 잡고 한순간 망설이다가 두 동강 내서 집어던졌다.

방에서 나왔다. 테이블을 밀어젖히고 부엌으로 들어갔다. 여기에도 없다.

"마코토!" 생각을 하기 전에 소리가 먼저 튀어나왔다. "어디 있어!"

부엌에서 뛰쳐나가자 복도 바닥에 점점이 이어져 있는 핏자국이 눈에 들어왔다. 핏자국은 지그재그로 나아가더니 도중에 구부러지며 세면장으로 이어졌다.

세면장은 처참하게 망가져 있었다. 세탁기는 쓰러지고 선반은 휘어졌다. 하얀 세면대는 금이 가고, 거울은 벽에서 뜯겨져 화장대와 함께 욕실 문 앞에 쓰러져 있었다. 거울이 나의 얼빠진 얼굴을 비추었다.

그때 눈이 핑크색을 포착했다. 마코토의 머리칼이다. 새빨간 손이 거울과 화장대 밑에 깔려 있었다.

세탁기를 넘어가 화장대를 들어 올리자 온몸이 피로 물든 마코토가 축 늘어져 있었다.

"마코토, 정신 차려!"

그녀를 껴안자 두 손에 뜨뜻미지근한 감촉이 전해졌다. 피투성이가 된 얼굴은 새하얬으나 숨은 쉬고 있었다. 눈은 반쯤 떴지만 의식이 없는 것 같았다. 몸을 흔들어도 이름을 불러도 대답은 없었다.

간신히 스마트폰을 꺼내 119를 누르려고 하자, 피로 인해 터치패널이 손가락을 인식하지 못했다.

침착해라.

거칠어지는 숨을 가라앉히며 천천히 패널을 문질렀다.

마코토는 뺨과 팔, 어깨를 다쳤다. 온통 피투성이라서 잘 모르겠지만 군데군데 파이거나 활처럼 둥글게 난 상처는 이빨 자국임이 틀림없다. 특히 오른쪽 어깨에 깊이 파인 상처는 번들번들 빛났다. 아직 피가 멈추지 않은 것이다.

주소를 말하고 전화를 끊은 뒤 그녀를 껴안고 거실로 돌아와 소파에 눕혔다. 다시 세면장으로 돌아가 수건을 가져와 상처에 대주었다. 하얀 수건이 금세 빨갛게 물들었다. 손에 힘을 주자 그녀의 입에서 신음이 새어나왔다.

나는 그녀에게 계속 말을 걸었다. 그녀의 크고 검은 눈동자가 잠시 허공을 보고 나서 서서히 초점을 맺었다.

"……치, 치사는……."

"가나 씨와 교토로 가고 있어. 아직은 무사해."

"그래……."

고통 속에서도 안도의 표정을 짓더니 그녀는 깊게 숨을 내쉬었다.

"그것은…… 어떻게 됐어?"

만일을 위해 물었다. 지금 여기에 있는 것 같지는 않지만 어쩌면 내가 알아차리지 못한 것뿐일지도 모르겠다.

그녀는 얼굴을 찡그렸다.

"거, 거울……."

무슨 말이지? 무슨 뜻인지 이해할 수 없어서 뭐라고 대꾸해야 좋을지 몰랐다.

"거울이 왜?"

그렇게 물어보자 그녀는 괴로운 듯 숨을 헐떡였다.

"끈, 끈이 하나밖에 없어서 잘 안 됐어…… 하지만……."

"하지만?"

"거울을, 싫어할 것 같아서…… 그래서, 세면장으로……."

어렴풋이나마 상황이 이해되었다. 세면장의 거울이 절체절명의 상황에서 그녀를 지켜준 모양이다. 그녀가 두려워하고 그녀의 언니가 너무나 강하다고 말한 보기왕도 고전적 부적인 거울을 싫어하는 것이다.

그렇게 생각한 순간, 다시 가냘픈 목소리가 들렸다. 얼굴을 가까이 대자 목소리가 끊어질 듯 이어졌다.

"……구 ……구해주러, 온 거야……?"

그녀의 뺨을 만지자 몹시 차가웠다. 나는 침착해야 한다고 스스로에게 말했다.

"그래, 살 수 있어. 정신을 잃으면 안 돼!"

"……크으."

그녀의 입에서 기묘한 소리가 흘러나왔다. 피로 뒤범벅이 된 얼굴에 연약한 미소가 떠올랐다.

방금 그것은 웃음소리였던가?

그녀가 커다란 눈으로 나를 보았다.

"……역시, 멋있어. 노자키는……."

그 말을 짜내자마자 심하게 기침을 하고, 시선은 다시 흐릿해졌다.

잠들게 해서는 안 된다. 그러면 다시는 눈을 뜨지 못할 수도 있다.

나는 그녀의 뺨을 찰싹찰싹 몇 번이나 때렸다. 그러자 그녀가 나를 노려보고 화난 듯이 말했다.

"그만해……."

"자지 마. 잠들면 죽는다고!"

사이렌 소리가 가까이 다가오고 구급대원이 초인종을 누를 때까지, 계속 그녀에게 말을 걸었다.


# 8


요괴에게 물렸다고 말할 수 없어서, 의사에게 사정을 설명하기는 쉽지 않았다.

그래도 오사카 세쓰코 때보다는 나았다. 팔이 잘린 경위, 그날 그 시간에 그 찻집에 있었던 이유. 그녀는 자신의 활동을 가족에게도 비밀로 했기에 경찰이나 유족에게 설명하기는 더 힘들었다. 모든 것을 솔직하게 말한다고 해도 이성을 잃고 흐트러지는 남편과 울며 소리치는 아이들이 받아들이리라곤 여겨지지 않았다. 아무것도 모른다고 주장하며 그녀의 가족을 힐끔쳐다보면서 도망치듯 병원을 빠져나왔다.

마코토의 상처는 깊고 출혈도 심했지만 다행히 생명에 지장

은 없었다. 얼굴과 몸에 새하얀 붕대를 감고 잠든 그녀를 보며
안도의 한숨을 내쉬었다.

그런데…….

처음에는 어렴풋이나마 의식이 있었는데, 병실로 옮긴 후에
도 계속 눈을 뜨지 않았다. 의식불명이나 혼수상태와는 다르다
고 담당 의사는 말했다. 호흡은 약간 흐트러지고 열도 있지만
의식을 잃은 원인도, 눈을 뜨지 않는 원인도 알 수 없다고 했다.

"세균 때문인 줄 알았는데, 검사했더니 그것도 아닌 것 같습
니다. 광견병이 아닌 것만은 확실하지만……."

백발의 의사는 난감한 얼굴로 말했다.

"그래요?"

"그리고 배의 수술 자국 말인데요, 예전에 무슨……?"

"암이었다고 합니다. 5년쯤 전에 자궁을 적출했다고 하더군
요." 나는 사무적으로 대답했다.

"그렇군요." 의사는 이해한 얼굴로 고개를 끄덕이다가 다시
물었다. "그리고…… 무엇인가에 물린 듯한 상처는 어떻게 해
서 생겼는지 아십니까?"

"아니요."

의사는 그런 대답으로도 넘어갔지만 경찰은 그렇게 되지 않
았다. 형사가 나를 만나러 온 것은 마코토가 입원한 지 일주일
후였다.

"이 여성분을 아시죠?"

저녁 무렵, 병원 근처 커피숍이었다.

후쿠오카 현경 소속의 무라키라고 하는, 체구가 작고 피부가 까무잡잡한 중년 형사는 그렇게 말하면서 사진을 한 장 내밀었다.

잠옷 같은 옷차림의 여성, 다하라 가나였다.

곧바로 알아보지 못한 것은 사진 속의 그녀가 생기를 잃어버린 채, 마치 망령이나 좀비처럼 공허한 표정을 짓고 있었기 때문이었다.

"지난주에 하카타 역에 정차한 열차의 화장실에서 발견됐죠. 다친 곳은 없었지만 정상적인 정신 상태가 아니었습니다. 한마디로 말해……."

무라키는 머리 옆에서 검지를 빙글빙글 돌렸다. 고전적인 동작이다. 무슨 뜻인지는 금방 알았지만 실제로 본 것은 처음이었다.

"설마……."

"사실입니다. 지금은 전문 병원에서 치료를 받고 있습니다." 형사는 한숨 돌리고 나서 덧붙였다. "의료보험증을 통해 신원을 알고, 관계자를 거쳐서 겨우 여기에 도착했습니다. 최근에 친하게 지내셨다고 하더군요, 노자키 씨."

형사가 날카롭게 노려보았다. 내 반응을 조금이라도 놓치지 않으려고 하는 듯했다.

간단하게 그렇다고 대답한 뒤에 즉시 되물었다.

"따님은……?"

"행방불명입니다."

형사도 즉시 대답했다. 원숭이 같은 이마의 주름이 더욱 깊어졌다. 형사는 가슴주머니에 넣은 사진을, 옷 위에서 손으로 가리켰다.

"가나 씨에게 이야기를 들었는데 무슨 말인지 전혀 이해가 되지 않더군요. 열차에 같이 탄 건 틀림없는 것 같습니다. 자리에 아이의 윗옷이 놓여 있었으니까요. 그렇다면 열차에서 떨어졌을까요? 하지만 그런 흔적은 없었습니다. 깨진 창문이나 문도 없었고, 운전 중에는 비상용 도어코크를 열지 못하게 되어 있으니까요."

나는 대답하지 않았다. 치사가 없어진 이유는 쉽게 추측할 수 있었다. 보기왕이 '산으로 끌고 간' 것이다.

납치되었는지 살해되었는지, 아니면 납치된 끝에 살해되었는지는 모르겠지만, 그것이 가나와 치사를 습격했다고 생각하는 게 가장 자연스러웠다.

형사가 어색하게 웃으며 말했다.

"노자키 씨. 이 가나 씨라는 분, 얼마 전에 남편이 세상을 떠났다고 하더군요."

"네에."

"당신이 최초의 발견자였죠?"

"그렇습니다."

형사는 잠시 생각에 잠긴 다음에 예리하게 물었다.

"솔직하게 묻겠습니다. 가나 씨 가족과 어떤 관계인가요?"

나는 보기왕에 관한 것만 빼고 사실대로 말했다.

공통으로 아는 지인을 통해 남편인 다하라 히데키를 알게 되었고, 마코토와 같이 그의 가족과 교류하게 되었다. 친구라곤 할 수 없지만 친하게 지내서, 남편이 사망한 후에도 관계가 끊어지지 않았다. 가나와 치사하고는 나보다 마코토가 더 친하게 지냈다.

형사는 도중에 몇 번 질문을 했지만 극단적인 억측은 하지 않는 것 같았다.

형사와 헤어져서 병원으로 돌아왔다. 마코토는 새하얀 침대에서 잠들어 있었다. 이불이 위아래로 작게 움직였다. 얼굴은 창백하지만 표정은 편안해 보였다.

치사가 없어졌다. 가나는 정신이 이상해져서 정신병원에 있다고 한다.

이 사실을 알면 마코토는 커다란 충격을 받으리라. 부상을 입은 몸으로 가나를 만나러 가고 치사를 찾으러 다닐지도 모르겠다.

그녀가 눈을 뜨지 않는 건 걱정이었고 빨리 회복되기를 바라는 마음은 거짓이 아니지만, 이때만큼은 그녀가 잠들어서 다행이라고 생각했다.

# 9

마코토가 입원한 지 보름이 지났다. 나는 일을 하면서 틈만 있으면 그녀의 병원을 찾았다.

그녀는 눈을 뜨지 않았다. 의사 말로는 원인을 알 수 없다고 했다. 출혈은 멎었지만 회복이 더디고, 특히 어깨의 상처가 곪기 시작했다. 커다란 병실에 고름 냄새가 떠다니게 되었다.

병실의 공기는 무겁게 가라앉고, 다른 환자들도 꺼림칙해하는 게 눈에 보였다. 그들의 마음은 이해할 수 있었다. 병원에서 그녀를 보는 것만으로 나도 체력을 빼앗기는 것 같았으니까.

그래도 시간이 허락하는 한 마코토 곁에 있기로 했다. 병실 복도 쪽에 있는 그녀의 침대 옆에 앉아서 가만히 지켜보기도 하고, 노트북을 가져가서 글을 쓰기도 했다. 출판계의 불황으로 일이 줄어든 것은 커다란 고민거리였지만, 그 덕분에 시간이 남는 것이 지금은 고마웠다.

반듯이 누운 그녀의 얼굴을 보고 있자 머리에는 불안이 소용돌이치고 얼굴에는 온갖 상념이 깃들었다.

치사는 어디로 갔을까?

만약 이대로 마코토가 영영 눈을 뜨지 않는다면 어떻게 해야 하나?

그런 경우에 가장 합리적인 대책은 무엇인가?

치사를 찾는 일인가?

보기왕을 찾아내는 일인가?

보기왕을 어떻게 찾아내지?

잘 모르겠다.

그렇다면 잊으면 되는가?

어차피 남의 일이라고 하면서 내 일상으로 돌아가면 되는가?

그렇다. 그것밖에 없다.

내 마음은 어느새 다시 증오로 가득 찼다. 가라쿠사와 똑같은 추악한 증오로.

마코토가 이렇게 된 것은 남의 아이에게 신경을 썼기 때문이다. 아이를 가진 부모들의 문제에 관여했기 때문이다. 자기 자식조차 지키지 못한 사람들 일에 더는 관여할 필요 없다. 남의 아이가 어디로 가고 어떻게 되든 나와 무슨 상관인가?

이제 끝이다. 이 사건은 여기서 끝을 내자. 나도, 마코토도, 아무 일도 없었던 것처럼 다시 일상으로 돌아가자.

그때 마코토의 입에서 가냘픈 목소리가 흘러나왔다.

"치······사······."

창백한 얼굴이 일그러지다가 다시 원래대로 돌아오더니 새근새근 잠자는 소리가 들렸다.

다시 갈등이 시작되었다.

마코토는 꿈속에서조차 치사를 생각하고 있다. 치사를 걱정하고 있다. 눈을 뜨면 상처가 낫지 않아도 치사를 구하려고 할 것이다. 그런 그녀가 내 말을 들을까?

애초에 나는 그녀에게 치사를 잊어버려라, 다시 일상으로 돌아가라고 설득할 수 있을까. 내 일이라면 아무리 귀찮은 작업이나 조사나 인간관계의 알력에도 견딜 수 있는데, 그녀 앞에서는 머리와 마음이 복잡하게 뒤얽혀서 내 뜻대로 되지 않았다.

무라키는 몇 번이나 찾아와서 꼬치꼬치 캐물었다. 장소는 항상 병원 근처의 커피숍이었다. 이야기는 다하라 히데키의 죽음에 이르고, 그 흐름으로 오사카 세쓰코에게도 이어졌다.

"그분은 당신 업계에서는 유명한 분인가요?"

"네, 가명으로 활동해서 가족에게도 알리지 않은 것 같더군요."

"오호! 그런데 우연치고는 참 이상하네요." 그는 하얀 치아를 보이며 이죽거렸다. "누군가가 죽거나 행방불명이 되었을 때, 당신은 반드시 다른 누군가를 병원으로 데려갔습니다. 가나 씨의 남편이 죽었을 때는 세쓰코 씨, 가나 씨와 치사에게 문제가 있었을 때는 마코토 씨."

나는 대답하지 않았다.

난 요괴로부터 다하라 씨 가족을 지키려고 했습니다, 세쓰코 씨나 마코토는 요괴의 공격을 받았고요, 다하라 씨 가족은 요괴의 공격을 받은 겁니다, 이렇게 말할 수도 있었지만 '요괴'에 대해 어떻게 설명해야 할지 난감했다.

무라키는 나의 난감한 표정을 재빨리 간파한 듯했다.

"아이는 발견했나요?"

그는 고개를 흔들었다.

"열차에 탄 것까지는 확인했습니다. 그런데 그다음부터 종적이 묘연합니다."

나는 최악의 결과를 예상했다.

커피를 한 모금 마시고 나서 무라키가 말했다.

"마코토 씨한테서 이야기를 듣고 싶은데요."

"지금은 좀…… 아직 의식이 회복되지 않았습니다."

"내 눈으로 확인하게 해주지 않겠습니까?"

말의 이면에 나에 대한 불신감을 넌지시 내비치더니 그는 입꼬리를 올리며 웃었다.

할 수 없이 그를 데리고 병실로 돌아왔다. 그는 병실로 들어오자마자 코를 움찔거리며 불쾌한 표정을 지었다. 그리고 잠든 마코토를 뚫어지게 쳐다보더니 땅이 꺼져라 한숨을 토해냈다.

"이것도 우연인가요?"

"무슨 뜻이죠?"

내가 되묻자 그는 나를 똑바로 쳐다보았다.

"당신 주변 사람들이 잇따라 죽거나 다치거나 머리가 이상해지는 것 말입니다."

물론 우연은 아니다. 하지만…….

무라키는 천천히 한 걸음 다가오더니, 나를 날카롭게 노려보면서 단도직입적으로 물었다.

"당신은 뭔가 아시죠? 이제 말씀해주시면 좋겠는데요."

"하지만……."

"여기서 말할 수 없다면 경찰서로 가셔야 할지도 모릅니다."

그는 노골적으로 협박했다. 이제 나에 대한 의혹을 숨기지도 않았다.

병실 안의 시선이 일제히 내게 쏠렸다. 환자들과 병문안을 온 사람들의 호기심 섞인 눈길…… 평소 같으면 신경도 쓰지 않는다. 남의 눈을 신경 쓰는 사람을 오히려 경멸하는 쪽이었다.

하지만 이때는 주변의 냉소적인 시선이 견디기 힘들었다.

마코토가 부상을 입은 채 잠에서 깨어나지 않는 것. 다하라는 죽고 가나는 정신이 이상해졌으며 치사는 없어진 것. 가라쿠사가 보여준 추악한 모습. 그의 마음속에 있는, 나와 똑같은 형태의 증오. 또다시 증오를 품기 시작한 나 자신.

최근 몇 달 사이에 일어난 사건에 대해 후회와 죄책감과 자기 혐오감이 솟구치며 다리에 힘이 빠진 순간.

"실례하겠습니다."

돌연 여자 목소리가 들려서 정신을 차렸다.

목소리가 난 쪽을 쳐다보자 마코토보다 체구가 작은 여자가 조용히 병실로 들어왔다. 뒤로 묶은 검은 머리에 검은 눈썹, 검은 눈. 나이는 서른 살쯤 됐을까.

감색 스웨터에 면바지 차림. 아디다스 스니커즈. 검은 가죽 장갑을 끼고 갈색 다운코트를 들고 있다.

여자가 천천히 다가오더니 "실례합니다"라고 말하며 나와 무라키 옆을 지나쳤다. 그리고 잠든 마코토 옆에서 걸음을 멈추더니, 그녀를 물끄러미 바라보았다. 표정에는 아무런 변화가 없었다.

나와 무라키는 아무 말도 하지 않고 여자의 행동을 지켜보았다. 이윽고 여자가 얼굴을 들어 나를 보았다.

"그쪽이 노자키 씨인가요?"

"네, 실례지만……."

그녀는 고개를 숙이고 나서 조용하게, 그러면서도 확실하게 대답했다.

"인사가 늦어서 죄송합니다. 히가 마코토의 언니입니다."

마코토가 말한 '언니'였다. 그러고 보니 전화기 너머로 들었던 목소리와 똑같았다. 하지만 얼굴은 마코토와 전혀 닮지 않았다. 눈썹이 짙은 점은 비슷했지만 일본의 전통적인 미인처럼 생겼다고 할까? 가냘픈 마코토와 달리 몸에는 적당히 볼륨이 있었다. 그리고 마코토에게는 찾아볼 수 없는 침착한 위엄 같은 것이 온몸에 떠다녔다.

"마코토 상태가 좋지 않다는 걸 알고 왔습니다. 생각보다 훨씬 심각한 사태에 당황스러워서 인사를 제대로 못 했네요. 정말 죄송합니다."

말은 그렇게 했지만 말투도 태도도 당황한 것처럼 보이지 않았고 오히려 매우 침착했다. 감정을 드러내지 않는 모습은 마코토와 완전히 달랐다.

"거듭 실례지만 그쪽은 누구시죠?"

그녀가 무라키를 보며 말했다. 무라키가 경찰수첩을 보여주며 이름을 말했다.

"거기 누워 있는 히가 마코토 씨…… 동생분에게 물어보고 싶은 게 있어서 왔습니다."

"마코토가 무슨 짓을 했나요?"

무라키가 미소를 지으며 대답했다.

"그건 아니지만 어느 사건을 수사하다가 마음에 걸리는 게 있어서 그렇습니다. 여기 계시는 노자키 씨와 동생분이 뭔가 알고 있지 않을까 해서요."

"그건…….' 그녀는 나와 무라키에게 몸을 향하며 덧붙였다. "……다하라 씨 가족 사건 말이군요."

무라키의 눈이 날카롭게 빛나고 입가의 웃음이 사라졌다. 무슨 말인가 하려고 입을 벌린 순간, 그녀의 목소리가 날카롭게 울려 퍼졌다.

"이건 경찰이 어떻게 할 수 있는 문제가 아닙니다."

너무도 솔직하고, 그러면서도 정확한 말에 나는 숨을 집어삼켰다. 병실의 모든 시선이 체구가 작은 그녀에게 쏠렸다.

"무슨 말이지?"

무라키는 분노를 가득 담아 그렇게 말하고 그녀를 노려보았다. 그리고 천천히 다가가서 위에서 내려다보았다.

그녀는 잠시 생각하더니 "대답이 되지는 않겠지만"하고 운을 떼우고 조용히 말을 이었다.

"경찰청의 기리시마 청장님께 전해주세요. 이번 사건은 나, 이 히가 고토코의 영역이라고요."

무라키는 당황하기는커녕 코웃음을 쳤다. 그리고 턱을 쭉 내밀면서 조롱하듯 그녀를 향해 웃음을 터뜨렸다.

"나 참, 높은 사람 이름을 말하면 내가 쫄 거라고 생각했나 보지?"

그녀는 전혀 동요하지 않고 무라키를 똑바로 올려다보았다.

"아니에요. 좋은 기회라서 확인해본 것뿐이에요. 일단 안심했어요."

"무슨 말이지?"

"나에 관한 정보가 아직 관할서에까지 내려오지 않았다는 걸 알았거든요."

그렇게 말하더니 그녀는 주머니에서 휴대폰을 꺼내 한손으로 조작했다.

무슨 말인지 정확한 뜻은 알 수 없었다. 다만 비아냥거림이 담겨 있다는 것만은 분명했다. 그녀는 무라키에게 '너는 아무것도 모르는 말단'이라고 말한 것이다. 넌지시, 간접적으로, 그러면서도 노골적으로. 더구나 말이 끝나자마자 휴대폰을 만지작거렸다.

무라키는 당황한 웃음을 짓더니, 눈을 가늘게 뜨고 그녀를 쏘아보았다. 그녀는 무표정한 얼굴로 무라키를 바라보면서 휴대폰을 귀에 댔다.

"오랜만이에요. 히가 고토코예요. 잠시 통화 괜찮으세요? 네, 네에. ……아뇨, 그건 제가 없어도 괜찮아요. 네, 지금요. 잠깐이라도 괜찮아요. 네, 바꿔드릴 테니까 말씀해주시겠어요? 고맙습니다. ……네, 후쿠오카 현경의 무라키 씨라는 분이에요."

거기까지 말하더니 "받으세요"라고 말하며 휴대폰을 내밀었다. 무라키는 황당한 표정을 지었다.

"무슨 짓을 하는지 당최 모르겠군. 전화를 받으라니, 도대체 누군데……."

그녀가 무라키의 말을 가로막았다.

"기리시마 청장님이에요."

조용하면서도 상대를 꼼짝 못하게 만드는 강력한 말투였다. 무라키의 얼굴에서 웃음이 사라졌다.

"……농담이라면 가만두지 않을 거야." 무라키가 위협하듯 말하고 한손으로 휴대폰을 받았다. "여보세요, 후쿠오카 현경의 무라키…… 네?"

그는 거기까지 말하고 그대로 몸이 굳어졌다. 눈이 점점 더 커졌다.

"고마쓰바라? 아뇨, 어디…… 아, 본부장…… 아…… 아! 네! 죄송합니다! 무례를 범했습니다! 네! 아뇨, 청장님이라고 해서 저는 장난…… 넷! 죄송합니다!"

무라키는 등줄기를 쭉 편 다음, 다시 정중하게 휴대폰을 두 손으로 잡았다. 그리고 겁먹은 시선으로 고토코를 힐끔힐끔 쳐다보았다.

　나도, 병실 안의 모든 사람들도 말없이 사태를 지켜보았다. 하지만 상황은 어느 정도 알 수 있었다. 마코토의 언니인 고토코는 경찰의 가장 윗사람과 이어져 있다. 적어도 경찰청장의 연락처를 알고 직접 통화할 수 있을 만큼.

　당사자인 고토코는 조금 전과 다름없이 무표정한 얼굴로, 머리를 조아리는 형사를 바라보았다.

　"네, 이 건은…… 네, 알겠습니다. 네, 물론입니다! 사죄하고 그렇게 전하겠습니다. 넷!"

　통화가 끝난 모양이다. 무라키는 멍한 얼굴로 휴대폰을 고토코에게 건네주었다.

　"이제 아시겠어요?" 고토코가 다정하게 물었다.

　무라키는 영문을 모르겠다는 표정을 지었다.

　"그쪽은…… 아니, 그쪽 분은……."

　그녀는 다시 무라키의 말을 가로막고, 그를 똑바로 쳐다보며 말했다.

　"기리시마 청장님께서 말씀하셨을 텐데요. 이 건에서 신속히 손을 떼라, 나에 관해서는 일절 탐색하지 말라, 라고요."

　무라키는 한순간 분한 얼굴로 눈을 부릅떴지만, 이내 고개를 숙이고 종종걸음으로 병실에서 나갔다. 구두 굽 소리가 멀어졌다.

　이윽고 그녀가 작게 한숨을 쉬고 혼잣말처럼 중얼거렸다.

"정말 성가시다니까."

그녀 덕분에 내가 직면했던 귀찮은 일은 일단 사라졌다. 고맙다고 해야 할까. 어쨌든 그녀에게 설명해야 한다. 마코토가 이렇게 된 경위를, 그리고 현재 상황을.

그녀가 다시 마코토를 바라보다가 문득 생각이 난 것처럼 물었다.

"노자키 씨, 마코토가 반지를 어떻게 했는지 아세요?"

나는 한순간 당황했지만 재빨리 대답했다.

"빌려준 것 같습니다. 가나 씨가 전화로 그러더군요. 아이가 가지고 있다고요."

"그래서 쓸데없는 게 잔뜩 달라붙어 있군요."

그녀는 손으로 턱을 만지작거리더니, 들고 있던 코트 주머니를 더듬었다. 그리고 담배 케이스에서 담배를 한 개비 꺼내 입에 물고 라이터로 불을 붙였다.

옆 침대에서 지켜보던 할머니 환자가 "저기, 병실에선……" 이라고 연약한 목소리를 최대한 높여서 말했지만, 그녀는 아랑곳하지 않고 한 모금 깊숙이 빨았다. 그리고 자고 있는 마코토의 몸을 향해 보라색 연기를 내뿜었다.

"무슨 짓이야!"

누군가가 고함을 질렀다.

소리가 난 쪽을 쳐다보자 창가의 환자를 간호하던 중년 남자가 화난 얼굴로 성큼성큼 걸어왔다. 하지만 그는 즉시 놀란 얼굴로 발길을 멈추었다.

이유는 금방 알 수 있었다. 병실 공기가 눈에 띄게 달라진 것이다. 지금까지 떠다니던 무겁고 음울한 공기가 사라지고, 밝고 환한 공기가 내려앉은 듯했다. 고름의 악취도 거의 느낄 수 없을 만큼 사라졌다. 환자도, 병문안을 온 손님도 모두 알아차렸는지, 서서히 병실이 소란스러워졌다.

머릿속에서 지금의 상황과 어렸을 때 읽었던 요괴 책의 내용이 하나로 이어졌다. 나는 얼굴을 들고 그녀를 보았다.

그녀가 다시 담배를 한 모금 빨면서 나를 힐끔 쳐다보았다.

"그런 것에는 이게 가장 효과가 있거든요. 최근에는 페브리즈도 좋은 것 같지만요."

"무엇인가가 달라붙어 있었나요?"

"네에." 그녀는 고개를 끄덕이며 당연하다는 듯이 설명했다. "상처에 남아 있던 그것의 요기(妖氣)가 주변에 떠다니는 저급한 것들을 불러들인 모양이에요. 반지를 아이에게 준 탓도 있겠죠. 그건 항상 작은 결계를 만들어주거든요."

히가 고토코.

마코토의 언니. 마코토보다 뛰어난 영매사. 경찰의 고위직과도 통하는 베일에 싸인 여인.

나는 병실에서 뻐끔뻐끔 담배를 피우는 그녀에게 압도되어 할 말을 잃었다.

"……언……니……."

마코토의 입에서 가냘픈 소리가 흘러나왔다.

황급히 머리맡으로 뛰어가자 눈을 가늘게 뜨고 있었다. 이름을 부르자 서서히 눈의 초점이 맞더니 나를 보고, 그리고 고개를 돌려 고토코를 보았다.

"언니······?"

"마코토, 오랜만이야."

고토코가 표정을 바꾸지 않고 말했다.

마코토는 몸을 일으키려고 하다가 얼굴을 찡그렸다. 상처가 아픈 모양이다. 그래도 억지로 일어나려고 해서 내가 손으로 등을 받치고 일으켜주었다.

"여러분, 소란을 피워 죄송합니다. 부디 양해 부탁드립니다."

고토코는 휴대용 재떨이에 담배를 비벼 끄면서 또박또박 말했다. 그런 다음에 등줄기를 쭉 펴고 병실의 모두를 둘러보았다.

환자들과 병문안을 온 사람들 모두 당황했지만, 조금 전에 병실의 공기를 바꾼 것이 고토코의 담배 덕분이란 걸 알았으리라. 어느 사람은 모호하게 고개를 끄덕이고, 어느 사람은 아무 일도 없었던 것처럼 시선을 피했다. 누군가의 입에서 나온 "아니에요"라는 중얼거림이 한순간 병실에 맴돌다 사라졌다.

침대에서 상체를 일으키고 무슨 말인가 하고 싶어 하는 마코토에게 몸을 돌리고 고토코가 말했다.

"그러면 어떻게 된 일인지 말해주겠니?"

# 10

마코토는 다하라의 집에서 가나와 치사를 지키다 다친 경위를 언니에게 말해주었다. 계속 링거를 맞으며 지냈던 탓인지 목소리는 작고 이야기가 갑자기 건너뛰어서 이해할 수 없는 부분도 있었지만, 그때마다 고토코가 냉정하게 지적해서 경위나 상황은 대강 알 수 있었다.

이야기 흐름에 따라 나는 마코토가 입원하고 지금에 이르기까지, 무라키가 해준 이야기를 두 자매에게 전했다. 이야기가 치사의 실종에 이르자 예상한 대로 마코토는 화들짝 놀라며 멍하니 입을 벌렸다.

"치사가······?"

쇠약해진 얼굴에 불안과 초조의 빛이 깃들었다.

내가 고개를 끄덕이자 그녀는 눈을 감고 생각에 잠겼다.

"마코토, 안 돼!"

파이프 의자에 앉은 고토코가 야단치듯 따끔하게 말했다. 마코토가 흠칫 놀라며 얼굴을 들었다.

"그렇게 조바심을 내봐야 못 찾아. 지금처럼 몸이 정상이 아닌 상태에서는 더욱더."

"하지만······."

"일단 노자키 씨 이야기를 끝까지 들어."

언니의 질책을 받고 마코토는 고개를 숙인 채 입을 다물었다. 존경과 사모의 마음을 뛰어넘어 경외의 마음을 가지고 있다고 할 만큼 순종적이었다.

이야기를 마치자 고토코는 "고맙습니다"라고 말한 뒤 입을 다물었다. 담배를 꺼내려고 하다가 그만두었다. 액막이와 상관없이 담배를 즐기는 듯했다. 그리고 손에 든 담배에 시선을 고정한 채 침묵했다.

"언니."

무거운 침묵을 견디지 못하고 마코토가 연약한 목소리로 고토코를 불렀다. 그래도 고토코는 얼굴도 들지 않고 입도 열지 않았다.

"언니……?"

고토코가 겨우 얼굴을 들었다. 여전히 표정이 없어서 무슨 생각을 하는지 알 수 없었다. 남국의 여성을 연상케 하는 마코토와는 전혀 닮지 않은 수수한 얼굴이다. 아름답다고 할 수는 없지만 그렇다고 평범하지는 않았다. 구태여 표현하자면 '요정'이라고 하려나.

얇지도 두껍지도 않은 입술이 벌어졌다.

"마코토, 치사를 구하고 싶어?"

그녀의 갑작스러운 말에 나는 순간 당황했지만 마코토는 바로 대답했다.

"그 말은…… 치사가 살아 있다는 거야……?"

"그래." 고토코는 작게 고개를 끄덕이고 수수께끼 같은 말을 했다. "멀리 있어."

하지만 마코토는 그 말을 알아들었는지 숨을 들이마시고 고토코를 보았다. 손으로는 이불을 꽉 움켜쥐었다.

나는 마코토가 다하라를 처음 만났을 때 한 말을 떠올렸다.

'그 뭔가 하는 녀석은…… 기본적으로 어딘가…… 멀리 있어요.'

멀리. 이세계(異世界). 아공간(亞空間). 피안. 영원불변의 나라.

어느 단어에 해당되는지는 모르겠지만 보기왕은 이 세상과는 다른 곳에 있는 듯했다. 그리고 고토코의 말을 믿는다면 치사는 아직 살아서 그곳에 있다.

"그렇다면 당장…… 구해야지."

마코토가 신음 소리를 내면서 말했다. 그러곤 이불을 젖히고 침대에서 발을 내렸다.

"마코토, 잠깐만. 그런 몸으로……."

"하지만 치사를…… 그리고……가나 씨도."

나는 두 발을 바닥에 내리려고 하는 마코토를 말렸다. 그녀는 내 손을 뿌리치면서 날카롭게 노려보았다.

"왜 말리는 거야?"

야윈 얼굴과 눈에 분노가 깃들었다.

"마코토."

어떻게 말해야 좋을지 몰라서 이름을 부르자 그녀는 창백한 입술을 깨물었다.

"또…… 남의 아이니까 내버려두라는 거야?"

"그게 아니라……."

그녀는 커다란 눈에 눈물을 담으며 몸을 가늘게 떨었다. 무슨 말인가 하려고 숨을 들이마신 순간, 고토코가 단호하게 말했다.

"누워 있어."

마코토가 언니를 쳐다보며 이를 악물었다.

"하지만……."

"이 상처가." 고토코가 턱으로 마코토의 어깨를 가리켰다. "단순히 물린 상처가 아니라는 건 너도 알잖아?"

마코토는 입술을 꼭 다물고 고개를 작게 끄덕였다.

"무슨 말씀인가요?"

내가 끼어들자 고토코가 나를 올려다보았다.

"그것에 물리면 독이 들어가서 위험해요. 하지만 일반적인 독극물은 아니에요. 요기랄까, 독기(毒氣)랄까……. 다카나시 씨를 기억하세요?"

나는 고개를 끄덕였다. 다하라 히데키 밑에 있던 직원이다. 보기왕에게 물려서 오랫동안 입원한 끝에 회사를 그만두고 본가로 내려갔다.

고토코가 태연하게 말을 이었다.

"그 사람은 작년에 죽었어요. 사인은 쇼크사라고 하는데, 마지막에는 안타까울 만큼 쇠약해져서 일어설 수도 없었다고 하더군요. 아버님이 몹시 괴로워하셨죠."

"그렇다면……."

"저도 그동안 여러모로 조사했어요."

나는 그녀의 얼굴을 빤히 쳐다보며 물었다.

"그럼 이대로 있으면 마코토도 다카나시처럼……."

그녀는 여전히 무표정하게 대꾸했다.

"그래요. 움직이면 더 빨라지겠죠."

입이 바싹바싹 타들어갔다. 심장의 고동이 빨라지는 게 느껴졌다. 대꾸할 말을 찾지 못해서 마코토에게 시선을 옮겼다. 마코토는 고개를 숙인 채 입술을 깨물고 있었다.

마코토는…… 죽는 걸까?

말문이 막혀서 멍하니 서 있자 고토코가 냉정하게 말했다.

"걱정하지 마세요. 마코토가 자신의 힘을 몸에 들어온 독에 집중하면 어떻게 될 거예요. 그것을 직접 상대할 힘은 없어도, 독을 빼내는 것 정도는 할 수 있어요. 그러니까."

그녀는 잠시 숨을 고르고 나서 마코토를 똑바로 쳐다보며 엄하게 말했다.

"마코토, 치사는 일단 내버려두고 지금은 그냥 누워 있어."

그녀의 단호한 말투에 마코토는 한순간 주눅 든 표정을 지었지만, 금세 몸을 다시 앞으로 내밀었다.

"너무해! ……치사를 내버려두라니……." 그리고 눈물을 글썽이며 달려들었다. "지금 내버려두면 언제 구하라는 거야? 아직 살아 있잖아!"

"그래."

"지금은 살아 있어도 언제 어떻게 될지 모르잖아!"

"그렇겠지."

"그렇다면 내가……."

"마코토."

고토코가 천천히 일어섰다. 어린아이 같은 작은 몸에 어울리지 않게 무거운 위압감이 감돌았다. 마코토가 무슨 말인가 하려다가 입을 다물었다.

고토코는 마코토를 물끄러미 바라보더니, 이윽고 조용히 말했다.

"이런 경우에 딱 맞는 인재가 있잖아. 지금 네 눈앞에."

마코토가 깜짝 놀란 표정을 지었다.

"그 말은……."

"가격은…… 가족 특별 할인으로 해줄게."

농담인지 진담인지 알 수 없는 말투였다.

마코토는 복잡한 표정을 지으며 눈길을 손으로 떨구었다.

병실에 침묵이 찾아왔다. 나는 말없이 자매를 바라보았다.

이윽고 마코토는 촉촉이 젖은 눈으로 언니를 바라보고 떨리는 목소리로 말했다.

"치사를 구해줘."

"알았어."

고토코는 사무적으로 대답하면서 고개를 끄덕이더니, 돌연 나를 향했다.

"노자키 씨, 비용 절감과 합리화를 위해 협조를 부탁할 수 있을까요? 보수는 지급할 테니까요."


## 11

어느새 12월에 접어들었다. 공기는 더 싸늘해지고 길거리는 떠들썩하며 어수선해졌다.

나는 평소처럼 취재를 하고 원고를 쓰면서, 시간이 날 때마다 마코토의 병실에 들렀다. 잠시 의식을 되찾아 나와 고토코와 이야기를 나누었지만, 그다음에는 병실에 갈 때마다 거의 자고 있었다. 간호사의 말에 따르면 상처는 순조롭게 회복되고 있지만 맥박수도 일정치 않고 신진대사도 떨어지고 있다고 했다.

독이다. 다카나시를 죽였다는 독. 마코토는 지금 보기왕의 독과 싸우고 있다.

가나가 있는 정신병원에도 들렀다. 그녀는 자신의 이름도, 나와 마코토도 기억하지 못했지만 치사만은 희미하게나마 기억하는 듯했다.

하지만…… 그것을 만나고 그것에게 치사를 빼앗겼을 때의 공포가 정신의 깊은 곳까지 좀먹었는지, 느닷없이 패닉 상태에 빠지는 일이 있어서 손발이 묶여 있었다.

치사를 되찾아서 만나게 해주면 원래 상태로 돌아올까? 지금으로서 확실한 것은 아무것도 없다. 확실하지 않은 건 고토코가 내게 맡긴 일도 마찬가지였다.

12월 중순, 오후 4시. JR 교토 역.

고토코는 사람으로 북적거리는 중앙 출입구에 정장 차림으로 나타나서 무표정하게 말했다.

"오늘 잘 부탁해요, 노자키 선생님."

다하라 히데키의 어머니인 스미에를 만나기로 했다. 그의 죽음에 관해 취재할 게 있다고 하면서 약속을 잡았다. 내가 기자이고, 고토코는 내 조수이다.

스미에에게 취재를 부탁하는 전화도, 일정을 조율하는 것도 고토코의 지시에 따라 모두 내가 했다. 왜 그렇게 해야 하는지 이유를 물었다.

"되도록 드러나고 싶지 않아요. 더는 이름을 알리고 싶지 않거든요."

"왜죠?"

"너무 많은 일에 깊숙이 개입했기 때문이에요."

그녀는 모호하게 대답했는데, 경찰청장 하고 친분이 있다는 것과 관계가 있을지도 모르겠다.

그러는 사이에 내 마음속에서는 그녀에 대한 관심이 솟구쳤다. 직업병이다. 그리고 또 한 가지, 치사를 구하고 싶다는 마음이 마코토만큼 절실하지 않기 때문이기도 했다.

무슨 뜻인지 모르면서도 치사를 찾기 위해 고토코에게 협조하는 것은 나를 위해서도, 더구나 치사를 위해서도 아니다. 전부 마코토를 위해서다.

택시를 타고 다하라 히데키의 부모님이 사는 낡은 아파트에 도착했을 무렵에는 땅거미가 짙게 깔려 있었다.

취재를 받아들이긴 했지만 스미에가 우리 두 사람의 정체와 찾아온 목적을 의심하는 것은 분명했다. 세월이 느껴지는 거실로 들어가 고타쓰(무릎을 덮어 따뜻하게 하는 온열기구 – 옮긴이)를 사이에 두고 마주 앉았을 때도, 그녀의 주름진 얼굴에는 당황함이 섞인 미소가 배어 있었다.

다하라의 아버지는 처음에 인사만 나눈 뒤, 일찌감치 안방으로 들어가버렸다.

거실 한쪽에 있는 소박한 불단에는 다하라의 영정 사진과 그의 할머니처럼 보이는 노파의 영정 사진이 있었다. 옆에는 다하라의 외삼촌인 히사노리처럼 보이는 청년의 영정 사진도 놓여 있었다. 품에는 어린 소녀를 안고 있었다.

자기소개를 마치고 나서 수첩과 녹음기를 꺼내 형식적인 취재를 시작했다. 다하라 히데키의 인품과 됨됨이, 학교 성적, 교우 관계, 생전의 모습과 최근의 모습.

고토코는 그런 건 적당히 해도 상관없다고 말했지만, 적당히 하는 게 오히려 힘들어서 평소에 하는 것처럼 질문을 거듭하며 이야기를 파내려갔다.

"경찰에도 말했지만……."

간사이 사투리로 그렇게 운을 띄우면서 스미에는 아들에 관해서 말했다. 아들의 죽음으로 생긴 상처가 아직 아물지 않은 것은 가끔 보이는 침통한 표정에서도 엿볼 수 있었지만, 눈물은 흘리지 않고 감정 기복도 없이 담담하게 말했다.

고토코는 처음에 "조수인 스즈키예요"라고 말한 이후, 한마디도 하지 않고 적당히 고개를 끄덕이면서 메모했다. 가죽 장갑을 낀 손으로 나와 스미에의 대화를 적는 것이다.

한 시간도 지나기 전에 질문거리가 없어졌다. 고토코를 힐끔 쳐다보자 그녀가 갑자기 입을 열었다.

"실례지만 왼손 검지는 잘 구부러지지 않으시나요?"

차를 몇 잔째 마시던 스미에는 눈을 크게 뜨고 그대로 굳어졌다. 듣고 보니 찻잔을 든 왼손의 검지만이 어정쩡하게 허공을 가리키고 있었다. 기묘하리만큼 매끈한 손가락의 피부가 형광등 빛을 받고 빛나고 있었다.

스미에는 얼버무리듯 어정쩡한 미소를 지으면서 찻잔을 내려놓았다.

"기자분은 이런 것도 관찰하시나요?"

"네." 고토코는 어이 없을 만큼 당당하게 대답했다. "기자에게 가장 중요한 건 관찰이라고 노자키 선생님한테 배웠거든요."

"그런가요?" 스미에는 미소를 지으며 찻잔을 잡은 손에 시선을 떨구었다. "어렸을 때 넘어져서 다쳤거든요. 그 후론 손가락을 구부리면 아프더라고요."

"넘어졌다고요?" 고토코는 무표정한 얼굴로 덧붙였다. "화상 아닌가요?"

스미에의 얼굴에서 미소가 사라졌다. 그러더니 갈라진 목소리로 날카롭게 되물었다.

"무슨 말이죠?"

고토코는 당황하지 않고 조용히 대답했다.

"손에 있는 흉터는 켈로이드죠? 손등에도 있는 것 같은데, 파운데이션으로 감추셨네요. 손가락이 구부러지지 않는 이유는 여러 가지가 있는데, 스미에 씨의 흉터는 오그라들어서 구부러지지 않는 것처럼 보입니다."

무거운 침묵이 거실을 감쌌다. 나는 고토코의 의도를 모르는 채, 분노를 억누르는 스미에의 모습을 지켜보았다.

잠시 후, 스미에가 한숨과 함께 입을 열었다.

"……그러고 보니 그런 일이 있었던 것 같네요. 그런데 그게 아들의 죽음과 무슨 관계라도…….'"

"당신과 당신 어머니 시즈 씨는 매일 긴지 씨에게 폭행을 당하지 않았나요? 얻어맞거나 뜨거운 물을 뒤집어쓰거나."

고토코는 느닷없이 그렇게 말했다.

나도 놀랐지만 스미에는 나보다 더 놀란 표정을 지었다. 소

리가 날 정도로 숨을 집어삼키고, 딱딱하게 굳은 얼굴로 고토
코를 쳐다보았다.

고토코는 등줄기를 쭉 펴고 똑바로 앉아 스미에를 뚫어지게
쳐다보았다. 이윽고 스미에는 고개를 숙이더니 작은 목소리로
쥐어짜듯 말했다.

"……그 시절의 아버지는 어느 집이나 비슷했어요. 아버지는
집안의 기둥이고 아버지의 말은 절대적으로 옳았죠. 지금은 많
이 변했지만 옛날에는 자식을 때리거나 걷어차는 일이 흔했답
니다. 아들이나 딸이나 상관없이……."

나와 고토코에게 말하는 게 아니라 스스로를 이해시키는 듯
한 모습이었다.

학대와 폭력은 실제로 존재했다. 스미에도, 그녀의 어머니도,
긴지에게 폭행을 당했다. 에둘러 말하기는 했지만 가정 폭력이
있었음을 시인한 것이다.

그런데 그게 보기왕과 무슨 관계가 있을까?

스미에는 주름진 얼굴로 허공을 바라보며 혼잣말처럼 중얼
거렸다.

"그래서 어떤 꼴을 당해도, 마음속으론 끔찍하게 싫어해도,
입 밖으로 말하지 못한 채 참아야 했죠. 그게 어느새 습관이 되
었답니다."

"세상을 떠나신 오빠도 그랬나요?"

고토코는 다시 생각지도 못한 질문을 했다.

스미에는 한순간 어안이 벙벙한 표정을 지었다. 그러다 난감한 듯이 고개를 갸웃거렸다.

"글쎄요, 그건 잘 모르겠네요. 오빠는 내가 태어나기 전에 세상을 떠나서요……."

말도 안 돼!

나는 반사적으로 불단의 영정 사진을 보았다. 영정 사진의 청년 히사노리는 소녀를 안고 있었다. 소녀에게는 희미하게 스미에의 얼굴이 남아 있었다. 하지만 소녀는 스미에가 아니라고 한다.

그렇다면…….

"그런데 그 얘기가 우리 아들 사건과 무슨 관계라도……."

고토코가 스미에의 말을 가로막고 날카롭게 물었다.

"남편이 자식을 죽여도, 어머니는 끝까지 참아야 할까요?"

"그, 그게 무슨 말인지……."

"당신의 언니 말이에요. 아실 거예요. 알면서도 당신과 당신 어머니는 주변 사람들에게 숨겼어요. 히데키 씨한테도요."

스미에의 얼굴이 창백해졌다.

"당신 언니는 어린 시절에 아버지, 즉 긴지 씨에게 학대를 받은 끝에 결국 살해됐죠. 저 영정 사진은 히사노리 씨 것만이 아니에요. 히사노리 씨와 당신 언니인 히데코 씨 것이죠."

고토코는 얼굴에 감정을 드러내지 않고 말했다.

스미에의 입술이 파르르 떨렸다. 나는 그저 사태를 지켜볼 뿐이었다.

"아니…… 아니에요."

스미에가 혼잣말처럼 중얼거렸다.

입술에서 색깔과 윤기가 사라졌다.

"어, 어머니는 사고라고 했어요. 아무리 끔찍한 사람이라도 아버지가 딸을 죽일 리 없다고. 거, 거실에서 뛰다 넘어져서 탁자에 머리를 부딪혔을 뿐이라고."

"그렇군요. 적어도 부부 사이에서는 그런 식으로 얘기가 됐나 보네요." 고토코가 조용히 덧붙였다. "하지만 당신 오빠는 그렇게 얼렁뚱땅 넘어가는 걸 참을 수 없었어요. 그래서 집에서 뛰쳐나갔죠. 시내로 가기 위해 큰길을 가로지르다 차에 치인 거예요."

스미에가 멍하니 입을 벌렸다. 나도 아연한 얼굴로 고토코를 쳐다보았다. 그녀가 다시 말을 이었다.

"그래서 히데키 씨가 죽은 겁니다."

"무, 무슨 말이에요!"

스미에가 더는 참지 못하고 고함을 질렀다. 그와 동시에 두 손으로 고타쓰를 내리치고 몸을 앞으로 내밀었다.

"'그래서'라니, 그게 무슨 뜻이죠? 우리 부모형제가 히데키와 무슨 관계가 있다는 건가요? 나도 어머니도, 우, 우리가 당한 일은 한 번도 히데키에게……."

말이 끊어졌다. 그녀의 치아 사이에서 거친 숨결이 새어나왔다. 스미에의 의문은 당연했다. 나도 고토코의 진의를 헤아릴 수 없었다.

고토코는 무슨 생각을 하는 걸까?

"혹시 시즈 씨의 유품 중에 오래된 부적 주머니 같은 게 없었나요?"

그녀는 또다시 느닷없이 물었다.

흥분하는 스미에의 모습을 보고도 동요하거나 놀란 모습은 보이지 않았다.

스미에는 눈을 크게 떴다. 마치 귀신이라도 보는 듯한 눈으로 고토코를 보며 몸을 움츠렸다.

"정확히 말하면." 고토코는 눈썹 하나도 움찔거리지 않았다. "오사카의 집을 처분하고 여기로 옮겼을 때, 짐 안에 있었을 거예요. 그런데 시즈 씨는 그걸 잃어버렸다고 생각했죠. 생전에 몇 번이나 묻지 않으셨나요? 이렇게 생긴 부적을 못 봤냐고요."

"어떻게 그런 것까지……."

스미에는 몸을 떨었다. 고토코에 대한 감정은 분노에서 불안과 공포로 변한 듯했다.

"관찰과 고찰은…… 기자의 기본이니까요."

고토코는 연기하는 몸짓을 하며 나를 쳐다보았다.

우리는 스미에를 따라 창고로 사용한다는 북쪽의 작은 방으로 갔다. 그곳에는 짐이 잔뜩 쌓여 있었다. 스미에는 작은 목소리로 연신 춥다고 중얼거리면서 부스럭부스럭 상자를 뒤졌다.

상자를 올리거나 내리는 등 도와주고 있자 자그마한 갈색 파라핀 주머니를 내밀었다.

"아아, 이거예요. 이 안에 있을 거예요……."

차가운 형광등 불빛을 받고 파라핀 주머니 안에서 부적 주머니의 실루엣이 보였다.

고토코가 안에서 부적 주머니를 꺼냈다. 원래는 다른 색이었겠지만 지금은 색이 바래서 칙칙한 초록색으로 변해 있었다.

"여기로 이사 올 때 없어졌다고 하면서 많이 찾았어요. 나도 같이 찾았는데, 결국 발견한 건 장례식이 끝난 다음이었답니다."

"그렇군요."

"그런데 그게 히데키와 무슨 관계가 있죠?"

고토코는 대답하지 않고 손으로 주머니를 더듬으면서 눈을 감고 나지막하게 중얼거렸다. 그리고 눈을 크게 뜬 뒤, 끈의 매듭에 손가락을 걸고 단숨에 주머니를 뜯었다.

스미에가 "아!"라고 탄성을 지르고 가까이 다가갔다. 끈과 주머니의 실이 풀리면서 흩어진 실밥이 먼지가 가득한 창고 안에서 춤을 추었다.

"……역시."

고토코는 그렇게 말하고 주머니의 내용물을 우리 앞에 내밀었다. 가죽 장갑 끝에는 5센티미터쯤 되는 작은 나뭇조각이 들려 있었다. 여기저기에 흠집이 있고 거스러미가 일었다. 원래는 온통 새까맸을 텐데 지금은 군데군데 벗겨져서 나무 색깔이

드러나 있다.

"내용물을 꺼내면 효험이……."

"효험 같은 건 없어요."

고토코는 스미에의 말을 간단히 물리치더니, 나뭇조각에 얼굴을 가까이 대고 뚫어지게 바라보았다.

"표면에 희미한 글자나 기호가 쓰여 있죠? 거의 사라지긴 했지만 처음에는 붉은 글씨로 쓰여 있었을 거예요. 이건 오망성을 거꾸로 표시한 거예요. 강력한 액막이 기호가 거꾸로 그려져 있죠."

"설마……."

나도 모르게 말이 튀어나왔다. 고토코가 고개를 끄덕였다.

"노자키…… 선생님은 아시죠? 간사이 지역에 전해 내려오는 주술이에요. 부적 주머니의 내용물인 영부(靈符)나 주부(呪符)를 조작해서 강력한 주술을 담은……."

고토코는 곤혹스러워하는 스미에 쪽으로 시선을 옮기며 말을 이었다.

"이건 마도부라는 거예요. 비유한다면 지푸라기 인형에 못을 박는 것이나 똑같은 거죠. 한마디로 말해서 저주예요."

스미에의 얼굴이 기묘하게 일그러졌다. 입에는 미소가 달라붙어 있지만 눈은 크게 뜨고 몸은 부들부들 떨고 있다. 감정이 머리를 좇아가지 못하는 것이다.

고토코는 마도부를 손으로 꼭 쥐었다.

"시즈 씨는 계속 참았어요. 아이가 둘이나 죽었는데도 겉으론 긴지 씨의 정숙한 아내 노릇을 계속했죠. 긴지 씨가 세상을 떠날 때까지 계속요. 하지만 마음속으론 아무도 몰래 긴지 씨를 원망했어요. 몇 년이고 몇 십 년이고. 그 증거가 이 저주예요. 믿든 안 믿든 자유지만요."

고토코의 말이 끝나기도 전에 스미에는 두 손으로 얼굴을 가리고 목이 갈라지는 듯한 소리를 지르며 그 자리에 주저앉았다. 그녀의 남편이 보고 있는 TV 소리가 멀리서 희미하게 들렸다.

# 12

"보기왕을 부른 사람은 시즈 씨였군요."

예전에 나와 히데키의 의뢰를 수락해놓고 공항에 도착하자마자 도망친 스님의 말이 떠올랐다.

'이제 와서 뭘 감추겠나? 그렇게 엄청난 건 부르지 않으면 안 올 걸세.'

"그래요."

그렇게 대답하더니, 고토코는 빈 덮밥 그릇을 살며시 테이블에 내려놓았다. 가죽 장갑은 여전히 끼고 있었다.

밤 10시. 교토 역에서 멀지 않은 라면가게인 '다이이치아사히'. 학창 시절에 몇 번 와본 적이 있는 좁고 소란스러운 가게 안에서 나와 고토코는 마주 앉아 있었다.

그녀는 냅킨으로 입술에 묻은 기름을 닦았다.

"시즈 씨에게 저주의 형태는 어떤 것이라도 상관없었을 거예요. 남편 긴지에게 좋지 않은 일이 일어나면 그걸로 충분하다고 생각했겠죠. 뇌출혈도 그 결과일지 몰라요. 어쩌면 만년에 경제적으로 궁핍했던 것도요. 하지만……." 물 잔의 물을 단숨에 들이켜고 말을 이었다. "하필이면 가장 만년에 어마어마하게 나쁜 녀석을 부르고 말았어요. 남편만이 아니라 자기와 손자, 증손녀까지 집요하게 노리며 해를 끼치는 녀석을요. 어쩌면 도만세만을 마도부로 선택한 게 영향을 미쳤을지도 모르겠어요."

그녀는 그렇게 말한 뒤 후우 하고 작게 한숨을 내쉬었다. 주문한 음식이 나오고 지금까지 2분도 지나지 않았다. 나는 숨을 멈추고 감탄하면서 내 덮밥을 쳐다보았다. 아직 절반쯤 남아 있다.

"죄송해요, 정말."

그녀가 뜬금없이 사과를 했다. 고개를 들자 무표정한 얼굴로 나를 보고 있었다. 아니다. 미간에 약간 주름이 잡혀 있다.

말의 의미도, 표정의 의미도 모르겠어서 멍하니 그녀를 쳐다보았다.

"다른 사람과 식사할 때에도 이렇게 급히 먹어요. 옛날부터 몸에 밴 나쁜 버릇이에요."

그녀는 빈 덮밥 그릇을 쳐다보며 말했다.

국물 한 방울, 파 한 조각도 남지 않았다. 빨리 먹을 뿐만 아니라 음식을 남기지 않는 성격인 듯했다.

"괜찮습니다. 천천히 맛을 즐겨야 하는 음식도 아니고요."

그녀는 "그런가요?"라고 말하며 고개를 살짝 갸웃거렸다.

"마코토는 제대로 먹고 있나요?"

마코토는 가냘픈 몸에 어울리지 않을 만큼 잘 먹고, 가리는 음식도 거의 없다. 조개류를 약간 멀리 하는 정도일까? 예전에 굴을 먹고 체한 적이 있다고 들었다. 그렇게 말하자 고토코는 여느 때와 똑같이 무뚝뚝한 얼굴로 말했다.

"그래요?"


역에서 가까운 비즈니스호텔에 체크인하고, 좁은 욕실에 들어가 얇은 목욕가운으로 갈아입은 뒤 침대에 앉았다. 노트북을 펼치고 도중까지 썼던 원고를 쓰기 시작했다. 마감은 내일로 다가와 있었지만, 소재는 새삼스러울 것도 없는 '보이니치 필사본(15세기에 쓰인 것으로 추정되는 책으로, 알려지지 않은 문자와 언어로 쓰여 있다 – 옮긴이)'이다. 새로운 발견이나 학설이 없으므로 지금까지 있었던 경위만 정리하면 된다. 결론도 매우 단순하다. '해독되지 않음'. 간단한 일이다.

고토코는 며칠 전부터 단골 호텔에 묵고 있는데, 오늘 밤도 그곳으로 간다고 했다.

날짜가 바뀌기 전에 원고를 완성해 담당 편집자에게 보낸 뒤, 지방 방송국의 심야 프로그램을 켜놓고 가져온 책자를 읽기 시작했다.

『기이잡설』. 가라쿠사에게 받은 복사본이다.

새로운 발견은 없을지도 모르겠지만 시간을 때우기에는 딱이다. 멀리 떨어져 있자 혼자 '독'과 싸우고 있을 마코토가 생각나서 잠이 올 것 같지 않았다.

나는 군데군데 잉크가 번진 종이를 들췄다.

> ……그렇게 물었더니 할아범이 말하기를 보기마 또는 부기메가 산에 살면서 가끔 마을로 내려와 사람의 이름을 부르는데 대답을 하면 안으로 들어와서 데려간다 사람의 모습과 비슷하게 생겼는데 대나무나 골짜기의 열매를 먹고 겨울에는 마을로 내려와서 응애응애 울고 다닌다 옛날부터 산에 살았던 요괴라고 말했다 그리고 아까 자고 있을 때……

'보기마' 또는 '부기메'에 관해 쓰여 있는 짧은 문장이다. 저녁때 찾아온다. 사람의 이름을 부른다. 대답을 하면 납치해간다. 사람과 비슷하게 생겼다. 알아들을 수 없는 울음소리를 낸다. 옛날부터 산에 살았던 요괴다.

흡혈귀 전설이 떠올랐다. 중세 유럽에 전해 내려오는 흡혈귀는 '초대받지 않으면 남의 집에 들어갈 수 없다'는 특징을 가지고 있다. 이런 현상은 흡혈귀를 그리는 요즘 소설에서도 종종 찾아볼 수 있다. 페이지를 메우기 위한 오컬트 잡지라면 이것만으로 원고지 수백 장을 날조할 수도 있다. 일본에도 흡혈귀 전승이 전해지고 있다고, 근거가 희박한 가설을 내세우는 것도 나쁘지 않다.

페이지를 넘겨서 다른 내용을 읽는다. 뒷마당에 처음 보는 버섯이 있어서 먹었더니 사흘 동안 배탈이 났다. 새 울음소리에 처음 듣는 울음소리가 섞여 있는데, 무슨 새일까? 올해의 동백꽃은 여느 때보다 빨리 졌다……. 아무런 재미가 없는 내용이었다. 가까스로 고문을 읽을 수는 있지만 문체의 묘미를 느끼기는커녕 단지 뜻을 알아내는 게 고작이라서 그럴지도 모르겠다.

요즘 책을 가져올 걸 그랬나? 아니면 다른 일을 할까? 하지만 이러는 사이에도 마코토와 치사는…….

고토코는 앞으로 어떻게 할 생각일까? 그녀는 내게 또 다른 일을 의뢰할까? 아니, 그녀의 지시만 기다려서는 안 된다. 내가 할 수 있는 일을 찾아야 한다.

긴장이 풀리자 불안이 커져갔다. 고개를 흔들자 이번에는 조바심이 싹텄다. 의식이 흩어진 상태로 활자를 좇고 있자 새로운 내용이 눈에 들어왔다.

산이 있다 마을에서 그곳으로 가는 작은 길 도중에 오래된 비석이 있는데 이끼가 끼고 썩기도 했다 비석 앞부분에는 그 이름이 새겨져 있고 왼쪽과 오른쪽과 뒤쪽에는 사람 이름 같은 것이 새겨져 있다 사람들에게 물어보니 어느 사람은 모른다고 대답하고 어느 사람은 침묵으로 대답했다

산이 있고, 마을에서 산으로 올라가는 도중에 유래를 알 수 없는 비석이 있었다는 짧은 문장이었다.

어느 전설은 후세에 이어지고 어느 풍습은 흔적도 없이 사라진다. 남은 것도 점차 의미나 유래는 없어지고 형태만 남는다. 그것은 현대도 마찬가지다. 예를 들면 지금 넥타이는 사교나 예의의 의미만 남아 있지만 예전에는 실용적인 용도나 근거가 있었다고 한다. 원래는 입을 닦는 냅킨의 역할을 했다는 것이다.

보기왕이라는 호칭도 예전에는 서양인이 가져온 부기만이라는 말에서 유래한 듯하다. 그렇다면 그 이전에는 뭐라고 불렀을까? 그런 관점에서 조사해본 적도 있었지만 아직 자료는 찾지 못했다. 가라쿠사도 그랬다고 한다. 여기는 아무리 파내려가도 아무것도 나오지 않는다. 적어도 지금은, 나의 얄팍한 지식만으로는.

계속 읽으려고 하다가 문득 손이 멈추었다. 다시 한 번 앞 문장을 읽어본다. 문장은 페이지의 앞부분, 즉 오른쪽 위의 끝에서 시작해서 절반 정도에서 끝났다. 나머지는 여백이다. 여기

서 장이 바뀌는 것이다. 조금 전에는 이것을 '산이 있다'라고 해석했는데 이것은 틀렸을지도 모르겠다. 이 문장은 양쪽 페이지에 걸쳐 있을 가능성이 있기 때문이다.

나는 앞 페이지로 돌아가서 왼쪽 밑을 보았다. 조금 전에 읽었던 문장의 바로 앞 문장이다.

**……아무도 들어가지 않는 초목이 우거진 산의 이름은 고타카라**

어느 누구도 들어가지 않는 초목이 우거진 산. 산의 이름은 고타카라…….

즉, 이어서 읽으면 '고타카라 산이 있다'가 아니라 '고타카라 산이다'로 끝나는 문장이다.

비석 앞부분에 산의 이름이 새겨져 있다.

고다카라 온천의 홈페이지가 떠올랐다. 꺼놓았던 노트북을 켜고 홈페이지를 열었다. '온천'이라는 제목의 페이지에 시설의 약력과 효능이 적혀 있었다. 그 도중의 문장은…….

'고다카라'라는 명칭은 근처 산기슭의 오래된 비석에 새겨진 '고다카라'라는 글자에서 유래합니다.

지금까지 조사한 바에 따르면 비석은 적어도 에도시대 이전에 만들어졌으며, 향토사학자의 연구 논문을 보면 아마 옛날 지명이나 산의 이름이 아닐까 한다고 합니다.


향토사학자는 『기이잡설』을 읽지 않았든지 이 부분을 날려 버리고 읽었으리라. 그것은 아무래도 상관없다. 나와 아무런 인연이 없는 지방의 온천 효능이 있고 없고는 내 알 바 아니다.

조금 전부터 끊임없이 생각했던 것, 지금까지 조사한 것, 오 컬트에 대해 지금까지 글을 쓴 경험, 치사를 납치하고 마코토 를 다치게 한 괴물. 여러 가지가 일제히 머릿속을 뛰어다니며 시끄럽게 떠들었다.

괴물, 즉 보기왕은 사람들을 납치해 산으로 데려간다. K시 근 처에는…… 예전에 '고다카라 산'이라 부르던 산이 있었다.

그렇다면 치사는.

그리고 그 괴물은.

예전에 그곳에 살았던 사람들은.

나는 스마트폰을 꺼냈다.




## 13


다음 날 정오.

나와 고토코는 K역 개찰구를 빠져나왔다.

군데군데 포장이 벗겨지고 자갈투성이인 도로 앞에 섰다. 햇살은 희미하고 바람은 차가웠다. '고다카라 온천'의 커다란 간판이 색채가 없는 풍경 속에서 한층 눈에 띄었다. 예전에 왔을 때와 경치는 다르지 않았다. 달라진 것은 내 마음이다. 이번에는 확실한 목적이 있다.

"저기군요."

고토코가 가리킨 곳은 주택가 너머에 있는 야트막한 산이었다. 아침에 온천에 전화를 걸어 직원에게 들은 '오래된 비석'이 있는 '가까운 산'이다. 나는 고개를 끄덕이고 산을 향해 걸음을 내디뎠다.


어젯밤에 호텔에서 고토코에게 전화를 걸었다. 『기이잡설』의 내용을 보고 생각한 가설을 들려주기 위해서였다. 신호가 한 번 울리자마자 그녀는 전화를 받았다.

"여보세요."

"노자키입니다. 지금 통화 괜찮으세요?"

"네."

"자세한 이야기는 생략하겠지만 K시의 오래된 문헌을 읽다가 마음에 걸리는 게 있어서 전화를 걸었습니다……."

"『기이잡설』 말인가요?"

그녀가 예리하게 물었다. 말투에서는 졸린 듯한 모습을 털끝만큼도 찾아볼 수 없었다.

"읽어보셨나요?"

"네, 따분했어요."

너무나 솔직한 감상에 나도 모르게 웃음이 새어나왔다. 아뿔싸! 나는 뺨에 떠오른 미소를 황급히 집어넣었다.

"결론부터 말하면 지금 보기왕과 치사는 K시의 어느 산에 숨어 있을 가능성이 있습니다."

"무슨 말이죠?"

"이미 읽으셨다면 알지도 모르지만, 그 지방에는 사람이 가지 않는 산이 있는데 예전에 '고다카라 산'이라고 불렀다고 하더군요. 지금도 비석이 남아 있습니다."

전화기 너머에서 부스럭거리는 소리가 났다. 이어서 뭔가 스치는 소리가 나더니 한숨 섞인 목소리가 들렸다.

"……그렇군요. 다음 페이지와 걸쳐져 있었네요."

『기이잡설』을 들고 있는 모양이다.

"그런데 왜 조금 전의 결론에 이르렀나요?"

그렇다.

결론도 중요하지만 그곳에 이르는 과정도 중요하다. 아니, 중요하다는 표현에는 어폐가 있다. 정확하게 말하면 고통이었다. 적어도 내게는…….

"보기왕에 관해 조사하셨다고 하더군요."

"네."

"마음에 걸리지 않았나요? 예전에 그것을 뭐라고 불렀는지.

신부들이 찾아와서 '부기만'이라고 하기 전에 말이죠."

"저도 그게 궁금했어요." 그녀는 조용히 대답했다. "그걸 알면 대책을 세울 수 있다고 생각해서 조사해봤는데, 그런 내용은 어디에도 없더라고요."

"저도 발견하지 못했습니다. 그래서 이렇게 생각해봤죠." 나는 잠시 말을 끊었다가 덧붙였다. "이름 같은 건 처음부터 없었던 거라고."

"처음부터 없었다?"

"네. 애초에 이름을 붙이거나 이름을 부르는 걸 금지했던 게 아닐까 하고요. 글로 기록하는 것도 말이죠."

"금기…… 즉 터부군요."

"그렇습니다."

터부. 불러서는 안 되는 이름. 들어가서는 안 되는 장소. 해서는 안 되는 행위. 동서고금의 어느 문화에나 있는 금기사항이다.

금지해서 몰래 감추면 이유는 모호해지고, 시간이 지나면서 점점 잊히게 된다. 그리고 터부라는 사실만 전해지는 것이다. 그런데…….

"그런데 초기에는 사람들 사이에 공유했을 겁니다. 그것의 이름을 불러서는 안 되는 이유를 말이죠."

"그렇겠죠."

"이렇게 말씀드리긴 좀 부끄럽지만 아직 가설일 뿐입니다.

그것도 매우 취약한 가설이죠. 근거가 될 만한 자료는 아직 '없으니까'요. 더구나 지금으로선 K시의 옛날 경제 사정도 모릅니다. 그래서 모두 제 망상일지도 모르지만……."

그녀가 도중에 내 말을 가로막았다.

"제가 조사한 바에 따르면 옛날의 K시는 결코 풍요롭다고 할 수 없는 농촌이었던 것 같아요. 날씨가 조금만 안 좋아도 흉년이 드는 바람에, 많은 사람들이 비참하게 죽을 만큼 타격을 입었다고 하더군요. 최근에 손님이 늘어난 온천에서는 '자급자족'이라고 적당히 감싸고 있지만요."

고다카라 온천이다.

그것까지 알고 있다면 이야기가 빠르다. 더구나 이 타이밍에서 그녀가 끼어드는 것도 고마웠다. 그녀는 이미 알고 있다. 내 가설이 무엇인지.

식량이 부족하다. 나라에서 도와주거나 지원해주지도 않는다. 그런 상황이 계속 이어진다. 그럴 때 당시 사람들은 어떻게 대처했을까?

나는 숨을 깊이 들이마셨다.

"……예전에 그곳에서는 입을 줄였을 겁니다."

"그렇군요." 그녀가 담담하게 대꾸했다. "흔히 듣는 이야기네요."

"네, 그렇죠……."

나는 대답이라고 할 수 없는 대답을 했다.

흔히 듣는 이야기. 그렇다. 사람의 입을 줄이는 것은 옛날에 전국 각지에서 이루어졌다.

대표적인 것은 나가노의 우바스테야마('할머니를 버리는 산'이라는 뜻 – 옮긴이) 산이다. 노동력에 아무런 도움이 되지 않고 단지 식량을 축내며 죽을 날만 기다리는 노인을 마을 사람들은 산에 갖다 버렸다고 한다.

그보다 더 직접적인 수단을 사용한 지방도 있었으리라. 그냥 죽이거나 가둬놓고 굶어죽이거나. 그 시절에는 그런 방법을 선택할 수밖에 없었던 사람들이 있었다.

K시도 마찬가지다. 그런데 그곳에서는 매우 특이한 방법을 선택했다.

"K시에서는 산에 사는 요괴, 나중에 보기왕이라고 불렸던 그것에게……."

무의식중에 스마트폰을 꽉 움켜쥐었다. 나는 헛기침을 한 번 하고 남은 말을 단숨에 토해냈다.

"……그것에게 노인이나 아이를 준 게 아닐까 합니다."


"어제 말씀하신 가설 말인데요."

조금 앞쪽에서 걸어가던 고토코가 갑자기 돌아보고 그렇게 말하는 바람에 문득 정신이 들었다.

가깝게 보였던 산은 생각보다 멀어서, 나와 그녀는 역에서 지금까지 걷고 또 걸었다. 자갈을 밟는 두 사람의 발소리만 주변에 울려 퍼졌다.

정장을 입은 그녀의 입에서 하얀 숨이 새어나왔다.

"물증은 부족할지 모르지만 충분히 일리가 있어요. '밖에서 이름을 부르면 반드시 대답해라.' 그렇게 말하면 아이는 대답했을 거고, 그렇다면 간단히 데려갔겠죠. 노인들은 설득하거나 강요를 했겠지만, 어느 쪽이든 산으로 데려가서 버리는 것보다는 훨씬 쉬웠을 거예요."

"그렇습니다. 사람을 납치하는 요괴가 있고, 사람이 남아도는 마을이 있고……. 최소한 흉년에는 서로 관계가 좋았을 겁니다. 이해관계가 일치하니까 공범이랄까, 또는……."

그녀가 내 말을 받았다.

"공존이라고 할까요?"

말없이 고개를 끄덕이자 그녀는 앞을 보면서 말을 이었다.

"인간이 아닌 것과 그런 관계를 가지는 건 당시 사람들에게 굉장히 무섭고 끔찍한 일이었을 거예요. 그래서 그것의 이름을 부르는 건 금지되어 있었죠. 그런데 세월이 흐르고 사절단이 왔을 무렵에는 나름대로 풍요로워져서 풍습도 터부도 기억의 바깥으로 밀려났어요……. 이것만으로도 매우 흥미로운 이야기예요."

길은 좁고 민가는 드문드문해졌다. 농작물이 보이지 않는 메마른 밭이 펼쳐져 있다. 저 멀리 시선 끝에는 갈색 나무들이 보였다.

"……그런데 노자키 씨는 이야기를 좀 더 발전시켰죠."

"하찮은 오컬트 작가의 망상에 불과합니다."

나는 겸손과 자조를 담아 대꾸했다.

"어젯밤에도 그런 말씀을 몇 번이나 하셨는데, 저는 그걸로 충분히 이해가 되었어요."

어느새 완만한 언덕길이 나타났다. 오른쪽에는 조금 전까지 걸어왔던 주택가가 있고, 왼쪽에는 수많은 나무들이 자리하고 있었다. 산에 접어든 것이다.

아이를 납치당한 부모들, 정확하게 말하면 납치하게 만든 부모들은 사라진 자기 자식들을 어떻게 생각했을까? 이제 자신들은 목숨을 연명할 수 있다고, 마음 깊은 곳에서 안도했을까?

그렇지 않았을 것이다. 정상적인 부모라면, 마음이 있는 인간이라면 괴물에 끌려간 자식을 걱정하고, 끌려가게 만든 자신들을 저주했음이 틀림없다.

그들은 죄책감에 사로잡힌 채 납치된 아이들의 행복을 빌었으리라. 없어진 아이들이 배불리 먹으면서 행복하게 사는 꿈을 꾸었으리라. 괴물이 산다고 전해지는 산에서 아이들이 지금도 살아 있다고 믿었으리라…….

그래서 그들은 괴물에게 이름을 붙이지 않는 대신에 산에 이름을 붙였다. 괴물에 의해 아이가 많이 늘어난 산이라는 의미를 담아서. '고다카라 산'이라고…….

어젯밤에 그렇게 이야기하면서 K시로 같이 가자고 하자 그녀는 바로 승낙하고 평소처럼 무표정하게 말했다.

"온천 관계자에게는 말을 안 하는 편이 낫겠죠."

그 말이 맞다.

이 지방에 전해 내려오는 '고다카라'란 말이 신이 아이를 점지해준다, 여기서 빌면 아이가 생긴다는 뜻이 아닐지도 모른다고 하면…….

고다카라 온천이 어떻게 되든 내 알 바 아니지만 일부러 평지풍파를 일으킬 마음은 없었다. 아니, 그렇게 생각할 여유가 없을 만큼 현재로선 고통스러웠다. 내가 세운 가설이 나의 마음을 깊숙하게 찌른 것이다. 어제 가설을 만들고 나서 지금까지 계속…….

사람을 납치하는 요괴. 그것이 필요했던 마을.

노인과 아이가 부담스러웠던 마을.

아이를 낳기는 했지만 줄여야 했던 마을 사람들.

그런 사회가 예전 일본의 여기저기에 있었다.

그런 사실을 머리로는 알고 있었다. 시대 배경을 떠올리고 이해하기도 했다. 그런 단순한 정보가 하필 지금 이런 형태로 내 앞에 나타나다니.

'고다카라'라는 말에는 '아이를 원하는 부모'의 간절한 마음이 깃들어 있다…… 그런 식으로 생각한 나 자신에게 화가 나서 견딜 수 없었다.

# 14

명색만 포장도로인 길에서 짐승이 다니는 흙길로 바뀌자마자 우리가 찾던 비석이 나타났다. 비석 주변은 나무들이 에워싸고 있었다.

우리는 지금 '고다카라 산'에 있다.

비석 주변의 메마른 나뭇가지는 깔끔하게 치워지고 아름다운 꽃이 놓여 있었다. 온천이 유명해진 덕분일까?

나는 한쪽 무릎을 꿇고 비석을 살펴보았다.

높이는 50센티미터쯤 될까? 결코 훌륭한 비석이라고는 말할 수 없었다. 군데군데 깨지고 비석에 새겨진 글자는 희미했지만, 그래도 정면에 있는 '고타카라'라는 글자는 간신히 읽을 수 있었다. 좌우 양쪽과 뒷면에 글자가 새겨진 듯한 흔적이 있었으나 판독하기는커녕 글자인지 아닌지도 알 수 없었다.

여기에 사람 이름이 일일이 새겨져 있었다고 『기이잡설』에는 적혀 있었다. 그것에게 납치된 노인이나 아이의 이름이었으리라. 내 가설이 맞는다면 논리적으로 그렇게 된다. 그렇다면 이것은 위령비라고 불러야 할까? 아니다. 적어도 이것을 만든 사람들에게는 옳은 표현이 아니다.

이 이름의 주인들은 이 산의 깊은 곳에서 행복하게 살고 있을 테니까. 괴물과 같이.

그래서 보기왕은 지금 여기에 있을 것이다, 치사와 같이.

그 결론을 이끌어낸 사람은 나지만 검증할 수 있는 사람은 내가 아니다. 보기왕이 이 산에 '있다'고 해도 짐승이나 새처럼 동굴이나 나무 위에 숨어 있다곤 생각할 수 없다. 여기에는 보기왕이 사는 세계와 이어지는 '문'이 있다. 나 같은 사람에게는 보이지 않는 초자연적인 출입구가.

고토코는 비석에 눈길도 주지 않고 짐승이 다니는 길을 바라보고 있었다.

차가운 바람이 나무들 사이를 지나가자 메마른 풀들이 바스락바스락 춤을 추었다. 무릎을 펴고 일어서자 뼈마디에서 소리가 났다.

그녀가 발길을 옮기다가 금방 멈추었다. 비석에 등을 향하고 있어서 이쪽에서는 표정이 보이지 않았다. 내가 가질 수 없는 '힘'으로 확인하는 것이리라. 산의 안쪽에 있는 '문'의 존재를. 그리고 그 안쪽에 사는 괴물의 존재를.

그녀가 몸을 돌렸다. 주머니에서 담배를 꺼내더니 마른 낙엽이 수북이 쌓여 있는 땅을 보고 그냥 집어넣었다. 내가 한 걸음 다가가자 그녀는 고개를 흔들었다.

"없어요……. 유감스럽지만."

"없어요?"

반사적으로 그렇게 묻자 성큼성큼 내 쪽으로 걸어왔다.

"몇 번이나 확인했는데 여기에 그것의 기척은 없어요. 그것이 있는 곳과 이어져 있지도 않고요. 물론 여기를 아무리 뒤져도 치사는 찾을 수 없을 거예요."

"그래……요?"

온몸에서 힘이 빠져나갔다. 헛고생이었다. 역시 한낱 오컬트 작가가 짜낸 가설은 망상에 불과했다.

그녀가 부드러운 목소리로 말했다.

"만일을 위해 말씀드리는데, 노자키 씨의 가설이 모두 틀린 건 아니에요. 틀린 건 결론뿐이에요."

"결론뿐이라고요?"

"네에."

그녀는 바람에 날려 뺨에 걸린 검은 머리칼을 쓸어 올리며 나를 올려다보았다.

"예상은 했지만 산이란 건 역시 '해석'에 불과했어요."

무슨 말인지 금방 알 수 있었다. 오컬트 세계에 몇 년이나 있었으면서 그것도 몰랐다니…….

"……전 해석을 액면 그대로 받아들였습니다."

그녀는 길이 없는 앞쪽을 바라보며 말했다.

"그래요. 괴물이 나타났다. 어디서 왔는지도, 어디로 갔는지도 모른다. 그런 목격담이 잇따르는 마을 옆에 사람들이 가지 않는 산이 있으면, 마을 사람들은 이렇게 생각할 거예요. 괴물은 그 산에서 왔다고. 평소에 그곳에 산다고. 하지만 그건 사실이 아니에요. 단순한 해석에 불과하죠."

그렇다. 사람은 이해할 수 없는 괴이한 사건을 자기 눈으로 보면 가까운 곳에서 원인을 찾고, 논리를 날조해 스스로를 이해시킨다. 그것이 '해석'이다.

어촌에서 괴이한 사건이 발생하면 마을 사람들은 바다에서 원인을 찾는다. 무엇인가가 바다에서 왔다고 '해석'하는 것이다.

이해하기 쉬운 예를 들자면, 사람이 죽은 지 얼마 안 된 집에서 괴이한 사건이 발생한 경우다. 그러면 유족은 죽은 사람 탓으로 돌린다. 즉, '영혼의 소행'이라고 '해석'하는 것이다.

사고나 사건 현장도 마찬가지다. 요괴나 유령 이야기는 대부분 이런 해석을 제3자가 진실로 받아들여 확대시키고, 그것이 몇 번씩 반복되고 거듭되어서 태어나곤 한다.

이것은 오컬트 초보자가 저지르기 쉬운 실수다. 오컬트를 어느 정도 파고들면 이런 사실을 금방 알게 된다. 나도 오컬트 작가가 되기 이전에 그런 지식을 갖고 있었다. 그럼에도 마코토와 치사가 걱정된 나머지 결론을 서두른 것이다.

바보 같은 짓이다. 시간 낭비다. 이러는 동안에도 치사는, 치사를 걱정하는 마코토는.

스스로에게 어이가 없고 화가 나서 무의식중에 주먹을 불끈 쥐었다.

"내려가서 담배라도 피울까요?" 고토코가 말했다.

언제나 그렇듯 감정 없는 말투였지만 나를 배려하는 것은 분명했다. 지금 마코토의 언니에게 위로를 받고 있다.

어떻게 대답해야 좋을지 몰라서 가만히 있자 그녀가 다시 온화한 얼굴로 말했다.

"저도 반성하고 있어요. 너무나 희망적으로 생각했거든요."

"그게 무슨……."

"이쪽이 공격해 들어갈 수 있다면 그런 편이 좋다고 생각했어요. 불의의 기습이라고 할까요? ……그렇게 엄청난 그것도 자기 영역을 침범당하는 것엔 익숙하지 않을 테니까요."

그녀는 비석을 쳐다보면서 안주머니에 손을 집어넣었다.

"이제 시간이 별로 없어요. ……역시 이걸 사용할 수밖에 없을 것 같네요."

이것이라니, 그게 뭔가.

내가 묻기 전에 그녀는 안주머니에서 손을 빼고 얼굴 앞으로 치켜 올렸다. 검은 가죽 장갑의 끝이 잡고 있는 것은 칙칙한 초록색의 낡은 부적 주머니였다.

스미에한테서 받은 시즈의 유품.

마도부였다.

# 15

도쿄로 돌아오자마자 마코토의 집을 대강 청소한 뒤, 창문을 활짝 열고 베란다로 나가서 담배를 피웠다. 4층 베란다에서는 야경이라고 할 것까지는 없지만 주변 경치는 어느 정도 둘러볼 수 있었다.

고토코의 지시였다. 오늘 밤 이곳에서 치사를 되찾는다. 그러기 위해서는 준비가 필요하다고 했다.

"저는 교토에 갔다가 나중에 갈게요. 귀찮겠지만 집을 깨끗하게 청소해주시겠어요? 주술의 기본이지만 마코토는 분명히 청소를 잘 안 해서 지저분할 거예요."

K역 앞에서 보라색 연기를 내뿜으면서 그녀는 말했다. 연락도 하지 않는 사이면서 동생에 관해서 훤히 꿰뚫고 있었다.

옷과 천 조각은 접어서 서랍에 넣고, 편의점에서 사온 걸레로 먼지를 닦았다. 청소기를 돌리고 만일을 위해 물걸레질도 했다. 우리 집도 이렇게까지 꼼꼼하게 청소하지는 않는다. 고토코가 올 때까지 무엇인가에 집중하지 않으면 조바심이 나서 견딜 수 없기 때문이었다.

어느덧 밤 10시가 되었다.

멀리 떨어진 아파트의 최상층에서 빨간 전구로 장식한 산타클로스가 보였다. 하얗게 빛나는 주머니를 등에 멘 채 벽에 달라붙어 있었다. 환한 불빛이 넘치는 길거리 덕분에 하늘은 밝게 빛나서, 눈에 들어오는 별은 나란히 있는 오리온자리 세 개 정도였다.

주머니에서 끈목을 꺼냈다. 검은색과 오렌지색 실이 꼬여 있고, 끝에는 추가 달려 있다. 가나의 집 베란다에 떨어져 있던 마코토의 도구다.

내가 다룰 수 있는 물건이 아니라는 건 알고 있었지만, 맨손보다는 마음이 안정되었다. 한마디로 말해서 부적이다. 다하라가 집에 부적을 모아둔 것과 똑같은 심정이다.

그때 희미한 소리가 들려서 무심코 귀를 기울였다. 소리가 점점 가까이 다가왔다. 덜컹덜컹……. 무거운 것이 굴러가는 소리다.

소리가 나는 쪽으로 눈길을 돌리자 사람의 그림자가 아파트 앞 좁은 길을 지나가고 있었다. 소리는 사람의 그림자가 끌고 있는 커다란 캐리어에서 들렸다.

가로등이 그림자를 비추었다. 작은 체구에 뒤로 묶은 머리. 갈색 다운코트. 캐리어는 은색이고, 무표정한 얼굴에서 새하얀 입김이 새어 나왔다.

고토코다.

서둘러 담뱃불을 빈 캔에 끈 뒤, 끈목을 주머니에 쑤셔 넣고 현관을 향해 뛰어갔다.

두 계단씩 뛰어내려서 1층 공동 우편함 앞으로 가자 그녀가 작은 몸으로 커다란 캐리어를 들어 올리려고 하고 있었다. 인사도 하는 둥 마는 둥 하고 빼앗듯이 캐리어를 잡았다.

그녀는 깜짝 놀란 얼굴로 나를 올려다보았다. 평소보다 약간 눈을 크게 떴다. 내가 내려온 걸 지금 알아차린 걸까?

"제가 들게요."

대답을 듣지 않고 두 손으로 캐리어를 들었다. 무겁긴 하지만 예상했던 무게였다.

"죄송해요. 괜히 성가시게 했네요."

여느 때처럼 조용하고 또랑또랑한 말투였다.

우리는 말없이 마코토의 집으로 들어갔다.

캐리어를 거실에 두고 그녀는 넓은 방과 커다란 침대를 말없이 보았다. 그리고 천천히 발을 옮겨서 거실과 부엌, 창가를 차례대로 둘러보았다. 검은 가죽 장갑 낀 손을 턱에 대고 가끔 생각에 잠기기도 했다.

방향을 확인하는 듯했다. 풍수지리적으로 대책을 세우려는 걸까? 아니면 다른 무엇인가를 생각하는 걸까?

그녀는 '주술'을 한다고 했다. 내용은 알려주지 않았다. 하지만 K시에서 나눈 대화를 통해 그녀가 무엇을 할지 대강 짐작이 갔다. 그래도 의문이 남는다.

그녀는 집을 한 바퀴 둘러보고 침대 위로 올라가더니 캐리어 앞에서 멈추었다. 그리고 현관 쪽을 힐끔 보고 나서 입을 열었다.

"그럼 시작할까요?"

침대 위에 무릎을 꿇고 앉아서 캐리어의 잠금쇠를 열고 두 손으로 뚜껑을 들어올렸다.

안에는 하얀 주머니 몇 개와 나무 상자가 들어 있었다. 주술에서 자주 사용하는 신장대(나무에 종이를 풍성하게 매달아놓은 것-옮긴이)나 부적, 비쭈기나무의 이파리와 소복, 염주나 수정 구슬을 상상했던 내게는 의외였지만 이내 잡념을 뿌리쳤다. 나는 오컬트의 물건과 기호에 너무 세뇌되어 있었다.

"지금부터 그것을 부를게요."

그녀는 내가 예상했던 말을 했다. 그리고 두 손으로 커다란 나무 상자 하나를 정중하게 들어올렸다.

"그런데……." 나는 그녀 옆에 엉거주춤하게 서서 계속 느껴왔던 의문을 입에 담았다. "그것을 불러내서 어떻게 치사를 되찾죠?"

괴물을 설득해서 내놓게 만들까? 아니면 굴복시켜서 있는 곳을 알아낼까? 그것을 매개로 '멀리' 있는 치사와 접촉할 방법이 있는 걸까?

하지만 그것이 이 세상의 존재가 아닌 이상, 보통의 '납치'와 똑같이 간주하는 시점에서 나는 사태를 잘못 보고 있는 건지도 모르겠다.

"제 예상이 맞는다면……."

그녀는 나를 보지 않고 말하면서 캐리어에서 꺼낸 나무 상자를 열었다. 안에는 500밀리리터 페트병 크기의 울퉁불퉁한 돌이 천에 쌓여 있었다. 돌의 한쪽은 뾰족하고 한쪽은 평평했다.

두 손으로 돌을 꺼내자 평평한 쪽을 밑으로 해서 바닥에 놓았다. 쿵 하고 무거운 소리가 들렸다. 돌은 형광등 불빛을 둔탁하게 반사하면서 뾰족한 끝을 천장으로 향했다.

"……치사는 그것과 같이 올 거예요."

그녀는 앉은 자세를 바로 하면서 그렇게 말했다.

무슨 뜻인지 물으려는 순간, 그녀는 무릎 위의 장갑을 쳐다 보더니 "걸리적거리는군" 하고 중얼거리며 양쪽 장갑을 모두 벗었다.

하얀색과 붉은색이 뒤얽힌 오그라든 피부가 드러났다. 얇은 손등도, 짧은 손가락도 온통 켈로이드로 뒤덮였다. 손톱도 구부러져 있었다.

나는 말문이 막혀서 그대로 굳어졌다. 하지만 그녀는 다운 코트 주머니에 장갑을 쑤셔 넣고 아무 일도 없었던 것처럼 말했다.

"노자키 씨, 이 돌을 현관문에 끼워주시겠어요? 문이 활짝 열리도록요. 과장스럽게 보이겠지만 이걸로 문을 고정할 거예요."

돌은 보는 것과 똑같이 무거워서, 현관문에 끼우자 단단히 고정되었다.

거실로 돌아오자 그녀는 하얀 블라우스와 검은 바지 차림이었다. 다운코트와 검은 재킷은 개켜서 캐리어 옆에 놓아두었다.

현관에서 차가운 바람이 들어왔다. 나도 모르게 몸이 떨렸지만 그녀는 신경도 쓰지 않고 단추를 풀어 소매를 걷어 올렸다.

오른팔에는 뭔가에 할퀸 것처럼 새로운 상처가 종횡으로 마구 내달렸다. 왼팔 또한 켈로이드로 뒤덮여 있었다.

"놀라셨어요?"

한순간 망설였지만 솔직히 대답하는 쪽을 선택했다.

"네."

그녀는 표정 하나 변하지 않고 다시 캐리어 앞에 앉아 하얀 주머니를 꺼냈다. 주머니 안에서 꺼낸 것은 특별할 것 없는 스프레이였다. 몸체는 깡통이고, 뚜껑은 까만색이었다.

"직업병이에요. 작가들은 눈이 나빠지거나 건초염에 걸리곤 하잖아요? 그것과 똑같아요."

"하지만 마코토는 그렇게 커다란……."

"그 애하곤 경험이 달라요. 규모도 다르고요."

그녀는 스프레이를 들고 복도로 가더니 세면장으로 사라졌다. 뒤를 따라가자 스프레이 뚜껑을 열고 거울 앞에서 위아래로 흔들었다. 그러면서 나를 쳐다보고 서늘한 얼굴로 말했다.

"노자키 씨, 깜빡 잊고 말을 안 했는데요. 일이 끝나면 정리를 부탁해도 될까요? 그리고 제 대신 마코토에게 사과해주세요. 집을 지저분하게 만들어서 미안하다고요."

"네, 그건 상관없지만 지저분하게 만든다는 게 무슨……."

나는 그렇게 말하며 세면장으로 한 걸음 들어갔다.

"고맙습니다."

그녀는 시선과 턱만으로 인사를 하고 거울에 스프레이를 분사했다. 눈 깜짝할 사이에 크고 새까만 얼룩이 거울을 메우기 시작했다. 시너 냄새가 코를 찔렀다. 컬러 스프레이다.

그녀는 이리저리 스프레이를 분사하면서 말했다.

"그쪽에서 싫어하는 건 미리 정리해둘 것, 손님을 초대할 때의 기본 예의죠. 상대가 사람이 아니더라도요."

거울이 새까맣게 변하자 그녀는 스프레이의 뚜껑을 닫고 내 쪽으로 걸음을 내디뎠다. 옆으로 비켜주자 다시 거실 캐리어 앞에 앉았다.

스프레이를 정리하고 다음에 꺼낸 것은 좁고 긴 주머니였다. 주머니 안에서 꺼낸 것은 가느다란 보라색 끈목으로, 꼼꼼하게 묶여 있었다. 그녀는 묶인 매듭을 풀면서 말했다.

"그 애가 예전에 굴을 먹고 체했다는 건 아시죠? 그래서 조개를 안 먹는다는 것도요."

갑자기 화제를 바꾸었지만 신경 쓰지 않고 대답했다.

"네."

"그 애에게 굴을 먹인 게 저예요."

그녀는 그렇게 말하더니 일어서서 거실 구석으로 향했다. 그리고 기다란 끈목을 벽에 붙이면서 걸었다.

"이웃 사람이 고급 굴을 주었는데 숫자가 부족했어요. 그 애를 비롯해 위의 애들한테만 먹였더니, 다들 그날 밤 배를 부여잡고 구르며 괴로워했어요. 다행히 심각한 사태는 벌어지지 않았지만요……. 부모님과 밑의 애들은 전날 남은 카레로 식사를 마쳐서 별탈이 없었어요. 저도 그랬고요. 물론 우연과 불운에 불과했지만……."

위의 애들. 밑의 애들.

고토코와 마코토에게 다른 형제들이 있었던가?

끈목이 거실을 에워쌌다. 그녀는 끈목의 양쪽 끝부분을 가볍게 묶었다.

"나중에 마코토와 위의 애들로부터 귀가 따갑게 원망을 들었어요. 처음부터 알고 안 먹은 게 아니냐고요. 당시 중학교 2학년이었는데, 나름대로 일을 하고 있었거든요."

그녀는 두 손등을 내밀다 바로 밑으로 내렸다.

"이 흉터는 그때 생긴 거예요. 불을 사용하는 위험한 상대였거든요. 통증은 이게 가장 심한데, 현대의학으론 고칠 수 없대요. 통증을 참기 힘들 때는 온천물에 담그는 수밖에 없어요. 최근에는 고다카라 온천이 비교적 잘 듣더라고요. 어디까지나 '개인적인 느낌'이지만요."

표정 하나 바뀌지 않고 그렇게 말하더니, 다시 거실 벽을 따라 걸으며 끈목의 늘어진 부분을 고쳤다.

"이 화상…… 지금은 좋은 경험이었다고 생각하지만 그때는 진심으로 벌을 받았다고 생각했어요. 동생들을 괴롭게 만든 벌이라고요. 지금도 그때도 신 같은 건 믿지 않는데 말이에요."

옛날이야기를 하면서 그녀는 거침없이 준비를 해나갔다. 다음에 나무 상자에서 검은색 작은 쟁반을 꺼냈다. 흑단일까? 그녀는 쟁반을 침대 한가운데에 놓더니 이어서 하얀색 작은 주머니를 손에 들었다.

침묵이 견디기 힘들었고, 또한 이야기를 듣고 마음에 걸리는 게 있어서 물어보았다.

"마코토…… 마코토 씨는 당신을 원망하는 것 같지는 않았습니다."

"그냥 편하게 불러도 괜찮아요. 둘이 사귀고 있죠?"

별안간 그렇게 되물어서 당황했지만 겨우 맞다고 대답했다.

"지금은 많이 얌전해졌지만 옛날에는 툭하면 저에게 반항하려고 했어요. 제가 아니라 제 힘에 화가 났던 것 같아요."

하얀색 작은 주머니를 쟁반 한가운데에 놓고 조금 전과 다른 평평한 나무 상자를 꺼내더니, 이번에는 뚜껑을 열지 않은 채 침대 위에 놓았다. 이어서 캐리어에 남아 있던 검은색 작은 천 주머니를 꺼냈다. 길고 가늘었으며 한가운데는 끈으로 묶여 있었다.

끈을 풀기 전부터 무엇인지 알 수 있었다. 주머니 안에서 나온 것은 새 붓이었다. 그녀는 쟁반 앞에 무릎을 꿇고 앉아 침대 시트 위에 붓을 놓은 후, 쟁반 위에 있는 하얀색 주머니를 두 손으로 들어 올리고 안에 있는 것을 천천히 꺼냈다. 칙칙한 초록색 낡은 부적 주머니. 마도부였다.

그녀는 새 붓으로 부적 주머니를 꼼꼼하게 쓸기 시작했다. 앞면도 뒷면도, 위쪽도 아래쪽도. 그녀의 얼굴은 지금까지처럼 무표정했지만, 분위기는 조금 전과 완전히 달랐다. 나는 분위기에 압도당한 채 그저 그녀의 모습을 지켜볼 따름이었다.

주머니에서 내용물인 부적을 꺼내고, 이것도 마찬가지로 깨꿋하게 쓸어서 다시 주머니에 넣었다. 마도부를 흑단 쟁반에 올리자 그녀는 주머니에서 담배와 휴대용 재떨이를 꺼내 옆에 놓았다.

"굴 사건만이 아니에요. 그 애에게 미안한 짓을 했어요."

대꾸하지 않고 잠자코 있자 그녀는 시선을 떨구고 작게 한숨을 내쉬었다.

"그 애는 제 힘을 지긋지긋하게 생각한 나머지 저와 똑같든지, 그 이상의 힘을 얻으려고 한 모양이에요. 열여섯 살에 집을 나온 이후, 상당히 무리를 했다고 사람들을 통해 들었어요. 수행자나 승려를 흉내 내서 위험한 수행을 하거나 영력을 높인다고 소문난 위험한 약초에 손을 대거나…….'

처음 듣는 이야기였다. 마코토가 언니인 고토코에게 존경 이상의 감정을 품고 있는 줄은 알았지만 영매사의 힘은 태어날 때부터 가지고 있다고 생각했다. 그런데 그렇지 않았다니.

"나름대로 소질은 있었지만 지금 같은 힘을 얻은 건 노력의 산물이에요. 그런데 그건 그 애의 몸을 갉아먹는 양날의 칼이었죠."

그녀는 담뱃갑에서 담배를 하나 꺼내 불을 붙였다. 연기를 내뿜고 잠시 현관을 보았다. 이윽고 피어올랐다 사라지는 연기를 바라보면서 다시 입을 열었다.

"그 애가 아이를 가질 수 없게 된 건 전부 제 탓이에요."

그녀의 표정엔 변함이 없었다. 다만 그 순간, 눈에 희미하게 슬픈 빛이 감돌았다.

"그랬군요……."

나는 그렇게 대답하는 게 고작이었다.

솔직히 말해서 놀라기는 했다. 그 말을 듣고 마코토를 생각하니 가슴이 아팠지만, 그렇다고 고토코를 싫어하는 감정은 솟구치지 않았다.

"하지만 마코토는 지금도 당신을 존경하고 있습니다. 그건 옆에서 보면 금방 알 수 있죠. 동기야 어떻든 몸을 망가뜨린 건 마코토 자신의 선택이자 의지의 결과였습니다. 따라서 그렇게 책임을 느낄 필요는 없다고 생각합니다."

그런 말이 입을 뚫고 나왔다. 말을 하면서 깨달았지만 이 자리를 무마하거나 잘 보이기 위해서가 아니라 진심에서 우러나온 말이었다.

"그래요?" 그녀는 담배를 몇 모금 빨더니 천천히 나를 쳐다보았다. "……노자키 씨는 어떠세요? 마코토를 그렇게 만든 제가 원망스럽지 않으세요?"

"아뇨, 전혀요." 그녀의 눈을 똑바로 쳐다보며 덧붙였다. "제게는 그런 마코토가 누구보다 소중하니까요."

이것도 본심이었다.

"그렇군요……."

그녀는 담배를 재떨이에 내려놓고 나를 정면으로 바라보았다. 그리고 침대를 손으로 짚으며 깊숙이 고개를 숙였다.

"마코토를 잘 부탁합니다."

"이러지 마세요."

깜짝 놀라 일으켜주려고 한 순간, 그녀가 갑자기 고개를 들고 현관을 뚫어지게 쳐다보았다. 그리고 어이없어 하며 나를 보았다.

"왔어요."

그녀는 그렇게 말하고 앉은 자세를 바로 했다. 나는 재빨리 현관을 쳐다보았다. 현관문 너머는 캄캄했다. 가로등이나 이웃집 불빛도 보이지 않았다.

나는 엉거주춤 일어선 채 마른침을 삼키고 네모난 어둠을 노려보았다. 변화는 없었다. 발소리도 들리지 않았다.

"성공한 것 같군요. 마도…… 즉, 저주가요."

그녀는 또렷한 목소리로 말했다.

"무슨 말씀이시죠?"

그녀가 현관에 시선을 고정한 채 대답했다.

"조금 전까지 한 이야기에 거짓은 없지만 그건 대부분이 저주였어요. 시즈 씨가 긴지 씨를 저주한 것처럼 제가 저 자신을 저주했죠. 마코토를 괴롭힌 저 자신을요. 그러면……."

별안간 뜨뜻미지근한 바람이 현관에서 불어왔다. 나는 눈을 가늘게 뜨고 손으로 얼굴을 가렸다. 바람은 우리를 가로지르더니 방의 소품과 커튼, 조명에 매달린 끈 등을 집요하게 흔들었다. 바람이 집 안을 빙글빙글 돌아다니고 있는 것이다.

끈적한 습기가 몸에 달라붙었다. 불쾌함이 몸을 휘감아 얼굴을 찡그리자 그녀가 피우던 담배를 입에서 떼고 허공에 연기를 내뿜었다.

연기는 순식간에 바람에 흩어져서 사라졌다.

그녀는 놀라지도 않고 물건들이 흔들리는 방을 천천히 둘러보았다.

큭큭큭큭큭.

후후후후후.

히히힉, 히히힉.

바람을 타고 희미한 웃음소리가 귀에 닿았다. 사람의 웃음소리가 아니란 건 금방 알 수 있었다. 귀에 거슬리고 박자가 맞지 않으며 사람의 목에서 나오는 소리가 아닌 듯했다.

주위에서 바람이 소용돌이쳤다. 옷 아래로 땀이 흐르기 시작했다.

"마코토 씨."

여자의 목소리가 들렸다. 또렷한 목소리. 나이는 알 수 없고, 단지 여자라는 사실은 알 수 있는 부자연스러운 목소리였다.

현관에 여자 그림자가 있었다. 밤의 어둠보다 더 어두운 그림자. 키는 크지도 작지도 않다. 머리칼이 길다는 것만은 실루엣으로 알 수 있었다.

그림자는 천천히 이쪽으로 걸어오면서 속삭였다.

"마코토 씨 계세요? ……마코토 씨."

"없어."

고토코가 딱 잘라 대답했다. 그림자가 멈춤과 동시에 바람 속 웃음소리가 커졌다.

하하하하하.

없대.

후후.

대답했어.

대답했네.

대답했어어어!!

비웃는 목소리. 아이와 노인과 노파가 동시에 말하는 듯한, 기묘한 울림을 동반한 목소리.

그 비웃음을 뚫고 새로운 목소리가 들렸다.

"그러면…… 가즈히로 씨는 있나요?"

고토코가 나를 힐끔 쳐다보았다. 나는 얼굴에 배어나온 식은 땀을 닦으면서 고개를 끄덕였다.

그녀가 고개를 옆으로 흔들었다. 나는 다시 고개를 끄덕였다.

가즈히로는 내 이름이다. 일하는 곳에서는 사용하지 않는 본명이다. 도쿄에 상경한 이후, 그 이름으로 불린 적은 거의 없다. 마코토도 나를 성으로 부르고 있다.

하지만 눈앞에 있는 그것, 즉 보기왕은 알고 있었다. 어딘가에서 내 이름을 알아내서 불렀다. 물론 조사했을 수도 있지만, 왜 지금 내 이름을 부르며 다가오는지 알 수 없었다.

그림자는 천천히 복도를 걸어서 가까이 다가왔다. 형광등이 몇 번 깜빡이다 꺼졌다.

웃음소리가 소리 없는 웃음으로 바뀌면서, 점액질 같은 미지근한 습기가 온몸에 끈적하게 달라붙었다. 어둠 속에서 달칵하는 소리가 나더니 침대 위에서 작고 빨간 불꽃이 켜졌다. 고토코가 담배에 불을 붙인 것이다.

후욱. 연기를 내뿜는 소리가 어둠 속에서 들렸다.

소리 없는 웃음이 다시 비웃음과 매도의 목소리로 바뀌었다.

우히히히히.

담배, 담배.

괜찮아.

괜찮거든.

할머어어어어엄이야?

음하하하하하.

눈이 점점 어둠에 익숙해졌다. 새하얀 침대 시트 위에서 하얀 블라우스를 입은 고토코의 모습이 처음으로 눈에 들어왔다. 표정은 알 수 없었다. 다만 앞을 쳐다보며 담배를 피우고 있었다.

"산으로 가요."

여자 목소리가 그렇게 말했다. 나는 대답하지 않았다. 당연히 고토코도 대답하지 않았다.

산.

산, 산.

가요, 가요.

주변의 목소리가 따라서 말했다.

고토코가 깊이 연기를 내뿜고 딱 잘라 말했다.

"안 가."

"안 가."

똑같은 목소리가 복도에 메아리쳤다.

"재앙이나 카르마라는 개념은 인간의 해석, 즉 이치를 맞추기 위한 도구라고 할 수 있어요. 당신의 조상이 무슨 짓을 했는지 알아요? 요즘 시각으로 볼 때, 창고에 있던 일기장에는 대단히 잔혹한 내용이 쓰여 있어요. 그중 몇 가지는 실행에 옮겼을 거예요. 그 뼈는 어린아이의 것이에요. 그런데 조상이 '부우로'라고 부르는 존재는 그런 것과는 상관없이 이 집에 자리 잡고 있는 것 같아요. 우리가 이해할 수 없는 이유로, 해석할 도리가 없는 이치로 말이죠."

고토코의 목소리가 낭랑하게 울려 퍼졌다. 누군가에게 이야기하는 듯한 말이 바람의 틈새에서 막힘없이 들려왔다.

이것은 일에 관한 이야기다. 아마 다른 일을 하는 도중에 그녀가 한 말이리라.

"그래, 전파를 잡을 수도 있어?"

흥, 하고 코웃음 치는 소리가 들리고 말이 이어졌다.

"전파를 간섭할 수도 있어? 목소리를 흉내 내기 쉽다면 전화로 불러낼 수도 있겠지."

그녀가 담배를 피우면서 말했다.

"인간에게 직접 간섭하는 것보다 훨씬 쉽잖아? 아니면 아직 절차가 생각나지 않는 거야? 생각이 나도 금방 잊어버려? 이쪽 세계가 너무 달라져서 잘 모르는 거 아니야?"

목소리들이 술렁거린다. 웃음이 집 안을 가득 메웠다.

어둠 속에서 고토코가 천천히 주변을 둘러보는 것을 알 수 있었다.

그녀는 작게 한숨을 쉬더니, 발밑의 마도부를 주워서 얼굴 앞으로 내밀었다.

"이 주변에 있는 작은 것들은 일부러 여기저기서 불러 모은 거야? 이렇게 많이 데려오지 않으면 여기까지 올 수 없어? 갑자기 불러내서 겁먹은 거야?"

술렁거림 속에서도 그녀의 목소리는 잘 들렸다. 결코 큰 목소리도 아니고 감정을 노골적으로 드러내지도 않았지만, 말투는 분명히 괴물을 도발하고 있었다.

하지만.

그녀의 하얀 블라우스가 젖어서 등에 달라붙은 것이 보였다. 땀이다. 축축하고 뜨거운 바람 탓만은 아니다. 땀의 양이 보통이 아니다. 긴장한 것이다. 말이나 태도와는 반대로.

"내 이름은 모르나 보지? 널 부른 사람은 난데?"

마도부를 움켜쥔 그녀의 뺨에 한 줄기 땀이 흘러내렸다.

"알고 있어."

여자 목소리가 간결하게 대답했다.

알고 있어.

알고 있거든.

알고 있대.

킥킥킥.

이름.

이르ㅇㅇㅇㅇㅇㅇㅇㅇ음.

뭐야?

응? 뭐야?

주변의 목소리가 시끌벅적 떠들었다. 들뜬 목소리로 제각기 소리쳤다.

우하하하하.

아하하하.

크흐흐흑 크흐흐흑.

목소리가 조금씩 커진다. 복도의 기척과 사람의 그림자가 커진 듯한 생각이 들었다. 바람은 뜨거운데 오한이 몸을 가로질렀다.

얘들아, 먹자.

먹자.

먹자.

먹자아아아아아아아아아아.

난 여자를 먹을래.

난 남자.

난 둘 다아아아아아.

주변의 목소리가 귀가 아플 만큼 굉음이 되어서 나도 모르게 한쪽 귀를 막았다.

그사이를 뚫고 여자 목소리가 들렸다.

"산으로 가요. ……고토코 씨."

다음 순간, 갑자기 소란스러움이 멈추었다. 습기가 몸에서 벗겨져 발밑으로 떨어졌다. 형광등이 두세 번 깜빡이더니 다시 어둠이 자리했다. 한순간 눈앞에 회색 덩어리가 보여서, 나는 황급히 몇 발짝 뒤로 물러섰다.

침묵이 어둠을 지배했다.

찌지직 소리가 나고 고토코의 담배가 약간 밝게 빛났다.

후우우우. 연기를 내뿜는 소리.

……고토코.

등 쪽에서 속삭이는 소리가 났다.

고토……코…….

이번에는 오른쪽에서.

목소리는 작아지고 비웃음은 완전히 사라졌다. 오히려 겁을 먹은 듯 숨죽이고 잇따라 그녀의 이름을 속삭였다.

"그래." 그녀는 담배를 피우면서 땅속 깊숙한 곳에서 울리는 듯한 목소리로 말했다. "평소에 여기저기 얼쩡거리며 사이좋게 어울려 다니는 너희들이라면 이런저런 이야기를 들었겠지?"

설마…….

설마…….

목소리들이 술렁거렸다. 어느 목소리는 떨고 어느 목소리는 우는 것처럼 들렸다.

히…… 히가 고토코냐아아아아아!

비명이 솟구쳤다.

느닷없이 강한 바람이 소용돌이치더니, 현관을 향해 엄청난 속도로 빠져나갔다. 작은 물건이나 커튼은 물론이고 가구까지 덜컹덜컹 흔들렸다. 나는 바람에 날려갈 것 같아서 바닥에 주저앉았다.

비명이 점점 멀어지더니, 바람이 그침과 동시에 작아졌다가 사라졌다.

고토코는 담배를 끄고 침대 위에서 스윽 일어났다. 기척과 하얀 블라우스의 움직임으로 간신히 그녀의 행동을 알아차릴 수 있었다.

기척이 느껴졌다. 복도에서 서성이고 있다. 아까보다는 거리가 멀다. 뒤로 물러섰는가.

고토코는 다시 냉정한 말투로 돌아갔다.

"넌 멀리 떨어진 산에 있어서 잘 모르겠지만 이런저런 일에 고개를 들이밀어 이름이 많이 알려졌거든. 액막이를 하거나 진정시키고 싶어도 먼저 도망칠 정도로 말이야. 이런 게 유명세라는 걸까?"

말이 끝나기가 무섭게 거실 구석이 희미하게 밝아졌다. 끈목이 빛나고 있다. 연기가 피어오르듯 푸른빛이 벽을 타고 천장으로 올라갔다.

결계인가.

여자 그림자가 천천히 흔들리다가 앞으로 한 걸음 다가왔다.

"고토코 씨."

"난 여기 있어." 고토코가 확실하게 대답했다.

순간 복도의 공중에 작고 하얀 형체가 떠올랐다. 하얀 형체의 숫자는 순식간에 많아지더니 위아래로 나란히 벌어졌다.

이건…… 입이다. 하얀 형체는 이빨이다.

다하라 히데키의 얼굴을 짓이기고, 마코토의 몸에 독을 집어넣은 이빨…….

따닥. 갑자기 큰 소리가 나면서 입이 시야에서 사라졌다.

"엎드려!" 고토코가 소리쳤다.

다음 순간.

거실 주변에서 무엇인가가 찢어지는 소리가 나고 다시 캄캄해졌다. 왼발에 통증이 내달렸다. 한순간 숨이 멈췄지만 다시 내쉰 뒤 가까스로 바닥에 엎드렸다.

무엇인가가 뺨을 스쳤다. 손으로 만지자 실의 보푸라기 같은 것이 손가락 사이에서 어이없이 사라졌다. 어둠 속에서 보라색이란 것만 간신히 알아볼 수 있었다. 주변 바닥에도 보라색 유충 같은 잔해가 굴러다니고 있었다.

끈목이다. 고토코가 거실 주변에 둘러쳐놓은…….

결계가 깨진 것이다. 한순간에. 일격에.

그것은 예전보다 훨씬 강해졌다.

그때 침대에서 무엇인가가 쿵 하고 굴러 떨어졌다. 고토코다. 안아서 일으키기 직전에 스스로 몸을 일으킨 뒤, 고개를 들어 현관을 노려보며 말했다.

"죄송하지만 제 몸은 제가 지킬게요."

그녀는 다시 침대로 올라가더니 들고 있던 상자를 열고 안에 있는 물건을 꺼냈다. 둥글고 평평한 물건이 어둠 속에서 파랗게 빛나며 켈로이드로 뒤덮인 그녀의 손을 비추었다.

거울이다. 거울이 빛을 내뿜고 있다.

그녀의 주변이 서서히 밝아졌다. 눈앞에 커다란 회색 괴물이 서 있었다. 긴 다리. 뒤틀린 작은 몸통. 축 늘어뜨린 두 팔. 검은 머리에 가려서 얼굴은 보이지 않는다. 흔들흔들. 고토코 앞에서 몸을 이리저리 흔들고 있다.

고토코의 목소리가 들렸다.

"거울이 없다고 안심했어? 있거든. 잘 닦아놓은 빈티지 거울이 말이야."

기다란 검은 머리칼이 소리도 없이 곤두서고, 그 너머에서 거대한 입이 벌어졌다. 새카만 혀가 축 늘어졌다. 음식물이 상한 시큼한 냄새가 어두운 공간을 떠다녔다.

괴물은 몸을 뒤로 젖혀서 크게 반동을 붙인 뒤 고토코에게 덤벼들었다.

고토코가 얼굴 앞으로 거울을 내밀었다. 그러자 들쑥날쑥한 이빨이 거울 앞에서 멈추었다. 잇몸이 다시 크게 벌어졌다가 순식간에 닫혔다.

이빨 부딪치는 불쾌한 소리가 집 안에 메아리쳤다. 그와 동시에 금속이 긁히는 날카로운 소리가 부엌을 뛰어다녔다. 나는 귀를 막고 바닥에 엎드렸다.

콰당콰당. 바닥에 무엇인가가 떨어지는 소리가 났다. 깨지는 소리와 흩어지는 소리가 이어졌다.

가까스로 얼굴을 들자 고토코는 꼼짝도 않고 괴물에게 빛나는 거울을 비추며 말했다.

"어때? 이거 제법 쓸 만하지?"

"고토코 씨."

괴물의 목소리다. 입은 벌어지지 않았다. 입으로 말하는 게 아니다.

"왜?"

고토코는 아무렇지 않게 대답했다.

"산으로 가자."

"안 가."

"가자."

"난 안 가."

"모두 기다리고 있어."

"모두?"

고토코가 살짝 고개를 갸웃거렸다. 괴물은 다시 몸을 뒤로 젖히더니 천천히 입을 벌렸다.

"아이. 아이들."

괴물…… 보기왕은 확실하게 그렇게 말했다.

고토코가 눈을 크게 뜨고 보기왕을 올려다보았다.

"역시 그랬군. 그럴 줄 알았어. ……그래서 사람을 납치하는 거였군."

확신에 가득 찬 목소리였다.

아무렇게나 늘어선 들쑥날쑥한 이빨이 다시 고토코에게 다가가더니 거울 앞에서 난폭하게 닫혔다.

따닥!

안쪽에서 TV가 찌부러지더니, 뭔가가 터지는 소리와 함께 불꽃이 흩어졌다.

다시 보기왕이 입을 열고 즉시 닫았다.

따닥!

식탁 다리 네 개가 한가운데에서 잘리더니, 시끄러운 소리와 함께 그대로 무너졌다.

식탁에 깔릴 것 같아서 나는 서둘러 창가로 굴러갔다.

보기왕은 온몸을 크게 젖히면서 또다시 허공을 깨물었다. 이빨이 딱딱거리는 소리에 섞여서 찌익 하는 날카로운 소리가 들렸다. 그러자 갑자기 고토코의 몸이 크게 휘청거리더니 침대 위에서 한쪽 무릎을 꿇었다.

나는 눈을 크게 뜨고 숨을 들이마셨다. 고토코의 하얀 블라우스가 순식간에 붉게 물들었다. 결국 보기왕에게 물린 것이다. 다카나시, 세쓰코, 다하라, 그리고 마코토와 마찬가지로.

보기왕이 다시 몸을 길게 뻗었다. 기다란 머리칼 사이에서 입을 쩍 벌렸다. 큼지막하게. 위아래로 엄청 큼지막하게. 보라색 입 안이 시야에 가득 들어왔다.

"노자키 씨!"

고토코가 나를 부르면서 돌아보았다. 눈이 마주친 순간, 나를 향해 거울을 던졌다. 거울은 커다란 활을 그리면서 집 안 여기저기로 빛을 던지며 떨어졌다.

나는 거울이 떨어지는 곳으로 미끄러져서 배와 두 손으로 거울을 받았다. 윗몸을 일으킨 순간, 입에서 "아!"라는 소리가 새어나왔다.

고토코가 보기왕의 두 턱 사이에 추하게 늘어선 이빨을 맨손으로 잡고 있었다. 입이 닫히는 것을 막고 있는 것이다. 보기왕이 머리를 흔들며 뿌리치려고 하지만 화상투성이의 작은 손이 보기왕의 이빨을 놓지 않았다.

새까만 혀가 뻗어 나와 그녀의 몸을 휘감고, 기다란 손가락이 그녀의 허리를 잡았다.

위험하다.

나는 재빨리 일어서서 그녀의 흉내를 내며 얼굴 앞에서 거울을 치켜들고…….

"괜찮아요."

고토코의 목소리를 듣고 그대로 굳어졌다. 하지만 금방 생각을 고쳤다. 보기왕은 사람의 목소리를 흉내 낸다. 다시 거울을 치켜들려고 한 순간, 이번에는 그녀가 돌아보면서 말했다.

"정말 괜찮아요."

무슨 뜻일까?

보기왕의 혀가 그녀의 목덜미를 기어갔다. 손가락이 그녀의 옆구리를 파고들었다. 하지만 보기왕의 혀와 팔은 그녀의 몸을 힘없이 감을 뿐, 그녀를 자신에게서 떼어내지 못했다.

"……만져보고 알았어요." 그녀는 보기왕을 쳐다보며 말을 이었다. "혀도, 손도 단순한 장식에 불과해요. 아마 육체도 그럴 거예요. 힘을 가지고 있는 건 입뿐. 아니, 입밖에 남아 있지 않다고 해야 할까요?"

그녀는 자기 말에 스스로 고개를 끄덕였다. 무슨 말인지 이해할 수 없어서 거울을 들고 우두커니 서 있었다.

"고토코 씨." 보기왕이 입을 크게 벌린 채 말했다. "고토코 씨…… 아, 아."

훤히 보이는 목 안쪽에서 갈라진 신음이 들렸다. 괴로워하는 걸까? 우는 걸까? 노인이나 노파인가? 어쨌든 지금까지 들은 목소리와는 다르다.

"……아아, 아…… 아, 파…… 아파…….

목소리가 고통을 호소했다.

"어떻게 이런 일이……."

고토코가 혼잣말처럼 중얼거렸다. 소스라치게 놀랐다는 것을 알 수 있었다.

"아직 남아 있어……."

"으으, 아…… 살, 려……줘……."

목 안쪽의 목소리가 흐느껴 울면서 애원했다.

그녀는 그래도 손힘을 빼지 않고 턱을 잡고 있었다. 그다음에는 목소리가 들리지 않았다. 들리는 것은 오직 그녀의 숨소리와 침대 시트가 스치는 소리, 그리고 나의 숨소리뿐.

쿵.

복도의 어둠 속에서 소리가 들렸다. 습기를 머금은 무엇인가가 바닥으로 떨어지는 소리다.

쿵, 쿵.

아니, 발소리다. 맨발로 복도를 걷고 있다. 걸어서 이쪽으로 오고 있다.

나는 복도에 시선을 고정한 채, 어렴풋이 빛나는 거울을 앞으로 내밀었다. 어둠 속, 복도 중간쯤에서 작은 다리와 몸이 나타났다.

저 옷은 본 적이 있다. 치사다.

옷 여기저기에 갈색 얼룩이 묻었고, 부석부석한 앞머리 사이에서 멍한 눈이 이쪽을 보고 있다.

치사의 얼굴을 잘 보기 위해 앞으로 걸어가면서 거울을 높이 치켜들었다. 치사는 얼굴을 찡그리더니 나를 노려보면서 어린아이의 목소리로 말했다.

"가, 가즈히, 로…… 가즈히로, 씨."

나는 반사적으로 걸음을 멈추었다. 어떻게……? 어떻게 내 이름을 알고 있지?

치사가 입술을 일그러뜨리며 신음하듯 말했다.

"사, 사……."

고토코에게 턱을 잡힌 보기왕이 말했다.

"산으로……."

"산……으로."

치사가 얼굴을 일그러뜨리며 보기왕의 말을 따라했다.

이건…… 이건 다시 말해.

뒤를 돌아보자 고토코가 고개를 작게 끄덕이는 게 보였다.

"……가, 자, 가즈히, 로, 씨이."

치사는 그렇게 말하더니 한 걸음 앞으로 나왔다. 천천히 이쪽으로 다가온다. 손은 양쪽 옆구리에 축 늘어뜨린 채 눈은 반쯤 뜨고 나를 쳐다보고 있다.

고토코의 말이 머리를 가로질렀다. 여기에 오고 나서 들은 수수께끼 같은 수많은 말들.

그것은 왜 '사람을 납치하는' 걸까?

아이들.

입밖에 없는 괴물.

천천히 다가오는 치사를 보고 깨달았다.

그것은…… 보기왕은 이런 식으로 늘어났다.

인간에게서 아이를 빼앗아 만드는 것이다. 다하라 히데키는, 그의 조부모는 그것의 '심사'를 통과하지 못했으리라.

머릿속에서 잇따라 해석이 겹치고 다시 비약했다.

그렇다면 지금 여기에 있는 보기왕도 예전에는…….

사람이었던가. 어린아이였던가. 입을 줄이기 위해 마을에서 데려간 아이들이 이렇게 변한 것인가.

치사가 이를 드러내더니 천천히 입을 벌렸다. 장난 같은 몸짓에 온몸에 소름이 돋으며 나도 모르게 주춤거렸다.

"거울을!" 고토코가 다시 소리쳤다. "치사에게 거울을 가까이 대요! 싫어해도 상관하지 말고!"

쾅! 치사가 발로 바닥을 걷어참과 동시에 거울을 앞으로 내밀었다. 치사가 비명을 지르며 바닥에 엎드렸다. 효과가 있다. 나는 몸을 숙이며 빛나는 거울을 치사의 얼굴을 향해 내밀었다.

"으으으윽."

치사가 빛을 피하려고 복도로 굴러갔다. 얼굴은 고통으로 일그러졌다. 망설임이 솟구치는 것을 억누르고 치사에게 거울을 더 가까이 댔다.

치사가 갑자기 튀어 올랐다. 순간 치사와 부딪치면서 한심하게도 벌러덩 나자빠졌다. 그 틈에 거울이 손에서 떨어지며 바닥으로 굴러갔다.

치사가 이를 드러내며 위로 덮쳐서, 순간적으로 치사의 얼굴을 잡았다. 크게 벌린 치사의 입에서 내 얼굴로 침이 쏟아졌다. 썩은 음식 냄새. 그것과 똑같다. 치사는 보기왕으로 변해가고 있었다.

어린애라고 여겨지지 않을 만큼 강한 힘으로 치사가 나를 눌렀다. 이가 코끝으로 다가와서 얼굴을 돌렸다. 시선 끝에서 거울이 희미하게 빛나고 있었다.

"……엄……."

멀리서 희미한 목소리가 들렸다. 가냘프면서도 흐느끼는 듯한 어린아이의 목소리다.

"……엄…… 엄, 마……."

소리가 나오는 곳을 귀가 찾아냈다. 믿을 수 없다.

나는 치사를 쳐다보았다.

"엄마…… 어디 있어…… 무서워…… 무서, 워…… 으으, 으애애앵, 으앵."

목소리는 눈앞에 있는 치사의 목 안쪽에서 들렸다.

"치사."

멋대로 입에서 말이 흘러 나왔다. 이 몸 깊은 곳에 치사의 의식이 들어 있다. 이 육체의 깊은 곳에 치사의 영혼이 봉인되어 있다. 그것이 엄마를 찾아서 울고 있다.

온몸에서 힘이 빠지며 치사의 얼굴을 잡은 손이 느슨해졌다.

그때 치사가 머리를 세차게 흔드는 바람에 치사의 얼굴에서 내 손이 떨어졌다.

아뿔싸! 그렇게 생각할 틈도 없이 치사가 내 얼굴을 향해 덤벼들었다. 어떻게든 피하려고 상체를 비튼 순간, 왼쪽 어깨에 치사의 이가 박혔다.

불타오르는 듯한 고통이 어깨에서 온몸을 관통했다. 비명을 지르면서 치사의 몸을 잡고 떼어내려고 하자 어깨에 박힌 이가 살을 파고들어 새로운 통증이 몸속을 뛰어다녔다.

아무것도 보지 않는 치사의 눈이 시야 끝에 들어왔다.

쿵! 묵직한 소리가 거실에서 울려 퍼지며 집 전체를 뒤흔들었다. 우르르! 무엇인가가 무너져 내리는 소리가 뒤를 이었다.

고토코에게 무슨 일이 생긴 건가?

나는 신음을 내면서 오른손에 힘을 주어 바닥을 기었다. 손끝에 거울이 닿았다. 치사의 이가 뿌지직 소리를 내며 더욱 깊이 박혔다.

"으아아아악!"

나도 모르게 비명을 질렀다.

하지만 그 덕분에 치사가 올라타 있는 몸을 쭉 펼 수 있었다. 손바닥에 차가운 느낌이 전해졌다. 잡았다.

나는 반동을 붙여서 치사의 머리에 거울을 댔다.

허억. 치사가 숨을 들이마시며 뒤로 물러났다. 이가 어깨에서 빠질 때, 격렬한 통증이 온몸을 내달리며 마비시켰다. 숨을 몰아쉬고 있자 치사가 바닥에 착지하자마자 나를 뛰어넘어 거실로 달려갔다.

가까스로 일어서서 치사를 쫓아 거실로 뛰어갔다.

TV 잔해 위에 고토코가 쓰러져 있었다. 거울을 향하자 두 손에서 피가 흐르고, 커다란 붓으로 휘갈겨 쓴 것처럼 침대 시트는 새빨갛게 물들어 있었다.

보기왕은 부엌 구석에서 흔들흔들 서 있고, 치사는 그 옆에서 웅크리고 있었다.

시선을 보기왕에게 고정한 채 아픈 어깨를 누르면서 고토코 옆으로 달려갔다. 그러자 그녀는 천천히 상체를 일으키며 또렷한 목소리로 말했다.

"괜찮아요. 약간 조바심이 났을 뿐이에요."

하지만 입술 오른쪽 끝은 새파랗게 부어오르고 블라우스 앞쪽도 군데군데 피가 묻어 있었다. 내가 보는 사이에도 하얀 시트가 점점 더 붉게 물들었다.

"어떻게 할까요? 저걸 봉인하고 치사를……."

"네. 그럴 생각이었고, 어느 정도는 잘되고 있었는데."

그녀는 보기왕을 똑바로 쳐다보며 그렇게 말하더니 별안간 얼굴을 찡그렸다. 꼭 다문 치아 사이에서 괴로운 호흡이 새어 나왔다.

"이런 상황에서 내 몸이 먼저 비명을 지를 줄이야……."

그녀가 어이없다는 듯이 중얼거렸다.

보기왕이 몸을 한층 더 크게 흔들었다. 그리고 물이 흐르는 것처럼 천천히 거실로 와서 한가운데에서 멈추어 섰다. 나는 눈을 피할 수 없어서 기다란 회색 몸을 똑바로 쳐다보았다.

바람도 없는데 기다란 검은 머리칼이 흔들리며 떠다녔다. 가느다란 팔이 서서히 올라가서 자신의 입술을 잡아 위아래로 뒤집었다. 미끄덩미끄덩 하는 소름 끼치는 소리와 함께 들쑥날쑥 늘어선 누런 이빨이 드러났다. 이어서 짙은 보라색 잇몸이, 그리고 그 바깥쪽에 있는 흐느적거리는 초록색 조직이 보였다.

좌악! 입술이 찢어지면서 입이 얼굴보다 크게 벌어졌다. 무수한 이빨이, 몇 개나 되는 혀가, 보라색 잇몸이, 그리고 내가 모르는 무엇인가가 서서히 시야를 뒤덮었다.

치사의 얼굴이, 몸이, 보기왕의 입 뒤에 숨었다.

기이한 냄새가 주변 가득히 피어올랐다. 몸이 얼어붙어서 꼼짝도 할 수 없었다.

콰직. 다시 거울에서 소리가 났다. 커다란 금이 가로세로로 마구 내달렸다. 거울 빛이 약해지면서 주변이 조금씩 어두워졌다.

"이 녀석은…… 아무리 생각해도 위험해요."

나는 최대한 허세를 부리며 말했다. 그렇게라도 말하지 않으면 비명을 지를 것 같아서였다. 미소도 지었다고 생각했지만 얼굴 근육이 제대로 움직인 것 같지는 않았다. 어깨의 마비는 이미 목과 팔에도 이르렀다.

"그래요." 고토코는 기분 좋을 만큼 순순히 동의했다. "하지만 의뢰는 완수하지 않으면 안 돼요. 더구나 이번 의뢰인은 마코토니까요."

그렇게 말하더니 몸을 일으켜서 침대에 우뚝 섰다.

"노자키 씨, 내게 무슨 일이 생기면 치사를 부탁할게요."

"하지만……."

"그 거울을 사용하세요. 아직 사용할 수 있고, 지금의 치사에게라면 효과가 있을 거예요."

그녀가 손을 들어 자세를 취했다. 두 손 사이에서 무엇인가가 빛났다.

"저는 시간을 벌게요."

끼기긱. 피투성이 손 안에서 금속을 긁는 소리가 들렸다. 실인가? 쇠줄인가?

블라우스의 붉은 얼룩이 점점 더 퍼져 나갔다.

그때 거대한 입이 크게 물결쳤다. 그와 동시에 고토코가 재빨리 손을 앞으로 내밀었다.

휘잉! 공기를 가르는 날카로운 소리가 들린 순간.

비명 같은 중저음과 함께 창문과 창가의 벽이 밖으로 크게 휘었다. 창틀이 구부러지고 유리가 튀어 올랐다. 형광등이 깜빡였다. 창문의 잔해 안에서, 회색 그림자와 적백색 반점의 그림자가 잔상처럼 눈에 새겨졌다. 서로 뒤엉켜서 싸우는 것이다.

작은 어린아이의 모습도 보였다.

치사다.

치사를 향해 성큼성큼 다가갔다.

치사는 복도로 뛰어가더니 현관으로 향했다. 도망칠 생각인가. 나도 복도로 뛰어갔다.

현관문 앞에서 치사의 더러워진 옷에 오른손이 닿았다. 옷을 잡아당기자 치사는 나지막한 소리를 내면서 돌아보았다. 상상을 초월할 만큼 입이 크게 벌어졌다.

나는 왼손에 든 거울을 치사의 얼굴에 붙였다. 치사는 한순간 힘이 빠지며 내게 달려들었다. 몸을 비틀며 옷을 잡아당기자 치사의 몸이 허공으로 떠올랐다. 반동을 붙여 벽에 내동댕이치려고 한 순간, 황급히 손을 멈추었다.

치사의 몸이 너무도 가벼웠다. 어린아이, 그것도 야윈 어린아이의 몸이다.

내동댕이칠 수 없다.

다음 순간, 치사가 내 오른팔의 팔꿈치 안쪽을 깨물었다.

살을 에는 통증이 팔꿈치에서 어깨와 등뼈로 내달리고, 왼쪽 어깨의 통증과 뒤섞이며 온몸을 관통했다.

치사와 같이 복도에 쓰러졌다. 그와 동시에 쿠웅 하는 묵직한 소리가 거실에서 들리고, 복도 천장에 금이 생기더니 현관을 향해 번개처럼 내달렸다. 건물 파편이 후드득 얼굴에 쏟아졌다.

치사의 작은 손이 내 얼굴을 잡고 바닥에 내리쳤다. 뒷머리에 강한 충격을 받고 의식을 잃을 뻔했지만 이를 악물고 견뎠다. 왼손의 거울을 들어 올리려고 하다가 위화감을 느끼고 사태를 알아차렸다.

넘어졌을 때 그랬는지 거울이 산산조각으로 깨져 있었다. 거울의 틀은 이미 손 안에서 사라지고, 크고 작은 파편이 손바닥과 손가락에 박혀 있었다. 파편은 피에 젖고 빛은 완전히 사라졌다.

내 잘못이다.

치사의 손에 다시 힘이 들어갔다. 내 머리를 다시 바닥에 내리치면 이제 끝일지도 모르겠다. 짤막한 엄지손가락의 감촉과 압력이 얼굴에 쏟아졌다. 서늘한 금속의 질감도 함께…….

금속.

이것은…… 마코토의 반지다.

마코토가 준 이후 계속 끼고 있었던 것이다.

엄지손가락에.

"마코토…….”

무의식중에 그렇게 중얼거리자 치사가 움찔거리며 몸을 떨었다. 그러더니 손힘이 빠지고 "으아아!"라고 소리치며 입을 벌렸다. 입 안쪽에서 희미한 소리가 새어나왔다.

"……언……니…….”

희미한 빛을 받고 입 안쪽의 자그마한 이가 빛났다.

빛의 근원은 마코토의 반지였다. 빛을 받고 치사가 몸을 비틀었다.

마코토도 싸우고 있다. 병실에 있으면서 치사를 구하려고 하고 있다. 무수한 가능성 중에서 나는 잠시도 망설이지 않고 그렇게 '해석'했다. 해석은 사물에 새로운 관계를 부여하고 가설을 만든다.

그때 기억이 났다. 주머니에 끈목이 들어 있다.

오른손을 주머니에 넣었다. 그것만으로 온몸에 통증이 가로질러 입에서 신음이 나왔지만, 손끝이 겨우 끈목을 찾아냈다. 이거라면 혹시…….

나는 목이 터져라 소리치며 일어나서 치사를 제압했다. 오른팔도 왼쪽 어깨도 불타는 것처럼 뜨겁고, 온몸이 통증으로 갈기갈기 찢어지는 것 같았다. 그래도 이를 악물고 치사의 몸에 끈목을 감았다.

"으으으으!"

치사가 손발을 버둥거리며 주먹을 휘두르고 발로 걷어찼다. 나는 피하지도 막지도 않고 치사의 몸에 끈목을 칭칭 감았다. 치사는 격렬하게 저항하면서 끈에서 빠져나가려고 했으나 힘은 눈에 띄게 약해졌다.

역시 효과가 있다.

거실에서 한층 커다란 소리가 들리며 공기를 뒤흔들었다. 반사적으로 얼굴을 든 순간, "마코토 씨"라는 소리가 들렸다. 복도 너머의 어둠 속에서 긴 회색 손이 뻗어 나오고, 긴 머리칼이 벽을 타고 다가오는가 싶더니…….

거대한 입이 나타났다. 들쑥날쑥한 이빨과 몇 개나 되는 새카만 혀가 눈앞으로 다가왔다.

도망칠 틈도 없이 보라색 잇몸이 시야를 가득 메우자 마코토와 치사가 머리에 떠올랐다…….

다음 순간, 한 번도 들어본 적이 없는 불쾌한 소리가 고막을 꿰뚫었다.

눈앞에 있던 이빨과 입이 멀어져갔다. 천천히 뒤쪽으로, 거실로 끌려갔다. 가늘고 날카롭게 빛나는 실이 손과 입과 혀에 뒤얽혀 있었다.

"……마코토가 어떻게 됐다고?"

나지막하면서도 깊숙이 울리는 목소리가 복도 너머에서 들렸다. 고토코다.

입이 발버둥 치면서 혀가 바닥을 내리쳤다. 손톱을 벽에 꽂았지만 다시 거실로 끌려갔다.

"마코토의 애인을 잡아먹으려고? 아니면……." 목소리가 복도에 메아리쳤다. "도망칠 거야? 도망쳐서 또…….".

복도를 가득 메우고 있는 입에 가로막혀 고토코의 모습은 보이지 않았다.

"……마코토를 다치게 할 거야? 내 마지막 남은 가족을!"

찰칵! 그때 그 자리에 어울리지 않는 소리가 났다. 라이터다.

"이제 끝났어."

고토코가 숨을 내쉬었다.

보기왕의 입이 부르르 떨리고, 혀가 크게 맥박 쳤다.

"너는 사라질 거야!"

고토코는 단호하게 그렇게 말했다.

신음 소리를 내면서 거대한 입이 닫혔다. 그리고 이빨을 드러내더니 뿌드득뿌드득 갈았다. 주룩주룩 소리를 내며 입이 벽을 스치고, 기다란 머리칼이 시야에 펼쳐졌다. 몸을 뒤집은 것이다.

그것이 캄캄한 거실로 돌진했다. 위잉 하는 소리와 함께 푸른빛이 거실을 비추었다. 그와 동시에 수십 마리의 짐승이 일제히 외치는 듯한 소리가 울려 퍼졌다.

비명이다. 이 세계가 아닌, 다른 세계에 존재하는 괴물의 고통과 공포에 가득 찬 비명.

입이 불타고 있다. 푸른 불꽃에 휘감긴 채 활활 타오르면서 거실을 뛰어다녔다.

창가에 작은 그림자가 서 있었다. 고토코다. 찌부러진 창틀을 가로막듯이 우두커니 서서, 오른손으로 담배를 피우고 있다. 푸른 불꽃 사이로 얼음처럼 차가운 표정이 보였다.

그녀는 담배를 입에 물고 힘껏 빨아들였고, 잠시 사이를 두고 동그란 연기를 내뿜었다. 동그란 연기는 타오르는 보기왕의 몸에 달라붙어 섬광과 함께 푸른 불꽃으로 변했다.

불꽃이 흩어지고 연기가 피어오르자 보기왕은 다시 소름 끼치는 비명을 질렀다. 소독약 같은 냄새가 거실을 가득 메웠다. 보기왕은 손을 한껏 내밀어 고토코를 잡으려고 했다. 고토코는 보기왕의 손끝을 향해 다시 연기를 내뿜었다. 보기왕의 손가락이, 손이, 팔이 활활 타올랐다.

입이 침대에 무너져 내렸다. 머리칼이 불에 탔다. 찢어진 입이, 잇몸이, 혀가 오그라들었다. 흐느끼는 소리가 한동안 길게 이어졌다.

내 몸 아래쪽에서 신음 소리가 들려 황급히 치사를 보았다. 치사의 얼굴이 쭈글쭈글해졌고 이마에는 땀방울이 맺혀 있었다. 인간의 얼굴, 즉 원래대로 돌아오고 있는 것이다.

퍼엉! 폭발음이 들린 순간, 재빨리 치사를 안고 거실을 뒤로 했다. 비명은 사라지고 빠직빠직 하는 불타는 소리와 함께 약품 냄새 같은 기묘한 향만이 등 뒤에서 전해졌다.

품 안에서 흐릿한 목소리가 점차 작아지더니 이윽고 새근새근 하는 숨소리로 바뀌었다. 작고 부드러운 몸이 숨소리에 맞춰서 부풀다가 줄어들었다.

치사가 인간의 숨을 쉬고 있다.

천천히 고개를 들어 치사를 들여다보았다. 발달하지 않은 얼굴이 내 피가 묻은 채 축 늘어져 있다. 벌어진 입에서는 규칙적으로 늘어선 치아가 보였다.

더는 피가 묻지 않도록 조심하면서 치사를 감싸 안고 뒤를 돌아보았다. 푸른 불꽃이 점점 작아지는 가운데, 이리저리 흔들리는 불꽃 속에서 검은 숯덩이 같은 것이 희미하게 꿈틀거렸다. 고토코는 그것을 뚫어지게 쳐다보며 담배를 피우고 있었다.

거실 형광등이 켜졌다. 불꽃이 점점 작아졌다.

나는 벽에 기댄 채 가까스로 일어서서 휘청거리며 거실로 향했다. 어깨와 손에서 피를 많이 흘린 탓에 의식이 몽롱해지고 있었다.

마지막 불꽃이 사라지고 침대에는 아무것도 남지 않았다. 타고 남은 찌꺼기도 없고, 시트도 눌어붙지 않았다. 색깔을 보고 짐작이 갔지만 역시 이 세상의 불꽃이 아니라 고토코의 힘으로 만들어낸 불꽃이었다.

고토코의 블라우스는 갈기갈기 찢어지고 단추는 날아갔으며 속옷도 드러나 있었다. 배에도, 가슴에도 베인 상처나 찔린 상처가 보였다. 모든 상처에서 피가 흐르고 있었다. 그녀는 나와 치사를 보더니 담배를 끄고 발을 끌면서 다가왔다.

나는 떨리는 손으로 치사를 그녀에게 내밀었다. 그녀는 의식을 잃고 축 늘어져 있는 치사를 다정하게 안더니 손으로 이마와 가슴, 손발을 만지고 바닥에 눕혔다.

"치사는…… 괜찮은가요?"

바싹 마른 목에서 억지로 목소리를 짜내 물어보자 그녀는 고개를 크게 끄덕였다.

"저 혼자였다면 구할 수 없었을 거예요. 고마워요."

평소처럼 조용한 목소리였다.

나는 치사의 몸에 감겨 있는 끈목을 가리켰다.

"가지고 있길 잘했어요. 마코토의 끈목입니다. 당신에게 배운 걸 응용했다더군요."

고토코가 무엇인가를 발견하고 눈을 크게 떴다. 나는 치사의 엄지손가락에 있는 반지를 가리켰다.

"이게 빛나면서 많은 걸 가르쳐주었습니다."

"그랬군요……." 그녀는 진이 빠진 얼굴로 반지를 보고 희미하게 미소를 지었다. "도와줘서 고마워. 언니 자격이 없구나."

거실에 붉은빛이 새어 들어왔다. 자동차 엔진 소리가 다가오고 멈추는 소리가 나더니 문이 열리고 닫히는 소리가 이어졌다.

아마 경찰이리라. 창문이 깨지고 난동을 부리는 소리가 들려서 이웃의 누군가가 신고한 모양이다.

고토코는 슬며시 가슴을 감추더니 평소의 무표정한 얼굴로 말했다.

"일단 치사를 병원으로 데려가세요. 귀찮은 일은 전부 제가 알아서 할게요. 노자키 씨는 주무셔도 괜찮아요."

너는 잠자코 있으라는 뜻이다. 그렇게 말하지 않아도 다른 사람에게 자세하게 설명하는 일은 도저히 불가능하다. 체력도, 기력도 한 방울도 남지 않았다.

발소리가 계단을 뛰어 올라왔다. 마지막 남은 힘이 무릎에서 빠져나갔다. 나는 엉덩이부터 바닥으로 무너져 내렸다.

# 16

해가 바뀌었다. 들뜨고 정신없는 1월이 지나고, 어느덧 2월도 절반이 지나려고 하고 있었다.

맑은 겨울 하늘 밑. 샤쿠지이 공원 연못가에서 치사가 종종걸음을 쳤다. 치사 앞쪽에서는 마코토가 핑크색 머리칼을 휘날리며 뛰어오고 있었다.

치사가 알아들을 수 없는 말을 크게 소리치자 마코토가 웃음을 터뜨렸다. 치사가 휘두르는 손을 마코토가 몸을 비틀어 피했다. 치사가 다시 소리를 내며 까르르 웃었다.

아이가 있는 곳이라면 흔히 볼 수 있는 광경이다. 예전의 나라면 눈살을 찌푸리며 고개를 돌렸겠지만 지금은 아무렇지도 않다. 오히려 치사와 마코토가 예전처럼 즐겁게 노는 지금 상황에 미소가 배어나온다.

아무리 그래도 같이 달리고 싶지는 않다. 손과 어깨의 상처는 아직 낫지 않았다. 몸을 씻기도 버거운 상태다. 저 두 사람과 어울리는 것은 아직 한참 후의 일이리라.

나무 테이블 맞은편에 앉은 가나는 눈을 가늘게 뜨고 마코토와 치사를 지켜보았다. 많이 야위기는 했지만 혈색은 좋고, 얼굴에는 가벼운 웃음이 자리했다. 당분간 병원에 다녀야 하지만 치사를 만나고 나서 눈에 띄게 회복이 빨라졌다고 담당 의사도 놀라워했다.

마코토는 지난달에 무사히 퇴원했다. 독은 완전히 사라지고 컨디션도 문제가 없다고 한다. 그동안 영양제를 많이 맞은 탓인지 지금은 식욕도 왕성하고 체중도 입원하기 전보다 오히려 늘었다.

마코토가 몸을 숙이고 팔을 벌렸다. 치사가 그녀 품 안으로 뛰어들었다. 마코토가 천천히 뒤쪽으로 굴렀다. 그녀의 품 안에서 치사가 다시 웃으면서 소리쳤다. 마코토가 치사의 머리를 어루만지며 땅에 누웠다. 그녀의 손에서는 은색 반지가 빛나고 있었다.

고토코는 병원에서 치료를 받고, 다음 날 아침에 퇴원했다. 다음 일을 하러 간다고 했다.

"치사 어머니께 빨리 완쾌하시라고 전해주세요. 마코토에게도요."

냉정한 목소리로 그렇게 말하더니, 수술을 마치고 침대에 누워 있는 내게 얼굴을 가까이 대고 속삭였다.

"이 건으로 또 무슨 일이 생기면 언제든지 부르세요."

"그 말은…… 아직 끝나지 않았다는 뜻인가요?"

나는 불안에 휩싸인 채, 잘 움직여지지 않는 입을 억지로 움직여서 물었다. 마취는 이미 풀렸지만 아직 말하기는 힘들었다.

"그렇게 쉽게 해결되는 일이 아니에요. 이 세상의 모든 병도 그렇고 상처도 그렇고, 완치되려면 시간이 필요하죠. 그것과 마찬가지예요. 저에겐 20년 된 고객도 있어요." 그녀는 자세를 바로 하고 진지한 얼굴로 덧붙였다. "노자키 씨 의뢰는 가족 할인으로 해드릴게요."

마코토는 인사도 하지 않고 떠난 언니에게 섭섭함을 감추지 않았지만, 그보다 치사가 무사한 것이 기뻤는지 금세 마음을 추슬렀다.

가나가 말했다. "이달 말부터 다시 일하기로 했어요. 파트타임이지만요. 작년에 다니던 슈퍼마켓에서 아직 자리를 남겨두었대요."

"잘됐네요."

정기적인 수입이 있는 건 좋은 일이다. 나도 연재할 곳이 두세 군데 더 있으면 좋을 텐데. 내일이라도 영업을 시작해야 하나. 일을 줄 만한 잡지나 온라인 사이트를 몇 군데 알아볼까?

앞으로 어떻게 할지 생각하고 있자 가나가 몸을 움츠리며 얼굴을 숙였다.

"앞으로 제대로 할게요."

"일 말인가요?"

"아뇨, 엄마 노릇요."

가나가 얼굴을 들었다. 얇은 입술이 파르르 떨렸다.

"다들 그렇게 열심히 도와주셨는데, 저는 치사를 지키지 못했어요."

그녀는 웃으면서 장난치는 마코토와 치사를 바라보며 말을 이었다.

"히데키는…… 남편은 목숨을 걸고 치사와 저를 지켜주었어요. 노자키 씨도, 마코토 씨도 마찬가지고요. 정말 감사드려요. 어떻게 표현해야 좋을지 모를 만큼요. 그러니까…….” 그리고 진지한 얼굴로 덧붙였다. “……앞으로 치사에게 무슨 일이 있으면 그때는 제가…….”

"지나친 생각 아닐까요?"

가나가 흠칫 놀라며 나를 보았다.

"부모 자격이 있느냐 없느냐는 사느냐 죽느냐, 다쳤느냐 다치지 않았느냐로 정할 수 있는 게 아닙니다."

나는 붕대를 감은 오른손을 들고 미소 지었다.

"이건 그저 실수였을 뿐입니다. 다른 사람의 소중한 거울을 깨뜨렸어요. 칭찬 받을 일은 아니죠."

가나는 난감한 얼굴로 미소를 지었다. 당연하다. 이런 이야기를 들었을 때 아무렇지도 않게 반응할 수 있는 사람은 없다.

"어린이집은 찾으셨나요?"

이번에는 예스나 노로 대답할 수 있는 간단한 질문이다. 하지만 그녀는 입을 굳게 다물더니 말없이 고개를 흔들었다.

"마코토에게 말씀하세요. 기꺼이 도와줄 겁니다."

"하지만 더는 폐를 끼칠 수 없어요."

그녀의 단호한 말을 듣고 나는 다시 미소를 지었다.

"그러면 이렇게 물어볼게요. 앞으로도 마코토가 댁에 놀러 가도 될까요?" 자연히 말이 이어졌다. “……그리고 괜찮으시면 나도 같이요."

가나는 미안한 얼굴로 고개를 끄덕였다.

우리는 걸어서 치사의 집으로 향했다. 치사가 놀다 지쳐서 잠든 것이다. 치사는 마코토의 품에 안겨 그녀의 어깨에 얼굴을 올려놓은 채, 침을 흘리며 곤히 자고 있었다.

담소를 나누며 걸어가는 마코토와 가나 뒤에서, 나는 치사의 잠든 얼굴을 바라보며 걸었다.

정신과 의사에게 보여주었지만 치사에게 특별한 이상은 없다고 했다. 산에 끌려갔던 한 달 반의 기억은 완전히 사라졌는지, 무엇을 물어도 모른다고 대답한 모양이다.

그것이 조금 마음에 걸린다. 정확하게 말하면 이상한 징후라고 할 수 있다. 충격적인 경험을 기억의 밑바닥에 봉인했다가 나중에 정신질환으로 나타나는 일도 있다. 고토코가 말한 것처럼 이 사건은 아직 끝나지 않았다.

그렇다면…….

치사와 가나가 허락하는 한, 나와 마코토는 앞으로도 치사를 자주 만날 것이다.

치사가 건강하게 쑥쑥 자랐으면 좋겠다. 무서운 경험은 전부 잊어버리고, 또는 극복하고. 그러기 위해서라면 미약하나마 도움이 되고 싶다. 마코토도 그렇게 생각하리라. 아니, 마코토는 그냥 치사와 놀고 싶은 것뿐일지도 모르겠지만…….

정신이 들자 어느새 마코토의 등으로 다가가 치사의 잠든 얼굴을 들여다보고 있었다.

치사는 입술을 삐죽 내밀고 잠들어 있었다. 입이 움찔움찔
움직였다.

"으아아…… 사……." 치사의 입에서 소리가 새어나왔다.
"……사오…… 이, 사, 무아……으응…… 치, 가……리."

잠꼬대다.

꿈을 꾸는 걸까? 즐거운 꿈이라면 좋겠다. 적어도 무서운 꿈
만 아니면 된다.

바람이 차갑다. 나는 코트 깃을 세우고 몸을 웅크렸다.

마코토의 품에서 흔들리며 치사는 행복하게 잠들어 있었다.

**참고 문헌**

자료는 주로 다음 책을 참고했습니다.

- 나카다 노리오, 『일본영이기』상, 중, 하(고단샤학술문고)
- 잇폰기 반, 『싸워라 아내여!! 불임증 부기』(쇼각칸)

## 감사의 말

『보기왕이 온다』는 어린 시절부터 지금까지 보고 들었던 수많은 무서운 이야기(요괴 이야기, 귀신 이야기, 괴담, 만화, 소설, 영화, 게임)를 참고했습니다. 이야기를 만드신 위대한 분들께 진심으로 감사드립니다.

사와무라 이치

# 보기왕이 온다
## 숨도 쉴 수 없는 공포와 함께……


딩동. 초인종이 울린다.

불투명한 유리 너머로 뒤틀린 회색 그림자가 보인다. 선명하지 않은 회색 그림자가 이리저리 흔들리며 점점 커진다. 다음 순간, 등골이 오싹해지며 온몸의 털이 곤두선다.

대답하면 안 된다. 문을 열어줘도 안 된다. 절대 안으로 들어오게 해서는 안 된다.

날름날름하는 새까만 혀. 기다란 머리칼. 길쭉한 목. 보라색 잇몸. 들쑥날쑥 늘어선 이빨. 얼굴보다 큰 입. 보기왕이다. 보기왕이 온다…….

이 작품은 총 3장으로 이루어져 있다. 하지만 각 장의 주인공은 모두 다르다.

제1장의 주인공은 평범한 샐러리맨인 다하라다. 그에게는 착한 아내와 사랑하는 딸이 있다. 그는 다른 남자들처럼 육아를 아내에게만 떠맡기지 않는다. 육아 전문 서적을 보고 연구하며, 되도록 일찍 퇴근해서 딸을 돌본다. 블로그를 만들어 다른 육아 아빠들과 정보를 주고받기도 한다. 행복하다. 너무나 행복하다.

그러던 어느 날, 소름 끼치는 괴물이 그의 행복을 마구 난도질한다. 괴물의 모습은 보이지 않는다. 정체도 알 수 없다. 왜 그를 만나러 오는지도 알 수 없다. 괴물은 시간이 갈수록 진화하고 지혜가 생기면서, 그를 공포의 지옥으로 밀어 넣는다.

제2장의 주인공은 다하라의 아내인 가나다. 그녀는 남편을 사랑해서 결혼했다. 그리고 남편이 원하는 대로 아이를 낳는다. 남편은 그녀에게 육아를 떠맡기지 않고 누구보다 열심히 딸을 돌봐준다. 남들의 눈에는 가장 이상적인 남편이리라. 그런데…….

제3장의 주인공은 오컬트 작가인 노자키다. 그는 초자연 현상에 관한 글을 쓰는 한편, 주술이나 퇴마가 필요한 사람에게 영능력자를 소개해준다. 다하라에게 소개해준 영능력자는 그의 여자 친구인 마코토였다. 하지만 이번 상대는 그의 상상을 아득히 초월한다.

이 세 개의 장은 각각 독립되어 있으면서도 치밀하게 이어져 있어서, 책을 든 사람이 긴장의 끈을 늦추는 걸 허락하지 않는다. 제1장을 읽고 잠시 숨을 돌리려고 하면, 제2장에서 새로운 이야기가 뒷머리를 세차게 내리친다. 또한 제2장을 읽고 참았던 숨을 내쉬려고 하면, 제3장에서 펼쳐지는 공포와 반전이 심장을 움켜쥐었다가 먹먹하게 만들었다가 기어이 눈물을 쏟아내게 만든다.

문학 평론가 히가시 마사오는 "이 작품이야말로 문학에서 보여주는 호러 표현의 극치"라는 말로 작가에게 찬사를 보냈다.

작가인 사와무라 이치는 1979년 오사카에서 태어나 대학을 졸업한 후 출판사에 입사했다. 2012년 출판사를 그만두고 글을 쓰기 시작해, 2015년에 제22회 일본 호러소설대상에서 『보기왕이 온다』로 대상을 차지했다. 처음 쓴 장편으로 대상을 차지한 것이다.

그가 소설을 쓰게 된 계기는 조금 독특하다. 어렸을 때 다른 사람이 쓴 작품을 비평하려고 하다가 자기가 직접 소설을 써보기로 결심했다고 한다. 그는 어렸을 때부터 괴담이나 호러를 좋아해서, 그런 작품들을 닥치는 대로 읽고 보고 들었다고 한다. 그러다 보니 자연스럽게 '공포란 무엇인가?'에 대해 생각할 수밖에 없었다.

"사람들에게 공포를 주는 것은 대상 자체의 모습이나 성격이 아니라 사람들이 막연하게 가지고 있는 두려움이 아닐까? 괴물의 유래나 실제로 저지른 나쁜 짓이 아니라 그것이 무섭다는 소문 자체가 음침함과 공포를 부추기는 게 아닐까?"

즉, 공포를 만들어내는 것은 무슨 일이 일어났느냐가 아니라 누가 어떤 반응을 보였느냐라는 것이다. 그리고 그는 이 작품을 통해 극한의 공포를 선보인다. 치밀한 구성과 뛰어난 표현력을 마음껏 구사해서.

보기왕의 정체는 무엇일까?
보기왕은 왜 사람을 찾아올까?
보기왕은 어떻게 태어나게 되었을까?
이 책을 덮고 나서 만약 초인종 소리가 울린다면 과연 여러분은 나갈 수 있을까······.

2018년 10월
이선희

**옮긴이 이선희**

부산대학교 일어일문학과를 졸업하고 한국외국어대학교 교육대학원 일본어교육과에서
수학했다. KBS 아카데미에서 일본어 영상번역을 가르치면서, 외화 및 출판 번역작가로
활동하고 있다. 옮긴 책으로는 기시 유스케의 『검은 집』, 『푸른 불꽃』, 『신세계에서』와
히가시노 게이고의 『비밀』, 『방황하는 칼날』, 『공허한 십자가』, 나쓰카와 소스케의 『책
을 지키려는 고양이』 등이 있다.

# 보기왕이 온다

**1판 1쇄 발행** 2018년 10월 28일
**3판 2쇄 발행** 2024년  5월   1일

**지은이** 사와무라 이치   **옮긴이** 이선희
**펴낸이** 김영곤   **펴낸곳** (주)북이십일 아르테

**문학팀** 김지연 원보람 권구훈
**해외기획실** 최연순 소은선
**출판마케팅영업본부장** 한충희
**마케팅2팀** 나은경 정유진 백다희 이민재
**출판영업팀** 최명열 김다운 권채영 김도연
**제작팀** 이영민 권경민

**출판등록** 2000년 5월 6일 제406-2003-061호
**주소** (우 10881) 경기도 파주시 회동길 201(문발동)
**대표전화** 031-955-2100   **팩스** 031-955-2151

아르테는 (주)북이십일의 문학 브랜드입니다.

**(주)북이십일** 경계를 허무는 콘텐츠 리더

아르테 채널에서 도서 정보와 다양한 영상자료, 이벤트를 만나세요!
페이스북 facebook.com/21arte          블로그 arte.kro.kr
인스타그램 instagram.com/21_arte       홈페이지 arte.book21.com

ISBN 978-89-509-7779-5 03830